FRENCH COLLECTION

JACQUES LAMALLE

FRENCH COLLECTION

Roman

FLAMMARION

Du même auteur

Le roi du sucre, Lattès, 1979.
Le milliardaire rouge, Lattès, 1980.
L'empereur de la faim, Flammarion, 1986.

© Flammarion, 1989
ISBN 2-08-066017-9
Imprimé en France

« Dans le miroir déformé de l'art, la réalité apparaît non défigurée. »

Franz KAFKA

PROLOGUE

Walter S. Feddow, premier du nom, créateur de la dynastie texane des rois du pétrole S. Feddow, déplia son mètre télescopique et mesura la hauteur du plus haut palmier de sa palmeraie. Le compteur inscrivit 5,60 m. L'arbre avait grandi de plus de trente centimètres en moins de six mois : c'était un bon investissement, même à mille dollars l'unité. Il en avait planté cinq cents. La colline Feddow à Key Biscayne, qui culminait désormais à 55,60 m, était devenue le point le plus élevé du comté de Miami dont l'altitude moyenne plafonnait à cinq mètres !

Satisfait, Walter S. Feddow reprit sa promenade pour le bien de ses lourdes jambes menacées de phlébite et il gagna l'extrémité de la terrasse. De là, il avait une vue panoramique sur Biscayne Bay, la Venise de Miami, puis sur la langue sablonneuse de Miami Beach, avec ses protubérances de béton dont aucune n'était aussi élevée que la colline Feddow, et enfin sur l'océan Atlantique s'évanouissant au large dans la brume. La chaleur humide ne dérangeait pas Walter S. Feddow. Obèse depuis son plus jeune âge, il avait passé toute sa vie à transpirer. Un peu plus, un peu moins... Il consulta sa montre sertie de diamants et poussa un soupir. Cinq heures ! Il avait rendez-vous avec Edward Murton, son avocat personnel, un presbytérien ennuyeux, buveur d'eau, triste à pleurer dans son éternel costume noir mais terriblement efficace et dévoué. « Que me veut ce peine-à-jouir ? se demanda-t-il pour la énième fois. Murton ne sait faire que dans le mystère, c'est agaçant ! »

De son allure pachydermique, il se dirigea vers l'ascenseur qui desservait les différents niveaux d'habitation ou de service de la colline Feddow. Cet ascenseur était unique au monde, comme Walter S. Feddow lui-même, car né de sa folle imagination : une tour de verre de cinquante mètres de hauteur emplie d'eau de mer dans laquelle des bulles de plastique transparent montaient et descendaient tels des ludions géants. On y pénétrait par un système de sas et l'on pouvait se croire sous la mer alors qu'on se mouvait entre ciel et terre. Plus extravagant encore, cet ascenseur était aussi un aquarium ! Chaque occupant pouvait depuis sa bulle suivre les évolutions de petits requins blancs avec, en toile de fond, le soleil couchant ou le front des hôtels de Miami Beach.

Le reste de la colline Feddow n'était pas moins insensé. Une structure de métal et de béton, haute comme vingt étages, dont trois des côtés étaient masqués par un remblai aux pentes couvertes de pelouses et d'arbustes, abritait, sur trois hectares, un parking pour une centaine de voitures, cinquante chambres pour les invités, un complexe sportif, trois piscines, une discothèque, un zoo et, bien sûr, les appartements de Betty et Walter S. Feddow face à l'Atlantique et surplombant une cascade de vingt mètres de haut ! Un architecte mexicain et un styliste-dessinateur italien avaient accompagné et souvent dépassé leur commanditaire texan dans ses folies de grandeur, de luxe et d'excentricité.

Walter S. Feddow, une fois de plus, avait su imposer à l'Amérique, si ce n'était au monde entier — entendez celui des milliardaires —, sa volonté d'être en tout le meilleur. Selon lui, ni Cléopâtre, ni César, ni Louis XIV n'auraient pu rêver un palais d'une telle richesse, d'une telle magnificence. Du moins le croyait-il. D'ailleurs, il avait pris la décision de léguer sa colline à l'État pour la faire visiter, comme la célèbre villa Vizcaya de l'autre côté de la baie.

Après une descente d'une dizaine de mètres, la bulle

atteignit l'« aire de travail » de Walter S. Feddow : une pièce-bureau immense et haute, architecturée comme la base d'un derrick, et une piscine alimentée par une pompe spéciale qui teintait l'eau en noir... A l'aplomb du derrick trônait un massif bureau métallique en forme de lingot frappé de l'aigle américain, entièrement plaqué en or de 20 carats. Toute la symbolique de la réussite des pétroles Walter S. Feddow !

Murton, qui attendait debout, une serviette de maroquin sous le bras, se précipita pour saluer son richissime et unique client. A raison de trois millions de dollars d'honoraires par an, il pouvait lui consacrer tout son temps. C'est d'ailleurs ce que pensait Walter S. Feddow qui ne lui laissait aucun répit.

« Comment allez-vous, monsieur Feddow ?

— Très bien, Edward, très bien ! claironna le Texan. J'ai perdu trois livres ! »

Ce qui en laissait encore deux cent trente sur la balance électronique de sa salle de bains et surtout sur le fauteuil où il alla s'échouer.

« Mon petit Edward, vous avez décidé de m'emmerder avec quoi, aujourd'hui ?

— Vos peintures, monsieur.

— Ah ! elles ne vous plaisent plus et vous voulez que j'en change, c'est cela ? »

Visiblement gêné, l'avocat commença à danser d'un pied sur l'autre, changea son porte-documents de main puis se racla la gorge avant de lancer d'une traite :

« Voilà. Le fisc et les représentants des musées ont conseillé à l'État de refuser votre donation. En conséquence, l'administration ne peut accepter les déductions fiscales que nous avons jusqu'ici effectuées. »

Murton se tut, attendant avec anxiété la réaction de son patron. Il vit les petits yeux porcins de Feddow se rétrécir et son cou se gonfler, prémices de l'explosion. Pourtant rien ne vint. Au contraire, la bouche molle esquissa un sourire.

« Et peut-on savoir pourquoi ces scribouillards refusent une donation de plus de cent cinquante millions de dollars, monsieur Murton ? »

11

L'avocat hésita. Une colère rentrée de Walter S. Feddow était pire que tout.

« Eh bien voilà. Ils pensent que...

— Ha! ha! Ces messieurs pensent! C'est nouveau. C'est ce qui les empêche sans doute de compter mes millions! Ha! ha! »

Le rire de Feddow troubla encore plus Murton.

« Ils pensent que vos tableaux sont tous faux! » cria-t-il dans un souffle.

Comme frappé par un coup de poing au plexus, Walter S. Feddow cessa net de rire. Un long silence s'établit, ponctué par les va-et-vient du piston de la pompe. Et tout à coup un rire énorme s'échappa du ventre hippopotamesque du milliardaire. D'un bond il se leva et s'avança vers Murton qu'il prit par la main pour le conduire au pied d'une toile de Modigliani. Il ne riait plus, il jubilait.

« Alors comme ça, mon petit Edward, mon *couché* est faux? »

D'un geste vif il tira de derrière le tableau une feuille sous plastique.

« Et cette attestation signée par Mme Modigliani, une des héritières du peintre, c'est quoi? Une fiche-cuisine peut-être?

— Ils prétendent que vos certificats sont aussi faux que vos peintures. Celui-ci par exemple serait tout simplement un certificat de complaisance obtenu...

— Moyennant finance, n'est-ce pas?

— Oui, monsieur.

— Alors, selon vous...

— Pas moi, monsieur!

— Bon. Alors, selon eux, je serais aussi riche que bête d'acheter, au prix des vrais, des faux tableaux que je ferais authentifier à coups de dollars. Hein?

— Non, ce n'est pas tout à fait... »

Walter S. Feddow empoigna son avocat par le revers de son veston et le traîna face à une grande toile de Dufy, *Réception à l'Élysée*.

« Lisez! »

L'avocat, très choqué par la violence du Texan,

marqua sa réprobation en ne tendant pas la main pour attraper cette seconde feuille qui lui était tendue.

« Lisez, nom de Dieu ! hurla Feddow en lui collant le papier sous les yeux.

— " Je soussigné, Alexandre Duponingue... ", ânonna Murton d'une voix tremblante.

— Plus haut, s'il vous plaît !

— " Je soussigné, Alexandre Duponingue, expert près les tribunaux de la Seine, certifie que le tableau reproduit sur la photographie ci-jointe est une œuvre authentique du maître Raoul Dufy (1877-1953). Cette œuvre, intitulée *Réception à l'Élysée*, est une huile sur toile signée, en bas à droite, Raoul Dufy. On peut y apercevoir... "

— Passez la description et lisez tout en bas.

— " Je suis de l'avis d'Alexandre Duponingue. Paul Hibstein, expert près des tribunaux français. "

— Les dates, maintenant.

— Le 4 octobre 1977 pour le premier, 13 mars 1982 pour le second.

— Selon vous, mon petit Edward, je me serais amusé à payer deux fois et à cinq ans de distance des fausses expertises pour un faux tableau acheté près d'un million de dollars ?

— Non, monsieur. Ils prétendent que vous avez été abusé.

— Abusé, moi ! Mais pour qui me prennent-ils ? »

Comme la plupart des nouveaux milliardaires qui possèdent de la peinture reconnue et coûteuse pour satisfaire leur volonté de puissance et leur souci de respectabilité sociale, Walter S. Feddow croyait être devenu savant et connaisseur en proportion des fortunes qu'il avait englouties dans les salles de ventes. Plus il achetait de tableaux, plus son prestige augmentait aux yeux des autres milliardaires et plus il croyait être un amateur éclairé, voire un érudit. N'avait-il pas acheté et les toiles et leur histoire ?

D'ailleurs, sa fabuleuse collection, il comptait l'offrir à l'État américain pour associer définitivement son nom à la postérité. Comparée à cette mégalomanie, l'authenticité des toiles n'était qu'un détail.

« Mon petit Edward, reprit Feddow, ayant apparemment recouvré son calme. Mon petit Edward, vous qui êtes d'une minutie extrême, qui me présentez des dossiers d'une infinie précision, combien ces gens auraient-ils trouvé de faux tableaux dans ma collection ? Soyez franc, direct. »

L'avocat, profitant du ton soudain raisonnable du Texan, se hâta de faire les comptes : pour les tableaux de l'école espagnole, au moins un sur trois ; pour les impressionnistes et postimpressionnistes comme pour ceux de l'école de Paris, les experts du fisc en rejetaient trente-huit à coup sûr et une vingtaine d'autres probablement. Cela visait tout particulièrement les achats effectués par l'intermédiaire de Julien Champac.

Ce nom de Julien Champac provoqua un déclic dans l'esprit de Feddow. Que lui avait donc appris Julien récemment à propos de faux ? Ah, oui ! Que le Metropolitan, à New York, avait dégradé, il n'y avait pas trois mois, deux portraits attribués à Rembrandt. Tout d'un coup ils n'étaient plus de lui ! De son atelier peut-être ou carrément des faux. Mais les gens du Met s'étaient bien gardés de faire de la publicité sur cette affaire. Les salauds ! Ils savaient pourtant bien qu'il n'y a pas un musée, pas une collection privée qui ne renferme au moins un faux par époque... Alors qu'est-ce que c'était que cette foutaise d'inspecteurs du fisc qui voulaient le baiser de cent cinquante millions de dollars !

Walter S. Feddow s'était rapproché de Murton et, avant que celui-ci ait pu s'écarter, il l'agrippa.

« Alors, ils sont faux mes Modigliani ?

— Monsieur Feddow ! Monsieur Feddow, je vous en prie, lâchez-moi ! »

Le Texan, ne voulant rien entendre, donna à l'avocat un coup de ventre qui le fit reculer d'un bon pas.

« Et mes Cézanne, mes Degas, mes Picasso, mes Monet, ce sont des illusions peut-être ? »

L'avocat suppliant n'osait esquisser un geste de défense. La voix de l'Américain montait à chaque nom de peintre. Elle se faisait plus criarde, plus douloureuse, comme une immense plainte. Parvenu au bord de la piscine, Walter S. Feddow lâcha Murton juste avant de le propulser dans l'eau noire d'un formidable coup de ventre. Quand l'avocat refit surface en suffoquant, son patron l'apostropha une dernière fois :

« Je n'ai pas cent cinquante millions de dollars à refiler au fisc. Il va bien falloir qu'ils me les prennent mes tableaux, c'est compris ? Débrouillez-vous avec eux. Mais avant, tâchez de me mettre la main sur Julien Champac. »

1

Un murmure fébrile gagna soudain le public rassemblé dans le hall du Sporting d'hiver : « La princesse ! La princesse ! » Certains tournèrent seulement la tête vers la porte d'entrée mais la plupart s'y précipitèrent pour aller accueillir Son Altesse la princesse Caroline de Monaco venue visiter les chefs-d'œuvre exposés cet après-midi-là au Tout-Monaco comme au menu fretin et qui, le soir même, seraient adjugés à quelques dizaines de privilégiés par la maison Sumer, la plus grande société de vente aux enchères dans le monde. Deux fois l'an, en novembre et en juin, comme aujourd'hui, Sumer organisait une vente de prestige de plus d'un millier de peintures, dessins, meubles et objets d'art. Des États-Unis, du Japon, de Londres et de Paris, de Rome et de Cologne, tous les milliardaires et tous les grands marchands accourraient sur le Rocher, investissant pendant trois jours les suites des hôtels de luxe, donnant cocktails sur invitations, fêtant leurs achats dans des flots de champagne ou se consolant d'une enchère non suivie par des mises astronomiques à la roulette du casino. Ces journées de transes étaient tout bénéfice pour le Trésor princier et pour les Monégasques en général. Il allait de soi que la famille régnante, s'il n'était pas de bon ton qu'elle participât aux enchères, fît pour le moins acte de présence à l'exposition publique. Et qui mieux que Son Altesse la princesse

Caroline pouvait faire de cette visite un événement ultra-mondain ?

Julien Champac profita de la cohue pour entrer discrètement. D'un signe de la main il salua Antoine, le portier, et de sa démarche nonchalante contourna l'essaim d'excités. Antoine allongea un grand coup de coude à son voisin, un nouveau du service de sécurité.

« Toi, le jeunot, au lieu de t'user les yeux sur la princesse, tu ferais mieux de t'intéresser au type qui vient de passer. C'est d'un meilleur rapport. »

Le jeune agent tourna la tête vers la haute silhouette de Julien Champac. Bientôt il ne vit plus que la masse argentée de sa chevelure qui flottait au-dessus des autres puis disparut dans le fond du hall.

« C'est qui ce type ?

— Pas un type ! C'est " monsieur " Champac. Un grand marchand de tableaux. Il habite au Parc Palace. Tout en haut. Un appartement grand comme un stade où il donne des réceptions fantastiques. Avec des filles à te rendre fou ! Mais correct, hein ! Pas la partouze. Non. La puissance du fric. La classe !

— Ici, c'est pas ça qui manque, les mecs bourrés aux as.

— Peut-être, mais pas des comme lui. Quand Champac t'adresse la parole, il te regarde droit dans les yeux. T'existes. T'es pas de la valetaille sans consistance. Et quand il te file cinq cents pions pour un service rendu, t'as l'impression qu'il remercie un ami. T'as pas honte. T'es même fier de lui avoir filé un coup de main.

— Cinq cents pions ! siffla l'autre, admiratif. C'est un émir ton copain...

— Pas un émir, un seigneur ! »

**

Sans même frapper, Julien Champac entra dans le bureau de Benoît de Beaulieu, le représentant monégasque de Sumer.

« Mon cher Beaulieu, dit Champac en forçant l'affectation de sa voix, si vous tenez toujours à votre croix de

18

chevalier, vous feriez bien de vous rendre séance tenante dans la salle d'exposition. Sa Gracieuse Altesse est arrivée. »

Benoît de Beaulieu se leva d'un bond et se précipita dehors, plantant là l'homme avec qui il était en grande conversation une seconde auparavant : Irwing Bull, le responsable du département des peintures anciennes chez Sumer.

« Julien, vous êtes incorrigible ! s'exclama celui-ci. Vous savez combien Beaulieu est émotif et vous vous amusez à le paniquer. La princesse est-elle vraiment là, au moins ?

— Bien sûr, Irwing. Cela va nous laisser quelques minutes pour parler affaires. »

Julien Champac posa une fesse sur le coin du bureau Louis XVI de Beaulieu, tira sur le pli de son pantalon de cachemire gris acier et, d'un geste de la main, redonna un peu de volume à la pochette qui ornait son veston. La sévérité de sa mise reflétait la dureté de son visage, de ses yeux gris-bleu et de ses cheveux argent. Mais ce n'était qu'apparence car lorsque Julien souriait tous ces gris s'illuminaient. Ses traits s'adoucissaient, son allure devenait affable et, comme par enchantement, un charme ensorceleur irradiait de sa personne. Sa voix avait le même pouvoir magique. Il usait et même abusait de cette faculté de distiller la crainte ou l'attirance.

Tout différent était Irwing Bull. Petit, chauve, légèrement rondouillard, les paupières tombantes sur un regard toujours fuyant, il aurait franchement rebuté sans le secours de ses grosses lunettes à monture d'écaille qui lui donnaient un air jovial.

« Tout va pour le mieux, Julien, commença-t-il en se frottant les mains, selon sa manie. Ce soir le Bouts devrait faire un bon prix, bien au-dessus des estimations. A mon avis, six à huit millions de francs.

— Qui a mordu à l'appât ?

— La National Gallery de Londres, évidemment, mais ils sont à court d'argent. Le musée Lutty, représenté par Silver, et là je n'y crois pas beaucoup : si le vieux Lutty s'est contenté de dépêcher un marchand, c'est qu'il n'est pas très chaud. Par contre, lord Richmond a envoyé son épouse tout en se réservant une ligne de téléphone.

— Et Norton Foller ?

— Il occupe déjà sa suite à l'hôtel de Paris et m'a appelé deux fois pour des renseignements complémentaires sur la toile. Il a l'air bien mordu.

— Tant mieux ! Dites-moi, Irwing, le Bouts il faudrait le faire monter au maximum. Nous y avons tout à gagner. Les suivants se négocieront plus cher encore ! N'oubliez pas que nous en aurons bientôt deux autres à écouler... »

Irwing Bull allait répliquer quand Benoît de Beaulieu revint dans le bureau, visiblement hors de lui.

« Vous avez été chassé, mon cher Beaulieu ? » demanda, amusé, Julien Champac.

L'autre haussa les épaules, contourna son bureau et s'affala dans son fauteuil.

« Pas le moins du monde, mais la princesse est déjà repartie. Elle a visité l'exposition quasiment au pas de course, accordant à peine une seconde à chaque tableau, mais à la sortie elle a posé cinq bonnes minutes pour les photographes. C'est révoltant !

— Mais pas du tout, Beaulieu, pas du tout ! assura Julien Champac. Elle a bien fait son boulot qui était de se faire mitrailler par la presse devant les chefs-d'œuvre. C'est de la bonne publicité pour les ventes de Sumer, pour le dynamisme de la principauté et aussi pour sa propre personne. Que demander de plus ?

— Quand même, Champac, quand même, le respect des œuvres d'art !

— Mon pauvre ami, on ne peut pas tout espérer d'une princesse. Celle-ci est jolie, c'est déjà beaucoup. Songez que sa sœur vend des maillots de bain et que son frère se croit sportif. Et vous voudriez qu'elle s'intéressât à l'art ! »

Julien Champac se redressa, sauta du bureau et gagna la porte.

« Puisque la voie est libre, je vais visiter l'exposition. N'attendez pas de moi de battre le record de vitesse de Son Altesse... »

2

La Cadillac blanche vint mourir au feu rouge. En ce début d'après-midi, Sud Miami Avenue était pratiquement déserte. Seules quelques voitures climatisées s'étaient risquées à affronter la torpeur ambiante : 40° à l'ombre et un taux d'humidité de 90 %.

Aucun piéton ne se présenta sur le passage clouté mais Bob Hogging attendit le feu vert pour rélancer la voiture et tourner à droite dans Brickell Avenue. Il respectait la vitesse limitée et la Cadillac allait son train de sénateur, bulle réfrigérée dans un univers de Coca-Cola tiédasse.

« Bob, à cette allure on aurait du mal à tourner dans *Deux flics à Miami,* tu ne trouves pas ? »

L'Américain sourit à son voisin.

« OK, Jean ! Mais nous, nous sommes deux flics sages, pas des jeunes cons de cinéma ! Et puis, je sers de guide à monsieur le Français. Alors, regarde... »

D'un large geste de la main, Bob Hogging désigna de part et d'autre de l'avenue de grands immeubles aux façades de verre teinté soutenues par des structures d'acier poli, chromé ou doré. Jean Armand eut l'impression de feuilleter une revue d'architecture : de superbes photos, sans vie.

Après avoir été la capitale des retraités puis celle de l'immobilier, Miami était désormais la capitale de la cocaïne. Tous ces beaux immeubles pour magazines

21

avaient surgi grâce aux narco-dollars. Le nouveau cœur de Miami était en quelque sorte le Wall Street de la drogue. Confronté à la puissance toujours plus orgueilleuse de la mafia, Bob Hogging était devenu un flic démotivé. Plus un battant, un battu. A sa dernière rencontre avec Jean Armand, Bob dirigeait à New York la brigade des arts, l'équivalent américain du CERVO français, le Centre d'enquêtes et de répression contre le vol des œuvres d'art, auquel Armand venait d'être affecté, à l'époque. Bob était un fameux chasseur d'objets volés et il n'avait pas son pareil pour démanteler des gangs organisés. La presse en avait même fait un héros. Seulement, plus ses enquêtes progressaient, plus il se heurtait à des gens connus et très unis : des négociants internationaux liés à des membres de réseaux touchant à la drogue, protégés par des politiciens, des hommes de loi et bien entendu des policiers. Il n'avait tenu aucun compte de certains avertissements, disons amicaux. Sa brigade dissoute, il avait été muté à Miami où on l'avait chargé de récupérer les bijoux que de vieilles rentières se faisaient voler, le plus souvent par leur gigolo. Le placard ! La visite du Français lui avait fait plaisir et l'annonce de sa promotion comme patron du CERVO amusé. « Attention à la chute, mon vieux Jean ! Si jamais, en Europe, le marché de l'art se met à côtoyer celui de la drogue, c'est la fin. » Devant l'attitude plus que sceptique de son confrère, il répétait : « Crois-moi, mon vieux, crois-moi ! » Et il avait ajouté : « Si tu es ici aujourd'hui, ce n'est pas le fruit du hasard. Je le sens bien. » Alors, quand Jean lui conta le but de sa mission, il ne résista pas et claironna : « Tu es foutu ! »

Bob Hogging avait choisi pour leur déjeuner un bistrot français de Coconut, le nouveau village à la mode au sud de Miami. En s'installant, il s'excusa :

« Ça ne te changera pas beaucoup mais moi je profite égoïstement de ton passage pour cesser de bouffer " maures et chrétiens ".

— Bouffer quoi ?

— Un plat de haricots noirs et de riz blanc, appelé " maures et chrétiens " dans le quartier de Little Havana où je crèche. Délicieux au début, dégueulasse en overdose. Alors, raconte-moi ce qui t'amène ici.

— Un tableau, bien sûr, répondit Jean Armand. Un superbe Monet, *Givre sur la Seine à Vétheuil*, volé il y a plus d'un an à une vieille dame habitant près d'Antibes, sur la Côte d'Azur. Avec lui se sont aussi envolées une quarantaine de toiles de Gauguin, Pissarro, Sisley, Renoir, Degas, Utrillo, Guillaumin et Boudin. Je te passe une trentaine de dessins de Watteau, des sculptures de Rodin, mille pièces d'or et autres menus objets. Le tout pour une valeur de sept à dix millions de dollars. »

Un sifflement admiratif fit écho à l'énoncé de la somme. Bob Hogging était ferré.

« Je suppose, dit-il, que la mémé vivait seule et que tous ses trésors étaient entassés dans une pièce poussiéreuse dont la porte d'accès n'avait plus de serrure.

— A peu près », répondit Armand en souriant.

Et il entreprit de raconter à son ami comment lui et ses hommes avaient pisté les toiles. La vieille dame était à l'hôpital et le casse avait été fait par ses voisins. Des amateurs. Pendant des mois les flics avaient pataugé. Cet ensemble de peintures, pour la plupart des impressionnistes, provenait du père de la vieille dame, Michel Dumaine, amateur d'art, peintre à ses heures et ami de Degas. Or, cette collection Dumaine, demeurée des années durant en quasi-hibernation dans cette maison d'Antibes, n'avait pas été recensée et encore moins répertoriée. D'où la difficulté de retrouver les toiles. Puis, coup sur coup, deux fois la chance : un appel d'un célèbre marchand et spécialiste des impressionnistes qui dit avoir aperçu, en Suisse, un Pissarro et un Monet qu'il avait eu l'occasion d'admirer autrefois chez Dumaine ; un second appel quelques jours après, d'un autre marchand à qui on propose deux tableaux de Boudin pour lui inconnus — alors qu'il avait établi le catalogue raisonné de l'œuvre de Boudin — et qui seraient peut-être ceux de la collection Dumaine.

« Le premier appel, interrompit Bob, ce n'était pas Wundorf, ce monsieur " Je sais tout et je me mêle de tout ce qui touche aux impressionnistes ", particulièrement à Monet ?

— Exact ! Mais attends, lors du second appel, cette fois de Kosta Koronis qui, lui, connaît tout d'Utrillo, je demande ce qu'il pense d'une toile de ce peintre proposée dans un catalogue de vente d'une galerie parisienne et qui pourrait être l'Utrillo de la collection Dumaine. " De quelle galerie s'agit-il ? " me demande Koronis — entre parenthèses, un vieux filou que je compte bien faire tomber un jour. Je lui réponds qu'il s'agit de la galerie Mellart. "Tiens, c'est justement Mellart qui me propose des Boudin. " Et voilà, c'était parti ! Une fois chez Mellart, marchand pourtant d'excellente réputation, nous tombons sur la plupart des toiles Dumaine.

— Ce sont les pires, mon vieux. Les pires parce qu'ils jouent de leur bonne réputation.

— En tout cas, il a vite lâché le morceau. Je te passe le circuit voleurs-intermédiaires et les arrestations qui suivirent pour en venir au trafic de Mellart. Tout son commerce passe par deux sociétés de droit panaméennes dont le siège social est à Zurich. L'une d'elles est chargée d'acheter des œuvres, notamment en France, puis de les exporter en Suisse via le port franc de Genève. Là une autre société les prend en charge et les renvoie en France à la galerie Mellart en dépôt-vente. Ce qui fait que le bonhomme n'est jamais propriétaire des œuvres. C'est sans doute à Genève ou à Zurich que Wundorf ou l'un de ses informateurs est tombé sur le Monet et le Pissarro. Le Monet, on a retrouvé sa trace dans les comptes d'une des deux sociétés : vendu cinq millions de francs à un dénommé Luis Vargas demeurant à Miami. D'après Wundorf, il vaut aujourd'hui un bon million de dollars. Intéressant !

— Tu parles ! Tu as mis le doigt dans un drôle de pot à merde, crois-moi ! »

Jean Armand s'en doutait un peu. Après avoir pris des renseignements sur Vargas et s'être assuré qu'il possédait bien le Monet, le patron du CERVO avait entamé les démarches pour sa restitution. Ayant appris que Hogging exerçait ses talents à Miami, il avait décidé de venir lui-même récupérer le tableau. C'est ce qu'il confia à son ami.

« Voilà pourquoi, Bob, j'ai demandé que ce soit toi qui m'accompagne dans cette mission plutôt qu'un autre membre de l'administration policière qui ne m'aurait peut-être même pas adressé la parole. Tandis que toi, tu me diras tout.

— Sûr », répondit Bob qui termina son café sans rien ajouter.

Un quart d'heure plus tard la Cadillac roulait, toujours aussi lentement, en direction de Miami Beach. Après Watson Park, elle stoppa sur le côté de la route, face au port de Miami. Bob Hogging actionna la commande électrique des glaces avant qui s'affaissèrent comme vaincues par la poussée de la chaleur. Une méchante odeur de marais saturée d'iode et de sel envahit l'habitacle. Jean Armand sortit un mouchoir pour s'essuyer le front et le haut de son crâne dégarni.

« C'est ça, Miami : soleil et pourriture », professa sentencieusement Hogging.

Et il ajouta avec une moue méprisante :

« Vargas ce n'est que pourriture. »

Comme Armand allait intervenir, l'Américain, tout en relevant les vitres, enchaîna :

« Attends, Jean. Chez vous, même si vous savez qu'ils ne sont pas toujours blanc-bleu, vous respectez vos notables. Un maire adjoint de la plus grande cité balnéaire, ça vous en jette. Alors je te le dis tout de suite, Luis Vargas, tout maire adjoint qu'il soit de Miami Beach, est une merde. Il trafique dans tout : les jeux, les bijoux et les œuvres d'art volés et depuis peu la drogue. On ne l'a pas encore coincé et, sauf miracle, avant qu'on y parvienne, Miami aura été engloutie par l'ouragan de l'apocalypse. Ce type, il est arrivé ici avec sa machette peu

25

avant que Castro ne prenne le pouvoir à Cuba. D'après des collègues cubains, il jouait tellement au tonton-macoute de Batista que sa tête avait été mise à prix par les guérilleros. Après deux ou trois attentats manqués il a préféré mettre sa précieuse personne à l'abri, ici. Quelques mois plus tard, ses copains arrivaient par milliers. Aujourd'hui, les hispaniques représentent 60 % de la population. A eux le pouvoir. C'est normal, ce sont des conquérants comme les colons d'il y a deux siècles. Tu serais venu le mois dernier, tu aurais pu assister à un sacré combat de boxe entre Vargas et son collègue de Miami. Pour récolter des fonds destinés à une œuvre de charité, ils sont montés tous les deux sur un ring. Et ce n'était pas du chiqué ! Qu'est-ce qu'ils se sont mis ! Ceux qui avaient payé leur place jusqu'à deux mille dollars n'ont pas regretté, crois-moi ! »

Hogging laissa la Cadillac repartir et poursuivit sur McArthur Causeway jusqu'au pont qui relie Star Island. Il tourna sur la gauche et commença le tour de l'île. Les villas se succédaient, cachées derrière de hautes haies qui laissaient parfois entrevoir des perrons prétentieux. C'est devant l'une d'elles que Hogging gara sa voiture. Sans même accorder un regard au crépi rose, vert et jaune qui donnait à la bâtisse l'allure d'une charlotte aux fruits, les deux flics se précipitèrent vers l'entrée pour rejoindre au plus vite un nouvel univers climatisé. Après la demi-minute d'attente qui suivit leur coup de sonnette, ils étaient en eau, le visage perlant de sueur et la chemise collant au dos. Hogging donna un coup de coude à Armand et d'un mouvement de tête lui désigna l'œil de la caméra qui les filmait.

« Vous êtes bien monsieur Armand de la police française et monsieur Hogging du FBI ? grésilla une voix dans l'interphone.

— Oui, répondirent les deux flics dans un bel ensemble.

— Patientez un moment, je vous prie. »

26

Il y eut un déclic et ce fut tout. Hogging jura et frappa du pied l'une des colonnes jaune citron. Une minute passa pendant laquelle ils eurent l'impression de se liquéfier. Enfin la porte s'ouvrit sur un grand type basané, au faciès pointu comme un éperon, qui n'esquissa pas le moindre mouvement d'invitation à pénétrer à l'intérieur. D'une voix nasillarde il se présenta :

« Je suis maître Villegas, l'avocat de M. Vargas. Je vais vous remettre le tableau et les papiers de décharge à signer.

— Ne pouvons-nous pas entrer ? demanda courtoisement Jean Armand.

— Ce n'est pas nécessaire. Nous en avons pour quelques secondes.

— Mais on crève dehors ! ajouta Hogging. On ruisselle !

— Un été humide maintient les ouragans au loin, monsieur Hogging, répliqua l'avocat avec un petit sourire. Vous qui êtes d'ici, ou presque, vous connaissez sûrement ce proverbe.

— Je dois examiner la toile, dit Armand, cela prendra bien un moment. Ensuite, il était convenu que je pourrais m'entretenir avec M. Vargas.

— Quoi de mieux que la lumière du jour pour votre examen, répondit Villegas. Tenez, voilà la toile. Je vais m'enquérir auprès de M. Vargas s'il a changé d'avis. Voici aussi les papiers signés par lui et visés par moi. »

Tendant les papiers de la main gauche à Hogging, il glissa vers Armand le précieux tableau de Monet puis referma la porte.

« Ah, les fils de pute ! jura Hogging. On aurait dû prévoir un mandat de perquisition. Ah, les salauds ! »

Jean ne l'écoutait pas, tout occupé à examiner le Monet : les berges de la Seine près d'Argenteuil, aux herbes couvertes de givre, une eau nacrée, irisée par une légère formation de glace, avec au loin des peupliers éclairés de roux par un soleil couchant invisible sur la toile. Un travail superbe, tout en pointillés.

« Une toile qui annonce *Les Nymphéas,* commenta Armand. Quelle beauté, quelle fraîcheur !

27

« — Hum, c'est sans doute pour cela que Vargas l'a choisie, ironisa Hogging. Quand la climatisation est en panne, il n'a qu'à la contempler pour se rafraîchir ! »

La porte s'ouvrit à ce moment-là et Luis Vargas apparut flanqué de son avocat. Retirant lentement son cigare d'entre ses lèvres il dit, méprisant, en s'adressant à Hogging :

« Pour une fois votre bêtise vous donne raison. C'est bien pour me rafraîchir les yeux que j'ai acheté ce tableau.

— Ça ne vous aura pas rafraîchi l'âme », répliqua Hogging.

Jean Armand intervint aussitôt, craignant que tout à coup les choses ne tournent mal.

« Il est magnifique, monsieur Vargas ! Je comprends qu'il vous soit désagréable de vous en séparer. Mais c'est la conséquence des conditions de son acquisition. C'est regrettable...

— Très ! renchérit Villegas.

— A ce propos, maître, dit Armand, est-ce vous qui avez été chargé de la transaction avec la société panaméenne Décora ?

— Parfaitement. C'est même moi qui ai découvert ce tableau et qui en ai parlé à monsieur Vargas.

— Tout cela a été consigné, s'énerva Vargas. En voilà assez. Vous vouliez me voir et vous m'avez vu. Cela suffit.

— Non, insista Armand. J'aurais aimé m'entretenir avec vous à propos d'autres vols commis en France ou dans d'autres pays européens. Nous pensons que les œuvres dérobées sont parvenues aux États-Unis et peut-être ici même, à Miami.

— Parce que j'ai eu le malheur d'acquérir une peinture volée, vous vous imaginez sans doute que je sais tout de ces trafics ?

— Votre position...

— Quelle position ? Vous me fatiguez, messieurs ! C'en est assez ! »

D'un geste vif, Luis Vargas remit son cigare en bouche, constata qu'il était éteint et le jeta aux pieds de Hogging avant de tourner les talons. Maître Villegas referma la porte sans davantage saluer, laissant les deux flics pantois.

« Je t'ai dit que ce type était une merde ! fulmina l'Américain. Une grosse merde qui nous prend pour ce que nous sommes : deux petites crottes ! »

Jean Armand haussa les épaules, prit la toile avec précaution et regagna la voiture. Hogging suivit en râlant.

« Ils auraient pu nous filer de quoi l'emballer ! Même pas une ficelle pour un million de dollars ! »

3

Sa Seigneurie le duc de Richmond extirpa sa lourde carcasse de Gallois du canapé où il se vautrait. C'était l'heure de la tournée des ancêtres : six ducs de Richmond à saluer, verre de whisky en main, en claquant les talons. Un cérémonial auquel se livrait volontiers George Andrew, Thomas, septième duc de Richmond, quand il devait prendre une décision importante.

En grimaçant il déplia sa grande taille qui avait fait de lui un des officiers les plus admirés de l'armée des Indes de Sa Gracieuse Majesté et réajusta sa robe de chambre. Comme beaucoup de ses ancêtres, lord Richmond, homme à femmes plus encore que militaire, était surtout un grand buveur. Son visage, mangé par la couperose, enluminé d'un nez bouffi et craquelé qu'encadraient deux yeux rougis, lourds et papillotants, brillait comme une enseigne de cabaret des bouges de Londres. Sa Seigneurie portait gaillardement ses soixante-dix ans.

« Suzan ! aboya-t-il, apporte la carafe de whisky et prends un verre pour toi. Tu vas saluer aussi tous ces fils de pute ! »

La jeune femme qui occupait un vaste fauteuil couvert de cretonne à fleurs et envahi de coussins de soie rose se précipita vers le bar dissimulé derrière un des nombreux rayonnages du salon-bibliothèque.

« Remue ton cul que ça fasse vivant, nom de Dieu !

jura Sa Seigneurie. Tu ne présentes pas une collection de dessous féminins à des douairières, merde ! »

Suzan s'exécuta et balança sa croupe opulente mise en valeur par une guêpière de fin cuir noir et des bas couleur lilas. Elle revint avec le flacon et les verres, la bouche mutine simulant la fâcherie.

« Allons, ma petite Suzan, dit le duc en lui flattant la fesse, ta nature c'est d'être pute. N'essaie pas de jouer les mondaines, ça ne te va pas. »

Il la prit par la taille et l'emmena pour la première station. Face à un portrait d'homme au regard fier portant une perruque poudrée et bouclée en cascade, lord Richmond tendit son verre et tonna :

« Salut à toi, George, premier du nom, géniteur illustre de cette lignée dont moi, George Andrew, septième du nom, je m'honore d'être le point final ! Du moins pour l'instant, car si Suzan nous faisait un petit... Pas vrai, mon bébé ? »

Suzan minauda et se fit câline, passant la main dans l'échancrure de la robe de chambre.

« C'est cela, flatte-moi ! Qu'il voie que je suis de bonne lignée, George. Il était, paraît-il, aussi fougueux au lit que sur les champs de bataille. N'enlevait jamais ses bottes. Toujours droit au but, l'épée à la main ! La petite histoire — qui vaut largement la grande avec laquelle on emmerde les enfants — dit que sa femme, Sarah, était tellement fière de ses conquêtes qu'elle en tenait la comptabilité ! Dis, Suzan, tu vois Barbara enregistrant les coups que j'ai tirés ? Et que je tire encore ! »

Barbara Garden, actrice de cinéma célèbre dans les années cinquante et soixante, avait réussi à mettre la main sur ce célibataire apparemment irréductible possédant plusieurs châteaux et domaines en Grande-Bretagne et surtout héritier d'une fantastique collection de peintures commencée depuis quatre siècles. Pour une puritaine comme Barbara, vivre aux côtés d'un paillard et d'un ivrogne représentait quelque chose comme l'enfer, mais un titre de duchesse valait bien quelques sacrifices. Et puis George Andrew, grâce au ciel, était aussi dépensier que bon sauteur...

La visite aux portraits se poursuivit par Richard, un bagarreur, Spencer, un fin politique, William, un mondain effréné, Charles, un joueur, et John, une gravure de mode qui préférait les palefreniers aux courtisanes.

Le vieux duc les salua tour à tour en débitant leurs titres de gloire et surtout leurs travers, qu'il fêta en avalant cul sec six verres de whisky. Ce qu'il ne dit pas à Suzan, c'est que ses ancêtres, aussi fantasques fussent-ils, étaient agités de la même passion transmise de père en fils : collectionner les œuvres d'art. Parmi tous leurs vices, c'était là leur unique qualité. Ils en avaient été tous fiers et George Andrew peut-être plus que les autres. Cette tournée, en fait, n'était que le prétexte pour admirer les portraits peints par Van Dyck, Raeburn, Reynolds, Gainsborough. Des merveilles dont le prix en était la rareté sur le marché car — que ce soient les ducs de Richmond, de Marborough, de Devonshire, de Buccleuch, les lords Egremont ou Middleton, les comtes de Rosebery et de Harewood ou encore le marquis de Northampton — tous ont conservé au sein de leurs collections privées ces portraits qui ornent aujourd'hui encore les murs de leurs châteaux ou de leurs hôtels particuliers. Ces chefs-d'œuvre valent des petites fortunes : lorsqu'en 1983, à l'hôtel Drouot à Paris, un Reynolds, *Portrait de Franck Barber,* avait atteint aux enchères près de quatre millions de francs, Sa Seigneurie s'était saoulée. Quand on a six Reynolds chez soi, on peut s'offrir une bonne cuite !

Le vieux duc s'en retourna caler sa carcasse dans le canapé en s'exclamant : « Et maintenant, au travail ! » D'une main il saisit un petit boîtier de télécommande qu'il actionna. La tapisserie du XVIIᵉ siècle qui recouvrait le mur face à lui disparut progressivement derrière un écran blanc sur lequel le duc projeta côte à côte des diapositives de trois peintures de Dirk Bouts : à gauche, la *Mise au tombeau* de la National Gallery, à droite la *Dernière Cène* de l'église Saint-Pierre de Louvain, au centre la *Résurrection* mise en vente à Monte-Carlo dans les heures qui allaient suivre. Il resta ainsi de longues minutes à contempler ces œuvres pendant que Suzan, installée entre ses jambes, le caressait avec délicatesse sous sa robe de chambre.

Deux éléments retinrent toute l'attention de lord Richmond. D'abord, les visages du Christ dans la *Dernière Cène* et dans la *Résurrection*, pratiquement identiques, ensuite les tombeaux de la *Résurrection* et de la *Mise au tombeau*, absolument différents comme le paysage en arrière-fond. Le duc était troublé. La ressemblance des visages l'inclinait à penser que cette *Résurrection* pouvait être un Bouts et non un Lucas de Leyde comme il l'avait pensé tout d'abord. Il consulta à nouveau le dossier envoyé par Sumer, compara le descriptif à la photo, vérifia les dimensions, relut les quelques lignes concernant l'histoire et la provenance : elles n'étaient pas très convaincantes et laissaient planer un doute quant aux origines de la toile. Tout à coup un détail le frappa. Il était dit que cette tempera pourrait bien former, avec trois autres œuvres de Bouts peintes à la même époque et la *Crucifixion* des musées royaux de Bruxelles, un seul et même ensemble. Par télécommande, le duc fit disparaître l'image de la *Cène* qu'il remplaça par celle de la *Crucifixion*.

Dans ses notes, il vérifia le format de cette dernière peinture puis se livra à quelques calculs.

« Nom de Dieu ! hurla-t-il.

— Je vous ai fait mal, Monseigneur ? s'enquit Suzan tout à coup distraite dans sa besogne.

— Non, non ! Continue, bordel ! »

Doublement excité, le septième duc de Richmond réfléchissait à vive allure. Tout collait, les dimensions des toiles et les sujets (*Résurrection, Mise au tombeau, Adoration* et *Annonciation*), pour constituer autour du grand tableau de la *Crucifixion* un fabuleux retable. S'il manquait trois pièces sur cinq, puisque deux appartenaient déjà à des musées, l'une d'elles était à vendre ce soir. Il l'achèterait. Sûr ! Peu importerait le prix. Il rechercherait ensuite les deux autres et, foi de Richmond, les achèterait également. Et, alors satisfait, il ferait don de l'ensemble à la National Gallery afin que le nom des Richmond brille encore un peu plus dans la postérité. Jouissif! Il passa doucement ses mains dans la chevelure de Suzan et se prit à gémir.

4

Debout, les mains croisées derrière le dos, le jeune marchand Daniel Turana observait minutieusement la *Résurrection*, peinte, selon les experts de Sumer, par Dirk Bouts. Une jeune femme vint se placer à ses côtés. Daniel Turana remarqua tout de suite sa beauté : un grand front, de hauts sourcils, l'œil en amande, un nez fin dont l'arête de profil paraissait tranchante, une bouche vermeille au dessin parfait et un rien gourmande, un petit menton rond qu'elle tendait en avant. Douceur et volonté se dégageaient de ce visage hâlé, qu'encadrait une chevelure de jais coiffée en bandeaux. « Fascinante ! pensa Daniel Turana. Fascinante parce que fascinée... Elle regarde ce tableau comme seuls savent le faire les vrais amateurs. »

Après avoir contemplé la toile dans son ensemble pour s'en faire une idée exacte, la jeune femme fit mine de s'avancer mais s'arrêta net, comme prise d'un doute. « C'est cela, ma belle, tu te méfies tout à coup, songea Turana, elle est en trop bon état, cette tempera, n'est-ce pas ? Oui, oui, tu sais comme moi que les peintres flamands du xve siècle peignaient des huiles sur bois. Cette technique de la tempera à la colle animale — ah, poisson ou peau de lapin ? Disons plutôt peau de lapin —, eh bien, cette technique est fragile, l'humidité peut la détruire en partie, voire totalement. Or, celle-là brille comme un petit sou neuf, ou peu s'en faut. Oui, oui, fais

35

un effort de mémoire ! Voilà ! La *Mise au tombeau* de la National Gallery de Londres, étiquetée Dirk Bouts depuis un demi-siècle, c'est aussi une tempera, découverte en 1860 celle-là. Et comment est-elle ? Toute pâlotte à côté de cette *Résurrection*, toute terne. A l'époque, on avait crié au miracle pour une telle conservation. Bizarre, hein, ma belle ? »

La jeune femme s'était maintenant approchée du tableau et commençait un examen attentionné par petites surfaces. « Bien ! Bien ! commentait en lui-même Daniel Turana. Cherchons les traces de restauration, les repeints, fouillons dans le détail les parties les plus travaillées, analysons la qualité du dessin, examinons les rouges. Oui, oui, tu aimerais passer un doigt mouillé de salive sur certains endroits, tirer la petite aiguille qui ne doit pas quitter le revers de ton tailleur et la faire glisser légèrement sur la surface pour mieux déceler les rajouts. Mais tu n'oses pas. Il y a trop de monde, tant pis. Tiens, tu hoches la tête ! Qu'est-ce qui te chiffonne encore ? Prends du recul, va ! » Comme si elle lui obéissait, la jeune femme fit deux pas en arrière, se rapprochant de Daniel Turana qui, toujours fasciné, continuait son monologue intérieur. « Ce sont les soldats endormis qui te gênent. Celui assis derrière l'ange et qui ronfle comme un sonneur et l'autre allongé de tout son long, la tête entre les bras, au pied du tombeau. Ils ne l'ont pas entendu s'ouvrir, ils n'ont pas remarqué le Christ qui se levait et en sortait. Ils ne se sont pas enfuis comme il est dit dans les Écritures. Eh oui ! Une pareille erreur dans l'allégorie, c'est une bizarrerie de plus, n'est-ce pas, ma jolie ? »

Se sentant observée, la jeune femme se tourna brusquement vers Turana. Elle le dévisagea avec un regard si pénétrant qu'il eut l'impression — lui qui n'était déjà pas grand — de rapetisser en un éclair. Très gêné, il bredouilla quelques mots d'excuse.

« Pardonnez-moi, mademoiselle, mais vous êtes si belle ! Plus belle qu'une madone de l'école vénitienne !

— Et vous aussi fruste qu'un primitif pour épier quelqu'un de la sorte ! Mais vous aviez peut-être une bonne raison, monsieur Turana ? Vous vouliez probablement parler peinture ?

— Vous... vous savez mon nom, bégaya Daniel, à la fois troublé et flatté d'être connu de cette ravissante créature.

— Bien sûr ! C'est mon métier de connaître tous les marchands. Au moins de réputation et en photo. Je m'appelle Ilaria Bellini et je viens de prendre en charge le bureau de Sumer à Rome.

— Toutes mes félicitations ! Je suis enchanté de faire votre connaissance, s'exclama Daniel Turana, j'espère que ma réputation ne souffrira pas de... »

Une voix claire et amusée derrière lui l'interrompit.

« Mais oui, Daniel, ta réputation est intacte ! Et elle va aller en grandissant après la découverte de ce chef-d'œuvre surpassant les madones du quattrocento. »

Le jeune marchand se retourna pour découvrir Julien Champac qui souriait à pleines dents en contemplant Ilaria Bellini. Furieux de cette intrusion, Turana lui jeta, grinçant :

« C'est avec un compliment aussi pauvre que je me suis fait traiter de primitif.

— Par mademoiselle, je suppose ? Non seulement elle est jolie mais elle a de la repartie. Et vous me classez comment ? Mademoiselle... Mademoiselle... ?

— Ilaria Bellini », s'empressa de répondre Daniel Turana qui fit les présentations.

Pendant ces quelques secondes, Ilaria et Julien se dévisagèrent.

« Je vous rangerai du côté des fauves, monsieur Champac.

— Vous avez un goût merveilleux et une grande sûreté de jugement. Aussi, je vais vous donner un conseil : ne vous laissez pas influencer par Daniel. C'est le garçon le plus gentil que je connaisse, seulement il a un gros défaut, il ne sait pas goûter au bonheur. Dès qu'il est tombé sur un chef-d'œuvre, la joie de la découverte est aussitôt éclipsée par le doute. Le doute que confère la connaissance. Je suis sûr qu'il vous exprimait ses craintes sur l'attribution de cette *Résurrection*. N'est-ce pas ? »

Amusée par ce portrait rapide du jeune marchand qui passait, à juste titre, pour un érudit respectable et un fouineur hors pair, Ilaria répondit en riant :

« Il n'avait pas encore commencé. Je crois qu'il prenait plaisir à déceler le doute qui m'envahissait moi-même.

— Voyeur, avec ça ! Bravo, mon petit Daniel ! » s'esclaffa Julien.

Turana se sentit rougir et haussa les épaules, agacé. Il prit son catalogue, le feuilleta pour trouver la page de présentation du Bouts et commenta à voix haute qu'il trouvait plutôt hardie cette attribution à Dirk Bouts, simplement parce que cette *Résurrection* avait été exécutée dans la même technique et dans les mêmes dimensions, à quelques millimètres près, que la *Mise au tombeau* de la National Gallery. Il ironisa sur la conclusion sibylline des experts de Sumer à qui il semblait « raisonnable de supposer » que les deux tempera étaient de la même main. Était-ce si raisonnable que cela ?

Quand Daniel Turana s'excitait pour une recherche, s'enflammait pour une hypothèse, il prenait de l'assurance, son visage s'illuminait, sa voix se plaçait automatiquement dans un registre haut qui attirait immanquablement les curieux. Satisfait d'avoir un auditoire, le jeune marchand donnait alors libre cours à son érudition et à ses supputations. N'étant guère désireux, pour des raisons qui lui étaient propres, de laisser Turana divaguer au sujet du Bouts devant des amateurs, voire quelques journalistes en mal de sensationnel, Julien décida de couper court à son discours.

« Excuse-moi, Daniel, mais je te cherchais pour un conseil à propos du Bellotto. Mademoiselle Bellini, votre avis me serait également précieux, voulez-vous venir avec nous ? »

Prenant Turana par un bras et Ilaria Bellini par l'autre, il les entraîna au fond de la salle où trônait la magnifique *Vue du grand canal*. Parvenu devant elle, Julien relâcha son étreinte et dit qu'il aimait beaucoup cette toile mais s'interrogeait sur son attribution. Était-ce vraiment un Bernardo Bellotto, neveu d'Antonio Canal, dit le Canaletto, ou un Visentini qui retouchait les détails architecturaux que souvent le Canaletto négligeait pour travailler les personnages, ou tout simplement un Canaletto ? Irwing Bull affirmait qu'il s'agissait d'un Bellotto. Mais comment en être sûr ?

« Un moment », dit Daniel Turana qui se plongea dans l'examen du tableau.

Ilaria et Julien se regardèrent un instant et faillirent éclater de rire devant tant de sérieux. Puis Ilaria se pencha à son tour sur la toile. Pour Julien, c'était un test : si Daniel Turana n'émettait aucun doute quant à la qualité de la peinture, personne d'autre ne risquerait de lever le lièvre. Et lièvre il y avait, puisque ce prétendu Bellotto était en fait, avec quelques centimètres en moins en haut et en bas et quelques habiles repeints, un Canaletto volé voici plus d'un an chez un collectionneur milanais. Ainsi maquillé, muni de fausses origines par les soins de la comtessa da San Friano, attribué à Bellotto par Irwing Bull, ce tableau volé, invendable au grand jour et que Julien Champac avait racheté pour trois fois rien à un receleur toscan, allait pouvoir commencer une nouvelle carrière.

Ilaria Bellini abandonna la première l'examen de la toile.

« Alors ? demanda Julien.

— Dites-moi d'abord, monsieur Champac, pourquoi un marchand d'art contemporain tel que vous s'intéresse à la peinture ancienne ?

— Par jeu », répondit Julien, un peu surpris par la question.

Il n'eut pas à préciser davantage car Daniel Turana s'avançait pour rendre son verdict.

« Il s'agit d'un premier examen de surface, commença-t-il, prudent, disons une impression quant à l'attribution plus qu'à la qualité personnelle de l'œuvre. L'ambiance est un peu froide. L'immobilité règne, le mouvement semble faire défaut. Peut-être est-ce dû à la rigidité de l'architecture propre aux toiles de Bellotto. Le ciel manque de ces nuages qui donnent aux paysages de Canaletto cette lumière étrange qui baigne l'eau comme le ciel. Je pense qu'Irwing Bull n'a pas tort de l'attribuer à

Bellotto. Il y a eu quand même quelques restaurations qu'il faudrait examiner de plus près. »

Intérieurement, Julien Champac respira. Le jeune marchand n'avait pas été négatif. Il se tourna vers Ilaria pour quêter son avis. Elle lui demanda encore un moment, prit du recul puis se rapprocha à plusieurs reprises.

Les deux hommes regardaient son manège avec des yeux attendris. Elle était d'une bonne taille pour une Italienne, un bon mètre soixante-dix perché sur de fins talons, frêle sans paraître fragile. Ils l'auraient préférée en robe plutôt qu'en tailleur mais cela n'entachait tout de même pas leur plaisir. Ils se prirent à sourire en la contemplant puis aussitôt leur visage se ferma. Ils venaient de comprendre qu'ils étaient rivaux.

« Il y a une chose qui me tracasse dans ce tableau, finit-elle par dire en les rejoignant, c'est ce ciel un peu trop limpide, cette fixité. J'ai en mémoire un Canaletto à peu près semblable de construction mais plus vivant. Un tableau volé à Milan. Ça ne vous dit rien, monsieur Turana ?

— Ma foi, non. »

Julien Champac poussa un profond soupir comme si ces expertises à répétition l'ennuyaient profondément. En réalité la remarque d'Ilaria Bellini lui apparaissait comme un coup de semonce.

« Pour moi, tout cela est trop savant ! Allons plutôt prendre un verre, dit-il d'un ton enjoué, en attendant d'être mes invités ce soir après la vente. Si vous le désirez ! Je donne une réception pour le lancement de... Mais non, vous le saurez si vous venez...

— Pourquoi pas ! répondit Ilaria. Mais, pour l'instant, je n'ai pas encore achevé ma visite. Alors, à ce soir peut-être. Vous m'accompagnez, monsieur le primitif ? »

Trop heureux de pouvoir distancer Champac le séducteur, Daniel Turana se précipita à la suite de la jeune femme.

5

L'homme consulta sa montre. Elle marquait vingt-deux heures cinq. Il sortit alors de la camionnette bleu clair marquée du sigle des PTT. Tout en détachant l'échelle télescopique arrimée sur la galerie, il observa la petite rue faiblement éclairée. Calme plat. Il était seul dans ce recoin de Neuilly, proche du bois de Boulogne.

Il posa l'échelle près du grand porche de l'hôtel particulier devant lequel la camionnette était stationnée et gravit les barreaux avec précaution. Il atteignit la boîte de raccordement des lignes téléphoniques et vérifia l'heure en sortant ses pinces coupantes de la trousse fixée à sa ceinture. Vingt-deux heures sept. Cela faisait maintenant deux minutes que le test cyclique émis sur la ligne de détection reliée à la centrale de surveillance avait signalé que tout était en ordre.

Aussi, à petits coups rapides, sectionna-t-il tous les fils. Grâce aux renseignements fournis par un magnétophone à horodateur qu'il avait branché la veille sur la ligne de détection, à la hauteur du répartiteur téléphonique du quartier, il savait que le dialogue en multifréquence se produisait toutes les deux heures paires, cinq minutes après l'heure. Il lui restait donc jusqu'à minuit cinq pour opérer sans que l'alerte soit donnée.

L'homme s'attaqua ensuite à la sirène placée au-dessus de la boîte PTT. A l'aide d'un tournevis, il déforma les

41

ouïes métalliques pour pouvoir y glisser un tube de plastique dans lequel il injecta une mousse de polyuréthanne de façon à obstruer complètement le coffret et neutraliser l'engin.

Redescendant l'échelle, le faux agent des postes jeta un regard dans la rue. Toujours personne. Il entreprit alors la serrure du porche qui, avec l'aide d'un « parapluie », ne lui résista pas deux minutes. Après avoir pris un grand sac dans la voiture, il récupéra l'échelle et entra en prenant soin de repousser le lourd vantail. Dans la clarté lunaire se détachait, au bout d'une longue allée pavée et bordée de pelouses, la masse sombre de l'hôtel particulier d'Adrien Lieutadès, le roi de la bière.

Aucune lumière ne filtrait derrière les volets tirés. Seul un œil-de-bœuf était éclairé sous les combles. D'après les renseignements qu'il possédait, l'homme en déduisit qu'il s'agissait de la chambre du vieux chauffeur-maître d'hôtel qui s'endormait fréquemment en laissant la lumière allumée. Le couple Lieutadès occupait des chambres de l'autre côté de la demeure, sur les jardins. Quant à la jeune bonne, elle devait être de sortie ce samedi soir.

Marchant sur la pelouse pour éviter tout bruit, l'intrus gagna le perron, gravit les quelques marches en soulevant son échelle qu'il déposa près de la porte d'entrée ainsi que le sac. A genoux il examina la serrure, dont il connaissait le modèle, à l'aide d'une lampe frontale et choisit ensuite minutieusement ses outils qu'il plaça en éventail devant lui.

Au moment d'opérer, il ressentit une légère angoisse comme à chaque fois qu'il prenait un risque. Bien sûr, sa force était de tout prévoir et de ne s'aventurer qu'en terrain connu. Cela exigeait une infinie patience, un sens parfait de l'organisation, une grande méticulosité. Ces qualités avaient fait de lui le meilleur « ouvreur » de la profession.

Sa réputation était telle dans le monde des cambrioleurs de haut vol qu'il y était connu sous le nom de Toussaint « l'Ouverture ». Toussaint, prénom Gérard, ex-voyou des faubourgs, ex-légionnaire. C'est d'ailleurs à la Légion, en Algérie, qu'un copain l'avait ainsi surnommé, et cette référence au général haïtien qui défia Napoléon, il la devait à son extraordinaire sang-froid, révélé dans les opérations de déminage. Quand ce copain l'avait baptisé ainsi, il lui avait avoué : « C'est marrant, dans le civil je suis cambrioleur ! » Et ils avaient ri.

L'appréhension qui lui titillait le creux de l'estomac à l'instant de crocheter cette nouvelle serrure provenait du peu de renseignements dont il disposait. En principe, l'intérieur de la maison était défendu par des radars volumétriques reliés à des sirènes. Aucun système d'alarme ne protégeait la serrure d'entrée, si ce n'était la qualité de cette dernière. En principe. Et si jamais ? Il aurait certes largement le temps de se sauver mais ce serait l'échec et cela il ne l'admettrait pas.

La serrure résista dix bonnes minutes mais ne déclencha aucun système d'alarme. Gérard Toussaint ôta sa casquette et s'épongea le front, puis il ouvrit le sac et en sortit une combinaison d'amiante qu'il s'empressa de revêtir. Sa montre indiquait vingt-deux heures trente-cinq. Après avoir enfilé la combinaison qui lui couvrait même les pieds, il pénétra dans la maison sans provoquer le moindre hurlement de sirène. Fonctionnant sur le principe d'une élévation de la température de l'air ambiant — aux alentours de 20° —, les détecteurs à infrarouges passifs, qui immanquablement auraient réagi à la pénétration dans leur zone de toute chaleur humaine ou animale, se trouvaient neutralisés par la combinaison d'amiante.

Gérard Toussaint tira un plan de sa trousse et, avec l'aide de sa lampe électrique, partit à la recherche dans toutes les pièces du rez-de-chaussée des radars dont il recouvrit les éléments de détection de peinture en bombe.

Pour plus de sécurité, il obstrua également les sirènes de mousse de polyuréthanne. Cela lui prit encore une dizaine de minutes durant lesquelles il n'accorda pas même un regard aux somptueuses toiles impressionnistes accrochées aux murs du salon, du hall d'entrée, du séjour ou de la bibliothèque. Il décida plutôt de parachever son travail en neutralisant également la protection électrique des tableaux et gagna pour cela le hall.

Son plan en main, il choisit une des toiles proches de l'entrée, dégagea la goulette en plastique dans laquelle courait le câble de détection en direction de la centrale. Il l'ouvrit à l'aide d'un rasoir pour en extraire six fils parmi lesquels il repéra le bleu et le rouge servant à la détection et qu'il plaça aussitôt en court-circuit. Plus rien ne protégeait désormais la célèbre collection Lieutadès.

Satisfait, Toussaint sortit de la maison, ôta la combinaison d'amiante qu'il fourra dans son sac avec sa trousse, traversa la cour tranquillement et passa le porche. Toujours personne dans la rue. Il tira le vantail à lui pour donner l'impression que la porte était bien fermée puis traça à la craie une petite croix sur le heurtoir de bronze. Après avoir fixé l'échelle sur la galerie, il s'installa au volant de la camionnette. Il était vingt-deux heures cinquante-cinq. Gérard Toussaint démarra et partit.

6

Fidèle à son habitude, Barbara Garden fit une entrée très remarquée dans la salle des ventes du Sporting d'hiver. Souveraine, elle descendit l'allée centrale dans un crépitement de flashes en distribuant de temps en temps des bénédictions amicales de sa main gantée. A son bras, un éphèbe blondasse souriait niaisement. Son secrétaire. Un secrétaire très particulier comme le qualifiaient les mauvaises langues de la jet society. Les défenseurs de la duchesse de Richmond, également vipérins, répliquaient que ce jeune homme était aussi incapable de couvrir de cornes l'auguste front du duc que de porter atteinte à l'intégrité de la moindre pucelle tant il avait, le pauvre, contracté de mauvaises habitudes dans les collèges anglais. Bref, l'entretenu entretenait les conversations.

Le spectacle fut pourtant vite éclipsé par une nouvelle arrivée fracassante, et c'est dans l'indifférence d'une vague venant mourir sur le sable que Barbara Garden, à l'abri de son grand chapeau de feutre gris, alla s'asseoir au premier rang des places réservées.

Tous les regards, en effet, s'étaient portés sur un grand type à la démarche de timide souhaitant visiblement passer inaperçu, ce que son nom et son physique rendaient absolument impossible dans un tel lieu. Sa chevelure rousse et bouclée flamboyait comme un feu de la Saint-Jean attisé par deux grandes oreilles en forme de soufflet. Sa bouche étroite étirait avec peine un demi-sourire comme pour excuser ce nez en bec d'aigle et ce menton en galoche qui semblaient vouloir le précéder contre son gré. Ce respectable citoyen américain se nommait Norton Foller et était le plus grand acheteur privé d'œuvres d'art du moment — si l'on exceptait bien sûr John Lutty, l'homme le plus riche du monde.

Enrichi par la boisson alors que d'autres y sombrent, Norton Foller, après avoir inondé durant trois décennies le monde entier de ses jus de tomates et d'oranges, s'était retiré des affaires, laissant à son épouse le soin de gérer la firme de cosmétiques qu'il lui avait offerte en cadeau de mariage lorsqu'il avait épousé cette petite esthéticienne de Los Angeles. Depuis, il achetait des œuvres d'art.

En dix ans seulement il avait, à coups de dollars, rassemblé plus de cinq cents chefs-d'œuvre dont l'ensemble pouvait être évalué à sept cents millions de dollars. Le poids de sa folie pesait lourd sur le marché de l'art qu'il mettait en état de fièvre à chacune de ses manifestations. Il était devenu ainsi l'ennemi juré du vieux Lutty et des gens de son musée qui, face à lui, devaient pousser les enchères toujours plus haut.

Dans cette lutte, la masse de dollars investis ne comptait pas, seule importait la victoire qui permettait à l'un de ravir à l'autre tel tableau de Rembrandt ou de Rubens, tel Raphaël ou tel Zurbaran, tel Gauguin ou tel Van Gogh. Les amours du milliardaire le portaient vers la peinture italienne ou flamande et vers Edgar Degas dont il possédait plus de vingt toiles, une centaine de pastels — l'un d'eux avait été payé trente millions de francs — et plusieurs sculptures.

Son dernier succès avait fait couler beaucoup d'encre. A la barbe des musées anglais et de John Lutty, Foller avait acquis auprès d'une abbaye du Gloucestershire une *Fuite en Égypte* de Jacopo Bassano pour trois millions et demi de francs, une aumône. En salle de vente, cette œuvre aurait atteint le triple, voire le quadruple. Un autre scandale, l'achat d'une sculpture unique de Siva sortie frauduleusement de l'Inde, montrait bien que le bon-homme n'hésitait sur aucun moyen pour s'accaparer un trésor artistique. S'il n'était pas trop regardant sur la provenance, il ne l'était pas non plus sur les garanties d'authenticité. Ce qui lui importait, c'était de réaliser un coup spectaculaire, d'être partout le premier, le meilleur. Or le terrain des salles de vente aux enchères lui convenait très bien comme champ de bataille. Ce soir, sur l'échiquier de Sumer, il venait relever le défi du Bouts face aux pions des grands musées du monde entier, au roi du pétrole Lutty et à ce vieux fou de Richmond qui avait déjà avancé sa reine.

En gagnant sa place, Norton Foller s'arrêta pour saluer Daniel Turana qui s'était placé sur son chemin. Comme à son habitude, le milliardaire américain tendit mollement sa main gauche au jeune marchand car jamais, pour saluer, il ne retirait sa dextre de la poche de son veston où il triturait en permanence des pièces de monnaie. Dollars, pesos, louis d'or ou bien vulgaires cents, nul ne savait.

L'aparté fut bref.

Julien Champac, qui avait suivi la scène, était persuadé que Turana réitérait ses réserves quant à la qualité du Bouts. Apparemment en vain car il perçut un haussement d'épaules agacé chez Turana lorsque celui-ci regagna sa place, debout le long d'un des murs. Le choix tactique du jeune homme amusa beaucoup Julien, lui-même adossé au mur d'en face aux deux tiers de la longueur de la pièce par rapport à la tribune où s'installent le commissaire-priseur, ses assistants et les experts. Cette position stratégique permet de suivre au mieux le déroulement des enchères en voyant à la fois ce qui se passe côté tribune (annonce, présentation de l'œuvre, adjudication et affichage des prix en différentes monnaies sur un tableau électronique) et ce qui se passe côté salle (qui enchérit ou surenchérit et où : dans les premiers rangs, au centre, au fond ou parmi les personnes debout).

Arrivé parmi les premiers, Julien avait déjà repéré les courtiers des gros collectionneurs, les marchands et les représentants des musées susceptibles de participer aux enchères. Ce sont eux les véritables acheteurs. La plupart des gens riches et des collectionneurs qui composent le parterre des grandes ventes de prestige n'enchérissent pas directement, ouvertement, sauf certains énergumènes tel Norton Foller qui, pour une œuvre d'envergure comme le Bouts, monterait certainement lui-même les enchères. Pour son propre plaisir et pour l'effet médiatique, afin que l'on sache que, ce soir encore, il allait faire le prix du marché et ajouter une nouvelle plus-value à sa collection privée.

Mais le magnat allemand de l'acier entouré de deux jolies blondes, l'armateur grec accompagné de sa famille, le boursier anglais rondouillard et sa femme revêche, les banquiers suisses et américains, le dessinateur de mode italien et son petit ami décorateur, coqueluches du Tout-New York, pas un seul d'entre eux ne lèverait le petit doigt, ne se titillerait l'oreille, ne s'épongerait le front, ne se gratterait le nez, n'agiterait sa pochette ou ne se caresserait barbe ou moustache pour indiquer de ces différentes manières discrètes qu'il suit l'enchère.

Pour que le secret soit total, que le fisc ignore tout achat, mieux vaut confier ses désirs et ses intérêts à un courtier ou à un marchand qui, en plus, offrira une garantie sur les origines et la qualité des œuvres que même les plus grandes maisons de vente aux enchères n'apportent pas toujours. Une pièce rare, un chef-d'œuvre représente souvent plus qu'un investissement, la dernière monnaie libre du monde pour se protéger convenablement contre l'inflation. Pourquoi donc alerter sur ses intentions ? Tous se connaissent suffisamment les uns les autres, passent leurs vacances dans les mêmes stations à la mode, fréquentent les mêmes clubs ou les mêmes chirurgiens esthétiques. Et puis, quel bonheur de faire découvrir, lors d'un dîner ou d'une réception, ce petit trésor acheté l'autre jour à Monte-Carlo, à Londres ou à Genève. C'est si bon de se faire des cachotteries entre gens du monde...

La salle finit par se remplir. Pour ne pas déroger à sa mauvaise habitude, Taria von Celle, l'amie et l'associée de Julien Champac, accompagnée de la comtessa Letizia da San Friano, arriva juste au moment où le commissaire-priseur s'installait à la tribune. Bousculant à grand renfort de sourires toute une rangée, elles vinrent s'as-

48

seoir à côté de Julien, sur les deux chaises qu'il leur avait gardées. Feignant l'agacement, ce dernier décocha un compliment acide.

« Je me demande comment deux femmes aussi jolies peuvent perdre autant de temps à leur toilette pour s'enlaidir ! »

La comtessa Letizia, à qui l'indélicatesse de l'état civil faisait franchir allègrement le cap de la cinquantaine, lui rétorqua avec force gestes et dans un cliquetis de bracelets :

« Julien chéri, si nous ne nous enlaidissions pas de la sorte, comme vous dites si plaisamment, nous aurions déjà été enlevées et vous vous trouveriez bien seul ! »

Taria se contenta de prendre la main de son amant et de la baiser. Ce dont il avait le plus horreur en public. Julien se dégagea vivement. Taria releva la tête pour lui lancer un regard de reproche. Quand elle prenait cet air d'épagneul battu, que toute la tristesse du monde emplissait ses yeux noirs, alors Julien fondait. Il se pencha et embrassa son front bouclé. Seuls, il lui aurait fait l'amour pour que ses prunelles retrouvent tout leur éclat. Il se contenta, en se redressant, de laisser sa main posée sur son épaule nue.

En jetant un regard circulaire sur la salle où s'entassaient maintenant au moins six cents personnes, Julien Champac aperçut Daniel Turana tentant de faire un petit signe à Ilaria Bellini, installée tout au bout de la table des experts, présidée par Irving Bull. Elle ne le remarqua pas, mais en revanche elle découvrit la haute silhouette de Julien et agita discrètement le bras dans sa direction. Champac ne résista pas et, détachant sa main de l'épaule de Taria, il lui rendit son salut sans se rendre compte que ce petit échange de politesses ne passait pas inaperçu de sa maîtresse. Quand la main de Julien revint machinalement se poser sur elle, Taria ne put réprimer un désagréable frisson.

La vente démarra sur les chapeaux de roues. Les prix s'emballèrent. Les estimations étaient largement dépassées pour la plupart des pièces présentées. La comtessa Letizia da San Friano ravala, comme convenu, la *Vierge à l'Enfant* attribuée à Sano di Pietro. Heureusement qu'elle avait pris soin de placer très haut le prix de réserve, à six cent mille francs, car un enchérisseur était monté jusqu'à quatre cent mille. Taria s'était essayée un moment à suivre pour calmer un peu l'excitation qui s'emparait d'elle quand une vente commençait. Ce qui était le cas de nombreuses personnes dans l'assistance. Il suffit même de s'amuser à miser sur un objet, au hasard de la liste, et d'attendre son tour pour que déjà un vide envahisse l'estomac. Alors, quand les enchères débutent...

Pendant les deux minutes où le Sano di Pietro passa en vente, Ilaria Bellini consacra toute son attention au panneau que tenait à bout de bras un des appariteurs. Elle se demanda tout à coup si cette restauration par trop voyante qui lui ôtait beaucoup de valeur ne masquait pas une autre œuvre. Elle fit rapidement une série de supputations. Et si la robe de l'Enfant Jésus dissimulait un corps de bébé nu ? Et si... Elle eut alors la vision d'un tableau de Mantegna volé à Mantoue !

Le coup de marteau frappé par l'huissier monégasque qui, pour des raisons d'ordre territorial, suppléait toujours le commissaire-priseur dans les ventes de Monte-Carlo l'arracha à sa réflexion. Elle se pencha sur son voisin pour lire ce qu'il inscrivait. L'acheteur était en fait le vendeur — ce qui arrive quand le prix souhaité n'est pas atteint — et il s'agissait de la comtessa da San Friano. Ilaria prit note.

Julien Champac était très satisfait. Le Mantegna volé venait d'acquérir une nouvelle identité, doublement honorable puisque monégasque et chez Sumer. Son transfert en direction des États-Unis pourrait dès lors s'effectuer sans aucun problème. Là-bas, il attendrait sagement que le délai de prescription soit passé pour être démaquillé et proposé à quelques collectionneurs peu regardants sur sa provenance et bons payeurs. Mais qu'allait donner la vente du Bellotto ?

En attendant, les œuvres se succédaient sans désemparer. Au passage d'une nature morte d'Osias Beert, un peintre hollandais du début du XVIIe siècle, Julien se souvint d'une remarque cueillie au hasard d'un groupe visitant l'exposition dans l'après-midi : « Ces huîtres me rendent malade ! » disait une dame. Et sa voisine d'ajouter : « Les deux verres de Venise sont dépareillés, tu ne crois pas ? » Il se débitait ainsi des milliers de sornettes devant chaque œuvre exposée. De quoi vous dégoûter de peindre !

En dehors des courtiers et des marchands, il se trouvait dans la salle beaucoup d'hommes d'affaires, de cadres dans la quarantaine, attirés par la publicité des ventes de prestige et désireux de partager avec les millionnaires leur banquet d'œuvres d'art. Certes, ils payaient plus cher que chez un bon marchand, mais ils croyaient faire d'excellentes affaires en pianotant sur leur calculette les 10 ou 15 %, voire 20 %, d'augmentation subis par le marché tous les ans. Comme, curieusement, sur ce marché de l'art, à l'égal des marchés des matières premières, personne n'achetait à la baisse, la spirale montait, montait...

Le phénomène se ressentait pour les peintures modernes depuis bientôt deux ans (un Van Gogh n'avait-il pas atteint neuf millions l'an dernier ?). Et voilà qu'il touchait maintenant le fond, immense, des peintures anciennes.

Ce soir-là, à Monte-Carlo, une *Annonciation* attribuée à l'entourage de Gentile di Fabriano, début du XVe siècle, atteignit la coquette somme de trois millions deux cent mille francs grâce à une joute entre les gens du musée Lutty et Norton Foller. Sans toutefois, de l'avis de Julien, que les uns et les autres aient forcé la note : ils se cherchaient à propos de cette œuvre pour sonder leurs intentions quant à la suite. Un gros acheteur qui restreint ses achats montre qu'il se réserve pour une pièce plus importante, en l'occurrence la *Résurrection* de Dirk Bouts. Ces prémices d'une belle bagarre réjouissaient Julien.

Depuis le poste d'observation rêvé que constituait la table des experts, à la gauche de la tribune, Ilaria Bellini scrutait elle aussi la salle. Lors de l'enchère pour la possession de l'adorable *Annonciation* de Fabriano, elle avait pu repérer les deux envoyés du musée Lutty et remarquer comment Norton Foller suivait la cotation. Sa main gauche s'était rapprochée de son épaule droite où elle demeurait légèrement agitée d'un mouvement de houle qui faisait scintiller le diamant que le milliardaire portait à l'annulaire. Tant que la main restait à sa place, tel un signal lumineux, le commissaire-priseur faisait monter l'enchère. Le prix annoncé serait toujours celui de Foller. La main retirée signifiait qu'il cessait de suivre.

Cependant, l'attention d'Ilaria Bellini ne se portait pas uniquement sur les gros enchérisseurs. Daniel Turana et Julien Champac étaient également dans son champ.

Le jeune marchand lui faisait l'effet d'un coq de combat dressé sur ses ergots, l'œil toujours en mouvement, à la fois conquérant et craintif, sûr de lui et timide. Elle devinait chez lui une douceur, une tendresse que seule une caresse de femme pouvait révéler aujourd'hui.

L'autre était bien un fauve comme elle l'avait suggéré, puissant et mesuré, prêt à bondir mais à bon escient, un jouisseur plein de charme, un guépard mordant la vie.

Lors de leur rencontre de l'après-midi, elle avait été frappée par la façon particulière dont chacun d'eux la détaillait. Pour Daniel, une fébrilité à peine dissimulée, provoquée autant par sa beauté que par son comportement face aux œuvres d'art. Il y avait aussi chez lui une attirance tout intellectuelle. Pour Julien, aucune ambiguïté. Il était pure animalité et son désir de mâle pour cette jeune femelle se lisait dans son sourire carnassier. Ilaria en avait été fortement troublée. Elle l'était encore.

« Maintenant le lot 54, enchaîna le commissaire-priseur, une *Vue du grand canal*, de Bernardo Bellotto, XVIIIe siècle. »

Ilaria Bellini, à l'annonce du tableau que Julien Champac lui avait demandé d'examiner, se fit plus attentive au déroulement de la vente.

« Il s'agit, poursuivit le commissaire, d'une superbe toile du maître, neveu du grand Canaletto. Commençons à cinq cent mille francs ! »

La mise à prix fut rapidement dépassée. En quelques

secondes le million fut franchi. Jetant un œil sur la peinture, Ilaria Bellini eut l'impression, comme l'après-midi, de voir se juxtaposer sur le Bellotto le fameux Canaletto volé ! Après le Mantegna, cela faisait beaucoup. « Tu as des visions, ma pauvre amie ! » se dit-elle. Néanmoins, elle se pencha pour consulter les notes de son voisin afin d'y chercher le nom du vendeur.

« Un million huit cent mille ! lança le commissaire-priseur. Un million huit cent mille, au centre. Une fois... Non ! Nous avons deux millions ! A la table des experts, plus au centre. »

En entendant « à la table des experts », Ilaria Bellini regarda qui enchérissait. C'était Irwing Bull, comme pour le Suno di Pietri. Et le Bellotto était mis en vente par la même personne, la comtessa da San Friano. « Pourquoi pas, après tout ? » pensa la jeune femme. Mais son instinct lui criait : « Bizarre, non ? »

L'enchère se poursuivait toujours entre la personne du centre, un marchand suisse, la table des experts et deux femmes assises auprès de Julien Champac.

« L'enchère est à droite. Deux millions deux cents, à droite. Plus à droite. Deux millions cinq, au centre maintenant. Deux millions huit, à droite ! Deux millions huit cent mille ! Une fois... »

Julien Champac serra l'épaule de Taria. La comtessa était folle de suivre ainsi l'enchère. Le prix de réserve était maintenant largement dépassé et elle risquait — enfin, ils risquaient tous, elle, Taria, Irwing Bull et lui — de se retrouver acquéreurs d'un tableau qui leur apparte-nait. C'était insensé mais terriblement excitant. A tel point que Taria von Celle ne sentait nullement les ongles de Julien entrer dans sa chair.

« ... Deux fois... Trois millions, au centre. L'enchère n'est plus à droite, elle est au centre. Trois millions. Trois millions, une fois... Ce n'est plus à droite... Deux fois... »

Le commissaire-priseur se tourna encore vers la droite mais la comtessa Letizia da San Friano avait cessé d'agiter son éventail. Elle se retirait juste à temps !

« Trois millions, trois fois ? Adjugé, au centre ! »

53

Desserrant son étreinte, Julien se pencha sur Taria et la comtessa. Il félicita cette dernière.

« Quel cran ! Tu m'as fichu la trouille quand même !

— Oui, à moi ausi ! répondit Letizia en s'éventant cette fois pour le plaisir. Mais nous l'avons vendu un bon prix. Et bon débarras mon petit Canaletto ! »

Tous les trois se mirent à rire et plus encore quand la comtessa avoua tout à trac qu'elle avait été informée qu'un marchand suisse avait un client au-dessus de trois millions ! Cet aparté jovial intrigua Ilaria Bellini. D'ordinaire on ne se réjouit pas de n'avoir pu suivre une enchère trop élevée. Quelles pouvaient bien être ces deux femmes en compagnie de Julien Champac. La brune aux cheveux bouclés noués en chignon et aux épaules nues l'agaçait instinctivement depuis le début. Quant à l'autre, couverte de bijoux somptueux, son comportement lui paraissait étrange.

*

La sonnerie du téléphone fit sursauter le vieux duc de Richmond comme une sentinelle prise en défaut. Suzan décrocha, écouta, puis passa le combiné au duc.

« C'est pour vous, Monseigneur, Monte-Carlo. »

Le duc s'empara de l'appareil et grogna :

« J'écoute ! C'est vous, Cassey ?

— Oui, monsieur le duc. Vous êtes en liaison avec la salle des enchères. L'adjudication du Bouts va avoir lieu dans quelques instants. Vous recevez bien ?

— Cinq sur cinq, Cassey ! Je ne suis pas encore sourd. Faites porter la première enveloppe à ma femme. »

Masquant le combiné de son autre main, il s'adressa à Suzan installée à croupetons à ses pieds.

« Va falloir te surpasser, ma belle ! La partie promet d'être rude, mais on les aura ! »

Tournant la tête vers son ancêtre George, premier duc de Richmond, il hurla :

« On les aura, George !... Foi de George Andrew ! Je te jure que si on gagne je me fais aussitôt tirer le portrait. Comme je te le dis. La bobine du septième duc de

Richmond peinte par le plus talentueux artiste que le Royaume-Uni ait jamais connu : Bacon, Francis Bacon. Un foutu Irlandais qui t'aurait plu. Alcoolique, pédé et joueur ! Un génie ! »

Puis, s'adressant à Suzan avec une douceur insoupçonnée :

« Tâche de mériter la réputation que je te fais au club, ma toute belle. »

Le commissaire-priseur se racla la gorge avant de faire l'annonce que tout le monde attendait. Le grand moment de la vente Sumer de ce début d'été arrivait enfin. Il y eut quelques bruits de chaises, des toussotements puis ce fut le silence.

« Mesdames et messieurs, nous mettons maintenant aux enchères, hors catalogue comme annoncé, un tableau de Dirk Bouts, propriété d'un gentleman. »

Dans le même temps apparut un assistant portant la tempera tant convoitée qu'il déposa avec précaution sur le pupitre de présentation. Norton Foller tripota un peu plus nerveusement les pièces de monnaie au fond de sa poche. Au premier rang, Barbara Garden, duchesse de Richmond, décacheta l'enveloppe qu'on venait de lui remettre et lut : « Va jusqu'à dix millions. » Elle tiqua un peu. George Andrew jouait les grippe-sous.

« Voici donc cette *Résurrection* du peintre flamand Dirk Bouts. Il s'agit d'une tempera sur toile en excellent état de conservation. Nous avons preneur à trois millions. Commençons donc à trois millions. »

C'était parti. Julien eut un petit pincement au cœur. La main gantée de Taria vint se poser sur la sienne. Neuf millions de francs furent très vite atteints. Puis dix. A ce stade, Barbara Garden cessa de chausser son face-à-main et eut un rictus d'agacement quand le commissaire-priseur débita :

« Dix millions cinq cents ! L'enchère n'est plus devant, mais à gauche. Onze millions, à droite cette fois. »

La duchesse de Richmond remit son face-à-main sur le

bout de son nez et ses lèvres chuchotèrent le chiffre douze. Sur ses genoux un autre message, sorti d'une nouvelle enveloppe et tout aussi laconique que le premier, disait : « Va jusqu'à dix-sept millions. » « Sacré George Andrew, quel stratège ! » pensa-t-elle dans son excitation à vouloir écraser ses rivaux.

« Douze millions ! Douze millions devant, plus au centre », annonça le commissaire-priseur en adressant à la belle duchesse un sourire qui se voulait complice.

A quinze millions, les enchérisseurs du côté gauche baissèrent les bras. Il s'agissait des représentants de la National Gallery de Londres. Restait donc en piste la duchesse de Richmond et, côté droit, les gens du musée Lutty. A dix-sept millions, ceux-ci arrêtèrent et Barbara Garden crut bien l'avoir emporté quand soudain le commissaire-priseur, dont le visage perlait de sueur, proféra un retentissement :

« Dix-huit millions ! Cette fois, au centre. Dix-huit millions ! »

Il regarda Barbara Garden qui refermait sèchement son face-à-main, dépitée, et aboya carrément :

« Dix-huit millions !... Non, ce n'est plus devant mais au centre. Attention, dix-huit millions..., une fois... »

Le commissaire-priseur jouait la corde tendue. Sa voix avant gagné un cran dans les aigus. La main gauche levée, il tenait la droite posée sur le bras de l'huissier, le retenant de frapper le coup de marteau fatal. Visiblement, il n'était pas convaincu que les enchères en resteraient là. C'était trop beau, il fallait que le jeu continue. Norton Foller qui venait seulement d'entrer en lice n'allait quand même pas l'emporter aussi facilement.

« Une fois..., deux... »

*
* *

Les phalanges de la main gauche du duc de Richmond étaient blanches d'agripper si fort le combiné du téléphone.

« Dix-neuf millions ! » cria George Andrew.

Quelques centièmes de seconde passèrent, répercutant

sa voix dans l'appareil. A l'autre bout de la ligne, il perçut la clameur de surprise qui monta de la salle. Il gémit en frottant la chevelure de Suzan et lui murmura :

« Doucement, doucement..., ça vient. Nous y arriverons. »

Dans le récepteur, après que la salle eut retrouvé son calme, il entendit la voix du commissaire annoncer :

« Vingt millions ! Plus au téléphone, au centre. Nous avons vingt millions. Une fois...

— Vingt et un ! hurla le duc.

— Vingt et un ! reprit le commissaire-priseur. Vingt et un, au téléphone. Vingt et un, une fois... Vingt et un, deux fois... Vingt et un, trois fois. Adjugé ! »

Pour George Andrew, Thomas, septième duc de Richmond, ce coup de marteau d'ivoire claqua comme un drapeau au vent de la victoire, libéra sa jouissance et toutes ses forces vives que son vieux cœur de septuagénaire ne put, hélas, endiguer. Il mourut en pleine épectase.

7

Le valet noir habillé à la française, pantalon de page et bas blancs, s'approcha de la grande piscine d'eau de mer surplombant la cascade de la colline Feddow. A chaque pas ses souliers à boucle d'or claquaient sèchement sur le carrelage.

« Marche sur la pointe des pieds, abruti ! lui cria Walter S. Feddow. Ça me résonne dans la tête ! »

Le pétrolier texan flottait dans sa piscine, affalé dans un gros fauteuil pneumatique de couleur rose constellé d'étoiles argentées. Avec son ventre rebondi et sa grosse poitrine velue, on aurait dit un hippopotame de la ménagerie Barnum en train de faire un numéro de clown.

« Va me chercher ma piquée de femme, dit-il au valet qui s'était figé sur place. Dis-lui qu'elle se dépêche si elle veut parler à son ami Champac. »

Walter S. Feddow agita le téléphone portatif à bout de bras comme pour mieux se faire comprendre. Toujours à l'adresse du valet, il lança :

« Elle doit être encore parmi ses cactus. Allez ! Tâche de courir sans bruit, nom de Dieu ! »

Betty S. Feddow était passionnée par les plantes et les fleurs. Du moins toutes celles pourvues de piquants. En raison de ce goût curieux qui n'allait pas sans de multiples égratignures, Walter avait surnommé son épouse chérie « la piquée ». Helmut, le psychanalyste de Walter, lui avait assuré que cet amour pour les cactées était d'origine sexuelle, que les dards des agaves, des euphorbes ou autres céphalo-cereus représentaient la force et la puissance de l'attribut mâle tempérées par la douceur des poils et des coussinets de ces plantes. Ils agissaient comme des aiguillons, de véritables démons de la chair. Betty n'était-elle d'ailleurs pas une grande amoureuse ? « Cela me donne de l'imagination, n'est-ce pas mon amour ? » susurrait-elle à son mari. Walter S. Feddow en avait convenu et accepté, une fois pour toutes, l'étrange lubie de son épouse à la condition expresse qu'il n'y eût pas une seule de ces saloperies dans leur chambre ou dans leur salon. Aussi, dans chacune de leurs propriétés du Texas, de Californie, de Floride ou de la Côte d'Azur, Betty avait constitué ce qu'elle appelait ses « déserts », immenses jardins où elle faisait pousser, croître et se multiplier jusqu'à deux cents variétés différentes de cactées.

Au téléphone, la voix d'Edward Murton venait d'annoncer à Feddow qu'il avait Monte-Carlo en ligne.

« Allô ! Julien ? Non, je suis à Miami. Non, je ne vais pas bien et... Ça, alors ! Je ne suis pas gentil ? Nous aurions dû venir à Monte-Carlo ? Il y a eu une vente extraordinaire ? Tant pis ! Si j'étais à Monte-Carlo, Julien, je vous botterais les fesses ! Parfaitement ! Un coup de pied par million de dollars. Cent cinquante en tout. Non, je ne suis pas fou ! J'enrage ! Ce pisse-froid de Murton m'a annoncé tout à l'heure que le fisc refusait de prendre en déduction la valeur de ma collection. Cent cinquante millions de dollars !... Pourquoi ? Parce que les tableaux que vous m'avez vendus seraient tous faux ! Vous riez ! Ce n'est pas une blague. Ah ! vous trouvez ? Oui, j'ai bien les certificats mais ils prétendent qu'ils sont également faux. Impossible ? Ha ! tant mieux. Tout est OK ? Tant mieux, je respire. Mais, vous êtes bien sûr ? Bon. Merci ! Oui, oui... »

Walter S. Feddow plaça sa main pour couvrir le combiné et cria à Betty qui arrivait en sautillant :

« C'est Julien Champac ! Il me garantit que tous les

tableaux sont authentiques. Je le savais ! Ah ! ces connards du fisc... »

Betty S. Feddow ôta son déshabillé de mousseline vert malachite et apparut en maillot de bain une pièce jaune avec, imprimé sur le devant, un énorme cactus château d'eau dont les volutes épaisses avaient du mal à envelopper la lourde poitrine de la milliardaire. Elle propulsa ses cent quatre-vingts livres dans la piscine sans se soucier du principe d'Archimède pas plus que des remous qui faillirent faire basculer Walter. Trop préoccupé par les propos de Julien, celui-ci ne se rendit d'ailleurs compte de rien.

« Comment, qui a renseigné le fisc ? D'après Murton, et on peut faire confiance à ce croque-mort, leur source d'information serait double. Wundorf d'un côté... Ah, vous vous en doutiez ? Il avait refusé d'acheter certains tableaux parce que trop chers... Furieux que ce soit moi... M'étonne pas ! Jaloux de ne pas avoir fait l'affaire... Vous avez raison, Julien. Et l'autre source ? L'IAA, International Art Association, un machin comme ça. Vous connaissez ? Oui... »

Le Texan se tourna vers sa baleine d'épouse qui, après plusieurs essais infructueux, était enfin parvenue à se hisser sur l'autre fauteuil pneumatique et tentait de le rejoindre en pagayant avec ses bras.

« Betty, Julien me dit que ces types du consortium sont des salopards. Une bande de marchands internationaux : un Suisse, un Anglais, deux ou trois Américains et un Japonais. Salaud de Jaune ! Il dit qu'il arrivera à les confondre. Tant mieux. Tu veux lui parler ? »

Walter S. Feddow se servit de sa main libre pour s'approcher de Betty, qui agitait inefficacement ses mains et ses pieds pour avancer, et lui passa le téléphone.

« Julien chéri, vous êtes un dieu ! minauda-t-elle. Je savais que nous pouvions compter sur vous. Vous êtes trop délicat pour être malhonnête. Nous serons à Saint-Jean-Cap-Ferrat dans une dizaine de jours. Oui, oui... d'accord ! On passera par Paris pour dîner chez Lucas Carton. Formidable ! Vous êtes un ange ! D'ailleurs, je vous ai réservé une surprise ici. Ce sera prêt pour votre

retour à Miami. Non, je ne peux rien dire. Non, non !
Adieu, Julien, et embrassez Taria, c'est un amour ! »

Betty coupa la communication et coinça l'appareil entre
ses seins et son ventre puis elle tendit sa main à Walter
qui l'empoigna. Dans l'instant ils poussèrent en chœur un
soupir de soulagement et, main dans la main, bercés par
le bourdonnement de la cascade, ils se laissèrent dériver,
heureux d'avoir échappé à une catastrophe.

8

La soirée sur le Rocher était douce et sans vent. Au sommet du Parc Palace, les invités de Julien Champac envahissaient l'immense terrasse, s'égaillaient autour des *Grandes Figures allongées*, de Henry Moore, ou se confondaient avec les personnages sculptés par Germaine Richier. A l'une des extrémités, un gigantesque stabile de Calder, une *Vache rouge* de métal peint, dominait la piscine éclairée sur laquelle flottait un grand plateau recouvert d'un immense drap blanc masquant la surprise que Champac réservait à ses hôtes.

Après avoir enjambé *Deux femmes nues*, de Georges Segal, qui tentaient vainement de hâler leurs corps de plâtre blanc sous les rayons de la lune, Ilaria Bellini et Daniel Turana avaient réussi à gagner un coin calme. Appuyés à la rambarde de verre et d'acier qui s'enroulait autour de la terrasse, ils contemplaient le scintillement des lumières de Monte-Carlo au-dessous d'eux : la voie lactée de la promenade du Larvotto, les gros lustres du Loew's et de l'hôtel de Paris, le foyer du palais princier gardé par les flambeaux des gratte-ciel, les feux follets du port et les clins d'œil du phare.

Daniel Turana désira enlacer la jeune femme et l'attirer vers lui pour mieux partager cet instant. Il n'osa pas. Cette timidité qui le paralysait, il eut l'impression soudaine qu'elle se transformait en un grand cri, déchirant le silence complice installé entre eux, révélant à Ilaria et son audace et son impuissance. Il voulut alors parler mais ne trouva rien à dire. C'est la jeune femme qui s'en chargea.

« Vous ne pensez pas que Monte-Carlo ressemble à ces appareils électroniques bourrés d'ampoules clignotant partout ?

— Une grosse machine à sous, plaisanta Daniel Turana.

— C'est cela. A tout point de vue. Dites-moi, à propos de gros sous, un appartement comme celui-ci doit valoir une fortune, non ?

— Au prix du mètre carré, certainement ! Comme Champac m'a dit un jour que cet appartement faisait sept cents mètres carrés, il doit valoir, disons...

— Un peu plus de quarante millions de francs, monsieur Turana », lança une voix derrière eux.

Ilaria Bellini et Daniel Turana se retournèrent, surpris.

« Ah, c'est vous ! dit bêtement le jeune marchand.

— Françoise Chardin, bonsoir ! Pardonnez-moi, monsieur Turana, mais je vous cherchais. Savez-vous qui a acheté le Dirk Bouts, tout à l'heure ? »

Comme pour excuser cette interruption, Daniel dit, un peu agacé, à Ilaria :

« Mademoiselle est journaliste, vous l'aviez peut-être deviné à son sans-gêne ? Françoise Chardin est la correspondante du *Connoisseur*[1] pour la France et Monaco. »

Le déplaisir de Turana était tel qu'il toucha Ilaria. Ne voulant pas qu'un incident gâchât le début de cette soirée, elle se présenta à la journaliste et lui dit sur le ton de la confidence :

« Je pourrais peut-être vous donner l'information. Seulement, en échange, dites-moi comment on peut s'offrir un appartement comme celui-ci.

— En mettant deux Bouts bout à bout ! »

La repartie de Françoise Chardin amusa Daniel et Ilaria. Redevenant sérieuse, la journaliste expliqua qu'il avait dû falloir à Julien de sacrés appuis à Monaco. Par

1. *The Connoisseur :* la plus prestigieuse des revues d'art américaines.

63

chance il était citoyen monégasque depuis quelques années. Ce qui, pour un Français, n'est pas fiscalement aussi juteux qu'on le croit mais permet tout de même de sacrées combines sur le plan bancaire. Et de côtoyer la fine fleur des promoteurs de la principauté !

A la fin de sa tirade, la journaliste scruta l'assistance quelques instants. Ayant trouvé la personne qu'elle cherchait, elle poursuivit :

« Vous voyez le grand type élancé, un peu chauve et portant de grosses lunettes, avec un smoking blanc, à droite de la statue de Moore ? Eh bien, c'est l'un des conseillers de Son Altesse. Les deux noirauds à ses côtés sont les fils de Gino, l'empereur du béton monégasque. C'est lui qui a transformé Monte-Carlo en Manhattan. Avec la bénédiction princière, of course ! Le Loew's, c'est Gino. Le Larvotto, c'est encore Gino. Le stade, c'est toujours Gino. L'opération de Fontvieille — vingt-deux hectares gagnés sur la mer, un peu comme si la France, proportionnellement, s'ajoutait la Bretagne —, c'est Gino. Il est vieux maintenant et ne se déplace plus guère, alors il délègue un de ses fils. Les deux, ce soir, ça signifie toute l'importance, si ce n'est l'amitié, qu'il porte à Champac. »

Françoise Chardin se rapprocha brusquement et chuchota :

« Quand on parle du loup !... »

Effectivement Julien Champac s'approchait. La journaliste lui adressa de la main un petit signe amical de bienvenue, mais Daniel Turana resta de marbre. Quant à Ilaria, elle eut la désagréable impression d'être une proie paralysée face à son prédateur. Julien était pourtant tout sourire et visiblement heureux de la revoir, mais cette sensation persista jusqu'à ce qu'il s'adresse à elle de sa voix chaude :

« Votre venue me procure un immense plaisir, mademoiselle Bellini. Il serait plus grand encore si vous acceptiez que je vous fasse faire la visite des lieux. Nos amis connaissent, dit-il à l'adresse de la journaliste et du jeune marchand, ils nous pardonneront. A tout à l'heure. »

Sans attendre de réponse, Julien prit Ilaria par le bras et l'entraîna vers l'intérieur de l'appartement.

« Nous avons de la chance, l'espace est dégagé », dit Julien en pénétrant dans le grand salon.

Les invités se piétinant autour des buffets installés en terrasse, la pièce était effectivement vide. Sur le panneau du fond, la dominante jaune des deux grands tableaux de Roy Lichtenstein éclatait comme un soleil, se réfléchissant sur les autres toiles du salon, l'une d'Édouard Pignon, *Dames sur la plage,* l'autre de David Hockney, *Piscine aux trois bleus.* En contrepoint, un superbe Soulages gorgeait ses noirs de la lumière des autres.

« C'est gai et sage à la fois, déclara Ilaria. Je m'attendais à plus d'exubérance.

— Et vous êtes déçue. Quel désastre ! geignit Julien, simulant la désolation. Que je suis triste ! Mais vous savez, nous sommes à Monaco, la folie ici n'est pas de mise. Le pop art, l'art conceptuel ou l'art total, ce serait un choc trop brutal. Il ne faut surtout pas écraser la clientèle mais, au contraire, l'apprivoiser. Si vous cherchez des sensations fortes, je vous emmènerai à Paris ou à New York dans mes galeries ou, mieux, chez moi en Floride et...

— Julien, en attendant, est-ce que tu pourrais prendre le téléphone dans ton bureau ? C'est Miami, d'ailleurs. »

Taria von Celle venait de faire une brutale apparition. Le ton de sa voix n'était nullement méchant, un rien sarcastique. Elle sourit fort gentiment à Ilaria.

« Excusez-moi, mademoiselle... ?

— Ilaria Bellini de chez Sumer, dit Julien, qui précisa, pour rester sur le registre professionnel : elle est nouvellement chargée du bureau de Rome. »

Puis, s'adressant à Ilaria, il poursuivit les présentations sans aucune gêne apparente.

« Taria von Celle, mon amie et la maîtresse de ces lieux.

— Ravie !

— Enchantée ! »

En deux mots de politesse, les deux femmes avaient tout échangé. D'abord, une admiration réciproque.

« Cette petite est adorable », avait pensé Taria pendant qu'Ilaria se disait : « Cette femme est superbe ! » Ensuite, pour toutes deux la certitude quasi instinctive d'être désormais ennemies.

« J'ai arraché mademoiselle Bellini à la compagnie de notre ami Turana pour lui montrer le Hockney, pourrais-tu... ?

— Bien sûr, mon cœur ! Avec plaisir, dit Taria. Va. »

Comme Julien se retirait avec aux lèvres un sourire plein d'excuses, Taria le rattrapa par le bras et lui murmura :

« C'est Vargas. D'après son avocat, il est dans une rage terrible ! »

Imperturbable, Julien répondit en lui baisant l'oreille :

« Je préfère cent fois la rage de Vargas à tes colères. »

Pour toute réponse, Taria lui pinça l'avant-bras et il s'esquiva en grimaçant de douleur.

9

A onze heures très précisément, une fourgonnette marquée EDF-GDF vint se garer devant l'hôtel Lieutadès. Trois hommes en descendirent et s'approchèrent de la porte. Christian Néfayron, le chef de file, éclaira le heurtoir du vantail principal et remarqua immédiatement la petite croix entourée d'un cercle tracée à la craie par « l'ouvreur ». La voie était libre. Il poussa le battant et pénétra sous le porche en compagnie de ses deux acolytes, les frères Rilairaud, Patrick et Jean-Pierre. Avec précaution, ils traversèrent la cour pour se regrouper sur les marches du perron de l'hôtel particulier. Normalement, la serrure devait être ouverte et les alentours neutralisés. Cependant, Néfayron tourna la poignée de la lourde porte d'entrée avec une certaine appréhension. Mais l'huis pivota silencieusement. Il se retourna vers ses compagnons, dressa le pouce de sa main gauche. Tout était OK. Ils entrèrent dans la maison et allumèrent leurs torches.

Après avoir retiré leurs casquettes de gaziers qu'ils fourrèrent dans leurs poches de pantalon, ils recouvrirent leurs têtes d'un bas de soie. Toujours sans prononcer un seul mot, Néfayron distribua à chacun des deux frères un plan des lieux. Jean-Pierre était censé neutraliser la femme de chambre et le vieux chauffeur-maître d'hôtel, Patrick se chargeant du couple Lieutadès. Quant à

Néfayron, il commença aussitôt à décrocher les tableaux des murs des pièces du rez-de-chaussée.

Jean-Pierre trouva facilement le chauffeur, guidé dans le dédale des chambres sous les combles par les ronflements du vieux. Un bon jet de gaz soporifique fit l'affaire. En revanche, pas trace de la femme de chambre. Après avoir visité toutes les pièces, il gagna le premier étage. Peut-être avait-elle changé de jour de congé ? Ce n'était pas le cas. Patrick la découvrit dans les bras du maître des lieux. A soixante-cinq ans, le roi de la bière avait encore de la santé. Et aussi du cran. Réveillé par l'intrusion du cambrioleur, il tenta de s'emparer du pistolet rangé dans le tiroir de sa table de nuit. Patrick le calma par un sévère coup de crosse sur l'occiput. Entre-temps, la fille s'était réveillée. A la vue de l'arme, elle poussa un cri qu'un nouveau coup de crosse bloqua net.

Dans le grand salon du rez-de-chaussée, Christian Néfayron entendit le cri mais continua son œuvre : les tableaux une fois regroupés, il découpait soigneusement les toiles au rasoir et les roulait les unes sur les autres.

A l'étage, Jean-Pierre, affolé, rejoignit Patrick.

« T'es malade ! Tu pouvais pas l'empêcher de gueuler ? grogna-t-il après son frère cadet. Tu ne les as pas trop abîmés, j'espère ! »

Sonnés, les deux amants reposaient l'un sur l'autre, mais sans aucune trace de sang.

« Ligote-les et bâillonne-les, ordonna Jean-Pierre. Moi, je m'occupe de la mémé. »

Il gagna la chambre contiguë en passant par la salle de bains commune. Mme Lieutadès n'avait rien entendu et pour cause, elle dormait avec des boules Quiès ! Elle eut quand même droit à sa ration de soporifique. Tout était donc en ordre et Jean-Pierre descendit retrouver son chef. Celui-ci lui remit un plan de l'étage avec l'emplacement des tableaux à voler. Pour le rez-de-chaussée, Néfayron avait usé d'un plan semblable, bien détaillé, et n'avait décroché que les tableaux désignés. Dans le bureau de Lieutadès, il ouvrit un des placards et, comme indiqué, trouva les deux dossiers contenant les certificats des marchands de toute la collection. Il ne s'embarrassa pas à trier et s'empara du tout.

A onze heures et demie, la fourgonnette EDF-GDF repartit avec à son bord les trois hommes et trente et une toiles parmi les plus belles de la célèbre collection Lieutadès.

10

Le cigare qu'il mâchouillait dégoulinait de bave et de salive en un jus noirâtre qui s'écoulait à la commissure des lèvres. Tout l'après-midi, pendant que son avocat essayait de mettre la main sur Julien Champac, Luis Vargas n'avait pas décoléré. Il avait massacré une douzaine de havanes qui s'étalaient comme des crottes de chien sur la moquette. Sa machette fétiche à la main — le seul objet qu'il eût emporté en fuyant de Cuba —, il arpentait la pièce en proférant un chapelet de jurons à chaque passage devant le panneau où la marque claire du tableau de Monet avait laissé une blessure ouverte. Une fois de plus, il aboya :

« Alors, Villegas, tu l'as ? Je vais te couper les " cojones " à la fin ! »

Il agita sa machette au-dessus de la tête de l'avocat qui bataillait avec le téléphone. La dernière fois que Vargas avait sorti son couperet, c'était lors d'une campagne contre les parcmètres. Il en avait massacré une bonne vingtaine devant une foule d'électeurs-supporters hystériques.

« Cagar su madre [1] ! » proféra-t-il en repartant à l'autre bout de la pièce cracher ses injures. Tout à coup, Ville-

---

1. Littéralement : « Chier sa mère. »

gas lui fit signe et il se précipita pour lui arracher le combiné.

« Champac ! hurla-t-il, putain de vous !

— Un instant, Luis, souffla Villegas, on est parti le chercher.

— Cagar sur madre ! » jura de nouveau le maire adjoint de Miami Beach.

Enfin il eut Julien Champac. Il éructa plus qu'il ne parla tant il était énervé.

« Putain, Champac ! Un putain de salaud de flic français est venu me piquer mon Monet. Celui que vous m'aviez offert. Volé ! Oui, volé qu'il était ! Vous le saviez, hein, salaud ? Me faire ça à moi ! Vous le regretterez, Champac, oui, putain, vous le regretterez... Quoi, vous ne comprenez pas ? Le Monet, envolé, saisi par un putain de flic à vous ! Quoi ? Cagar su madre, Villegas !... »

D'un geste sec, Vargas tendit l'appareil à son avocat qui en échange lui offrit un verre d'eau que l'autre but d'un trait. Alors, Villegas entreprit de raconter avec précision les événements de la journée : la convocation chez le juge pour se faire signifier que le Monet en leur possession était un tableau volé, qu'ils devaient le restituer à un officier de police français qui passerait le récupérer en début d'après-midi. Eu égard à la position de Vargas et à ses amitiés, l'affaire s'était passée discrètement mais il s'agissait néanmoins d'une atteinte à l'honneur du maire adjoint. Sans compter le préjudice subi par la perte de ce tableau. L'avocat précisa qu'il avait déclaré avoir mené les tractations d'achat avec la société panaméenne vendeuse, comme cela figurait sur les pièces que Julien leur avait remises lorsqu'il avait offert le Monet. Bien sûr, il n'avait jamais été question de lui. Qu'avait-il à dire à Vargas ?

A l'autre bout du fil, Julien Champac se déclara consterné par cette nouvelle. Il n'était au courant de rien et jura ses grands dieux qu'il ignorait que cette toile de Monet fît partie d'un lot volé et qu'au contraire il avait souhaité, puisque c'était un gage d'amitié, faire un cadeau dans les règles à son associé. Le tout sous le couvert d'un marchand parisien connu et d'une société écran pana-

71

méenne. Il ne comprenait pas. Non, vraiment pas. Il demanda enfin à l'avocat de lui repasser son ami.

« Putain de vous ! Putain de vous ! répéta Vargas tout en écoutant Julien Champac. J'espère bien que vous allez réparer. Substantiellement. Oui, oui, substantiellement ! J'ai l'air de quoi, dans cette histoire ? Bon..., je veux bien vous croire. Vous êtes un ami et nous sommes en affaires. Nous continuerons mais je compte sur vous. Substantiellement !... »

Vargas raccrocha, prit une profonde inspiration et de toutes ses forces lança sa machette qui vint se planter dans le mur au centre de l'emplacement occupé jusque-là par le Monet.

Assis sur un coin de son bureau, Julien Champac réfléchissait en caressant le revêtement en galuchat du meuble Ruhlman. Les deux appels coup sur coup depuis Miami l'ennuyaient.

Pour Feddow, il n'y avait rien de très alarmant. Il arriverait bien à retomber sur ses pieds dans cette histoire de faux tableaux. Il s'était couvert avec suffisamment de garanties d'experts et de marchands, qu'il avait ou bernés ou corrompus, pour ne pas craindre grand-chose si un scandale éclatait. Et puis, tout cela commençait à être ancien. La seule inconnue résidait dans les réactions imprévisibles du gros Texan qui pouvait, sur un coup de tête, vouloir jouer Fort Alamo.

Pour Vargas, il en allait tout autrement. Il avait besoin de l'ex-Cubain et de ses amitiés dans la police et le milieu pour continuer à passer en fraude des objets d'art volés, ou plus simplement mis discrètement à l'abri de l'autre côté de l'Atlantique par leurs propriétaires, comme cela avait été le cas au moment de l'arrivée des socialistes au gouvernement. Ce qui le chiffonnait le plus, ce n'était pas d'avoir à réparer financièrement — même « substantiellement » — mais plutôt d'apprendre que la police avait fini par retrouver la trace des tableaux de la collection Dumaine. Et cela sans tambour ni trompette. Ce qui laissait supposer que les flics travaillaient en profondeur. Dangereux.

Julien Champac consulta sa montre : une heure du matin. Il était trop tard pour appeler Constantini chez lui : il risquait de le réveiller et de le mettre de mauvaise humeur. Mais dès demain matin il appellerait le commissaire parisien à son bureau. Il lui demanderait de se renseigner sur le vol de la collection Dumaine : où en était le dossier, et qui l'instruisait. Si les flics avaient retrouvé la piste du Monet, cela voulait sans doute dire que Mellart était tombé. Et, s'il était tombé, c'est que quelqu'un avait balancé le marchand de la rue Saint-Honoré. Julien voulait savoir qui. Constantini ne pourrait pas lui refuser ce service... Passionné de peinture contemporaine, il n'avait jamais refusé les cadeaux de Champac.

Tout d'un coup la porte du bureau s'ouvrit et Taria von Celle passa la tête.

« Écoute, Julien. On te réclame ! »

Elle ouvrit tout grand le battant et Champac put entendre ses invités scander : « La surprise ! La surprise ! La surprise !... » Sautant de son bureau, Julien caressa les fronts de bois des deux statuettes Lobi posées de chaque côté et qui levaient le bras en signe rituel de protection. Devant son air soucieux, Taria lui demanda en le prenant par la main :

« Des ennuis ?

— Plus quand tu es là. Allez, on y va. »

Une salve d'applaudissements salua le discours improvisé de Julien Champac, perché en équilibre sur le dos de la *Vache rouge* de Calder.

« Et maintenant, dit-il à l'assistance massée tout autour de la piscine, vous allez découvrir la future fondation Champac due au talent de notre ami Enrico Giorno. Taria, Enrico, à vous ! »

Taria von Celle, d'un côté de la piscine, et l'architecte italien Enrico Giorno, de l'autre, tirèrent avec un bel ensemble la grande toile blanche flottant sur l'eau et

73

découvrirent la maquette de la fondation Champac, provoquant une formidable ovation. Profitant d'un moment d'inattention de l'architecte, une main anonyme, sans doute désireuse de baptiser la maquette, poussa celui-ci dans la piscine. Quand les rires se furent apaisés, Taria demanda à Enrico qui s'accrochait à son œuvre de bien vouloir donner quelques explications sur l'emplacement des différents lieux d'animation énumérés par Julien dans son discours. Tout en barbotant, Enrico Giorno désigna les vastes terrasses avec leurs portiques, destinées aux sculptures monumentales et qui domineraient tout le site de Fontvieille où allait s'édifier la fondation. Puis il situa le centre d'exposition permanent qui comprendrait la donation Champac et des œuvres offertes par des collectionneurs, les salles d'expositions temporaires thématiques, les salles pour les présentations réservées aux jeunes artistes, la bibliothèque, la salle de cinéma et, innovation, une vaste imprimerie d'art.

L'annonce de la création de la fondation Champac avait surpris Françoise Chardin et provoqué chez la journaliste toute une série de remarques et d'interrogations. Où se situait pour Champac la frontière entre le commerce et la fondation à vocation de mécénat ? Champac avait eu beau donner, dans son allocution, un méchant coup de patte à son concurrent, le marchand parisien Daniel Léglise, qui se proposait lui aussi d'installer près d'Antibes une fondation privée à coups de souscriptions, d'appels à la générosité publique et aux dons d'artistes, de galeries et de collectionneurs, ce que Julien avait stigmatisé par l'expression féroce de « temple du don », qu'offrait-il lui-même comme garanties ? Qu'était au juste le mécénat sinon un caprice de riches ayant intérêt à paraître désintéressés ? Les grandes entreprises qui, depuis quelque temps, se lançaient dans ce genre d'opération, et à qui une certaine presse prêtait l'intention de ressusciter l'idéal antique, n'essayaient-elles pas, en fait, d'offrir une meilleure image au public ?

« Dépassée l'idée du capitalisme à visage humain, voici le capitalisme au service de la Joconde ! » conclut la journaliste à voix haute.

Ilaria Bellini rit de cette formule et enchaîna dans le même esprit :

« Je crois que l'on dit en France : " Si l'on donne, c'est que l'on a quelque chose à se faire pardonner. " C'est bien cela ?

— Oui, oui ! s'empressa d'approuver Daniel Turana. C'est même du Voltaire.

— Bravo, monsieur l'érudit, railla gentiment Ilaria. Alors, pouvez-vous nous dire de qui est cette sentence : " Je hais les mécènes " ?

— Bien sûr ! Gustave Courbet. »

Les deux femmes applaudirent Turana d'un même élan, ce qui fit aussitôt monter le rouge à ses joues.

Pendant qu'ils se dirigeaient tous trois vers la sortie, Ilaria se pencha vers la journaliste et lui glissa à l'oreille :

« Je ne pense pas avoir quelque chose à me faire pardonner, pourtant je vous fais don d'une information : l'acquéreur du Bouts est le duc de Richmond ! »

Au même moment, Julien Champac passait de groupe en groupe à la recherche d'Ilaria. Il éprouvait une irrésistible envie de lui parler, de l'approcher, de la respirer. Mais elle était introuvable. Soudain, un grand cri, une plainte déchirante se fit entendre depuis le salon. Julien suivit la vague de curieux qui se précipitaient dans cette direction. Irwing Bull qui arrivait à contre-courant l'arrêta.

« C'est Barbara Garden, elle nous fait un numéro d'actrice, expliqua-t-il avec cynisme.

— Le genre drame du troisième acte, c'est cela ? ironisa Julien.

— Tout juste. Quelqu'un a dû lui apprendre que son sabreur de mari lui avait ravi la conquête du Bouts et elle pique sa crise. Allons plutôt fêter notre victoire. Ce fut un sacré moment, non ? Et un sacré paquet d'argent pour nous tous. Chez Sumer, ils vont pavoiser. Jamais je n'aurais osé espérer un tel chiffre.

— Moi non plus, répondit sincèrement Julien, en retenant son ami qui titubait sous l'effet d'une surcharge d'alcool.

— Ha ! Je voulais aussi te féliciter pour ton speech tout

à l'heure. Cet après-midi, dans mon bureau, tu disais pis que pendre de la famille princière et ce soir tu cires les chaussures du prince. Quelle pute tu fais !

— C'est que, vois-tu mon cher Irwing, je ne mélange pas les sentiments et les affaires. A toi, j'ai ouvert mon cœur...

— Arrête ! Arrête, Julien ! On dirait la Garden dans l'acte II... ! Et voilà la comtessa qui s'y met aussi, ajouta plus bas Irwing Bull en voyant fondre sur eux Letizia da San Friano gesticulant des bras.

— Mon Dieu ! Vous savez ce qui arrive ? lança-t-elle dans un souffle.

— La Garden a passé la rampe ! déclama Irwing.

— Pas elle, le duc ! Le duc ! annonça Letizia, effondrée.

— Je suis sûr que ce vieux cabot lubrique est mort en baisant, assura l'Anglais. C'était un enragé de chair fraîche et il s'en est payé, en nature et en peinture ! »

Telle fut l'oraison funèbre du septième duc de Richmond, prononcée par un aussi grand buveur de whisky que lui. N'étant ivres ni l'un ni l'autre, Julien et la comtessa ne pensaient qu'à une chose : la veuve assumerait-elle l'achat du Bouts et, si oui, quand paierait-elle ?

Après les deux appels de Miami, cette troisième tuile porta atteinte au moral de Julien. Optimiste de nature, il repartit pourtant à la recherche d'Ilaria. Sa présence, au moins, lui réchaufferait le cœur.

Mais il eut beau chercher, la jeune femme restait introuvable. Déçu, il finit par rejoindre Taria. Quand il ne resta plus que quelques sangsues de bar indélogeables, ils gagnèrent leurs appartements. Arrivée dans la chambre, Taria se jeta sur le lit, vannée et un peu ivre. Voyant que Julien restait debout au pied du lit, elle se rapprocha de lui.

« Je suis sûre que tu penses à cette petite Italienne, hein ?

— Mais non, répondit Julien, sans conviction.

— Tu l'as perdue la petite Ritale ? Allez, cherche ! Cherche !

— Arrête, veux-tu ? Tu as trop bu de champagne. »

Julien culbuta sa maîtresse sur le lit et troussa sa robe. Elle était nue dessous. Sa fureur tomba d'un seul coup et il reposa son visage contre le ventre tout chaud. Baisant le nombril, il le fouilla de la langue, transformant le rire de Taria en un gloussement hystérique qu'il maintint jusqu'à la limite du supportable, jusqu'à ce qu'elle lui tire les cheveux pour l'arrêter et le repousser vers le bas de son ventre.

11

« Monsieur Champac, est-ce que vous tenez vraiment à connaître les raisons de mon voyage à Bruxelles ? J'ai la désagréable sensation que vous ne m'écoutez pas. Vous m'écoutez ? »

Le ton sec, un rien mordant, de la voix d'Ilaria Bellini fit sursauter Julien.

Bercé par le ronronnement des essieux du train sur les rails, il s'était laissé aller à une douce rêverie, imaginant que le gros nœud bouffant qui ornait le corsage de la belle Italienne lui glissait entre les doigts. Brusquement rappelé à l'ordre par Ilaria Bellini, il esquissa un sourire qui pouvait se confondre en une excuse mais qu'il s'adressait à lui-même, amusé et satisfait à la fois de s'être abandonné quelques secondes à brûler les étapes. Pouvait-il lui dire qu'il la désirait au point d'avoir en pensée commencé de la déshabiller ?

« Pardonnez-moi, mademoiselle Bellini, mais je suis encore sous le coup de notre rencontre, aussi heureuse que fortuite ! »

Julien ponctua cet aveu d'un rire léger, gai.

Il était ravi que le hasard les ait remis en présence une quinzaine de jours après la réception de Monte-Carlo... Dans le TEE qui le conduisait ce matin-là vers Bruxelles, alors qu'il entamait son petit déjeuner, le maître d'hôtel avait installé en face de lui une jeune femme brune vêtue d'un strict tailleur gris et répandant un parfum de jonquille : Ilaria Bellini. La surprise avait été totale, de part et d'autre, mais tous deux avaient paru heureux de se retrouver. Seuls, cette fois !

Le train vibra tout à coup fortement au passage d'une série d'aiguillages, faisant tinter couverts et vaisselle. Julien agrippa à temps une bouteille d'eau qui allait choir sur l'assiette d'Ilaria.

« Bravo ! Vous voilà revenu sur terre ! Je vous disais donc que je me rendais à Bruxelles pour attaquer la législation française qui interdit à Sumer d'exercer à Paris. Il s'agit d'une entrave à la libre concurrence. Vous êtes d'accord ?

« Absolument ! »

Ilaria se sentit mal à l'aise d'avoir menti. Certes, elle avait décidé de se méfier de la séduction et du charme de cet homme vers lequel elle se sentait attirée. Pourtant, elle ne pouvait s'empêcher d'avoir brusquement le besoin de se laisser aller à des confidences tant elle trouvait sa présence rassurante. C'est donc à contrecœur qu'elle dissimula le véritable motif de son voyage à Bruxelles. « Je ferais mieux, se dit-elle, de le faire parler de lui avant que l'envie ne le démange d'en faire autant. » Moins il en saurait sur elle, mieux elle pourrait agir à sa convenance. Elle attaqua aussitôt.

« Les affaires de droit ne semblant pas vous passionner, peut-être pourrez-vous me dire comment vous êtes devenu marchand de tableaux et surtout marchand d'art contemporain ? Est-ce indiscret ?

— Non, mais on est toujours mal placé pour raconter sa vie. Je préférerais laisser ce soin à d'autres. Tenez, je vais vous faire une proposition...

— Honnête, bien sûr ! coupa Ilaria avec un petit sourire en coin.

— Tout à fait. Je vais en Belgique retrouver une très vieille et grande amie, Puppy Russelmayer. Vous connaissez, sans doute ?

— Difficile de faire autrement ! Son nom est attaché à toute la peinture surréaliste.

— Eh bien, si vous le voulez, je vous emmène chez elle

à Bruges et Puppy vous parlera de moi. C'est la femme qui me connaît le mieux et elle est très bavarde...

— Et très partiale, certainement, se moqua Ilaria Bellini. Elle doit vous adorer, non ?

— Oui, mais elle ne m'a jamais rien passé. Quand j'ai besoin de conseils, c'est vers elle que je me tourne. Elle vous plaira sûrement. Après vos rendez-vous, nous irons à Bruges. D'accord ? »

La proposition de Julien était séduisante, mais Ilaria ne voulut pas l'accepter d'emblée.

« Disons que je vous donnerai ma réponse en arrivant à Bruxelles. En attendant, ça ne vous empêche pas de me donner votre version des faits. Mais ne me répondez pas bêtement que vous faites ce métier par amour de l'art ou pour l'argent. Je ne vous prends ni pour un naïf ni pour un cynique. »

Ravi, Julien pensa : « Cette fille possède une sacrée personnalité ! Il faut absolument qu'elle vienne à Bruges. » Il se sentit une âme de conquérant et son regard se reporta sur le nœud de soie qu'il se jura de défaire le soir même.

« Vous me flattez ! répondit-il. Alors je vais vous parler franchement. Si je suis devenu marchand d'art contemporain, c'est par esprit d'aventure, de découverte et pour le goût du risque. Avec l'art actuel on n'a pas de repères, pas d'histoire : tout est à inventer. Il faut du flair pour distinguer dans la production artistique du moment les œuvres qui survivront. Du flair et de la chance. C'est beaucoup plus excitant d'acheter du " vivant " que du " mort ". Un vieux marchand passionné d'art contemporain et qui me poussait dans cette voie m'affirma un jour, pour me convaincre, que ce qui faisait le prix d'un tableau c'était vingt pour cent le nom de l'artiste et quatre-vingts celui du marchand car son nom garantit l'authenticité de l'œuvre du peintre. Cela vous satisfait-il ?

— Hum..., fit Ilaria du bout des lèvres. Qui était ce vieux marchand de si bon conseil ? »

Julien ne répondit pas immédiatement et la jeune Italienne remarqua que son visage se fermait. La question le mécontentait ou tout au moins le dérangeait. Il finit par dire cependant :

« Maurice Turana, le père de Daniel. C'était un ancien marchand de tapis venu par goût à l'art contemporain. Il recherchait le choc immédiat avec une œuvre qui ne nécessite pas une lecture. Une affaire d'instinct, pas de science. Il aimait tout ce qui désoriente, traumatise. Je lui ressemble un peu.

— Pourtant, vous vous intéressez aussi à la peinture ancienne. Je l'ai bien vu à Monte-Carlo, remarqua Ilaria.

— Bien sûr, mais je vous ai répondu que c'était par jeu. Un jeu où la connaissance n'intervient que pour mieux spéculer. Daniel, lui, ne prend jamais aucun risque. Il fait juste la différence entre ce qu'il achète et ce qu'il vend ! »

Ilaria Bellini constata avec un certain plaisir l'irritation de Champac à parler de Daniel Turana. Manifestement, il le posait en rival. Ne souhaitant ni défendre Daniel ni déplaire à Julien, elle choisit la voie de la diversion.

« Monsieur Champac, aimeriez-vous savoir ce que je pense des marchands de tableaux anciens, modernes ou contemporains ?

— Oui, même si je devine que ce n'est pas que du bien.

— Connaissez-vous La *Confession publique du brocanteur* ?

— Non, pas le moins du monde. De quoi s'agit-il ?

— D'un petit livre du XVIIIᵉ siècle que m'a offert un jour un vieux monsieur, chacun le sien, ironisa Ilaria, quand j'ai commencé à m'intéresser au commerce des œuvres d'art. C'est une aventure extraordinaire, très édifiante. »

Avisant le maître d'hôtel qui repassait avec un plateau chargé de toasts et de brioches, Julien Champac l'appela et se fit servir copieusement.

« Permettez, avant que votre histoire ne coupe l'appétit au marchand que je suis.

— Vous craignez qu'elle ne soit en votre défaveur et vous avez raison. Cela se passe en 1769, je crois, à bord d'un navire marchand faisant voile depuis l'Amérique vers Saint-Malo.

— Formidable ! coupa Julien. J'adore les histoires de corsaires !

— Cela ne m'étonne pas, vous avez l'allure d'un capitaine de flibuste. Mais laissez-moi vous conter cette aventure et mangez vos toasts. »

Ilaria Bellini commença son récit. Elle avait un talent de conteuse et Julien prit d'autant plus de plaisir à l'écouter que l'histoire était amusante.

« Sur ce navire en route pour la France, le récitant partage sa cabine avec un certain Ferre-la-Mule, de Paris, qui " vend et achète des peintres " et dit crûment ne pas s'attacher à leurs œuvres. Au cours d'une promenade sur le pont, une dame de la bonne société lui demande : " Êtes-vous dans les affaires ? " " Que non, répond le sieur Ferre-la-Mule, je ne sais ni lire ni écrire, je suis marchand de tableaux ! " Connaît-il alors l'Histoire ? " Que nenni ", en dehors du Petit Poucet et de Barbe bleue. " Qui sont Argus et Minos ? " insiste la dame. " Point des noms de peintres en tout cas ! " dit le marchand, qui explique que sa seule science tient du fait qu'on lui a assuré que telle peinture est d'un habile homme et d'avoir le talent d'en persuader ses acheteurs auprès de qui il est censé être un parfait connaisseur.

— C'est une caricature, votre bonhomme, interrompit Julien Champac, mais je vous concède qu'il y a encore beaucoup de marchands ignorants.

— Voyez-vous ! Merci de le reconnaître. Attendez, l'histoire ne fait que commencer. Après avoir subi des moments de calme plat puis des grands vents, le navire passe au large de Terre-Neuve où est organisée une pêche à la morue, puis quelques passagers décident d'attraper des cacaoins, ces oiseaux qui dans les parages suivent les vaisseaux en volant continuellement au travers des cordages. Pour cela, on tend des fils munis d'épingles recourbées et amorcées avec de petits poissons et les cacaoins viennent s'y accrocher. Ce que décide d'entreprendre Ferre-la-Mule en grimpant sur la grande hune. **Las,** dans le même temps, le navire est agressé par un

82

écumeur de mer qui lui expédie une bordée de canons coupant les haubans à bâbord et à tribord et blessant le marchand à la tête. Heureusement, la riposte du navire est foudroyante et l'agresseur envoyé par le fond. Reste Ferre-la-Mule, blessé par l'éclat d'un boulet et coincé sur la grande hune privée de ses haubans, et donc dans l'impossibilité d'être secouru. Croyant sa fin proche, il veut se confesser et fait appeler l'aumônier. " Père, confessez-moi, je meurs ! Père, ayez pitié de mon âme ! " " Mon enfant, répond le prêtre, je ne puis d'en bas. " " Je peux faire une confession publique, dit alors Ferre-la-Mule, ne me refusez pas ! " " Soit, accepte l'aumônier après plusieurs suppliques, je vous entends. " »

Julien était subjugué. Ilaria n'avait pas seulement des talents de conteuse. En bonne Italienne, elle était excellente comédienne et prenait visiblement plaisir à mimer le mourant et le prêtre.

« Ferre-la-Mule débute sa confession en avouant qu'il avait d'abord été le domestique d'un officier auquel il vola plusieurs objets de valeur avant de devenir brocanteur en tableaux. " Ah ! mon père, que j'ai à me reprocher ! Que de forfaits ! Que de friponneries ! " crie le pauvre homme. " Courage, mon fils ! lui répond l'aumônier. Confessez-vous. " Commence alors une longue série de méfaits. Apercevant un bon tableau chez un amateur, il avait tout fait pour l'en dégoûter : " Ce n'est plus une peinture à la mode, cela ne vaut plus rien, je vais vous en débarrasser contre quelques sous ! " Avec des complices, il poussait souvent très cher de mauvais tableaux pour piéger les amateurs ignorants. En association avec d'autres marchands, il était parvenu à se faire adjuger dans les ventes des tableaux pour presque rien, en ne poussant les enchères les unes sur les autres que pour la forme, ou en partageant les bénéfices suivant la méthode de la révision. " Courage, mon fils, parlez ! " enjoignait le prêtre.

— Excusez-moi, Ilaria, vous êtes certaine qu'à cette époque les marchands de tableaux pratiquaient la révision ?

— Parfaitement ! Comme ils chassent le gogo aujourd'hui. Ne faites pas le dupe. Vous n'êtes pas au bout de vos surprises, affirma Ilaria en reprenant son récit. Persuadé de mourir dans les minutes à venir, Ferre-la-Mule jette en vrac du haut de la grande hune la suite de ses méfaits. Une personne avait-elle envie d'un de ses tableaux, il proposait un prix exorbitant. L'autre, bien sûr, refusait. Par la suite, et grâce à des comparses dans le métier, il faisait entendre à cet amateur qu'il avait eu tort, que c'était une œuvre exceptionnelle, rarissime, que tel marchand en avait proposé beaucoup plus. L'autre, alors, se précipitait chez Ferre-la-Mule pour acquérir la toile. Trop tard, vendue ! A qui ? demandait avec insistance l'amateur. A un marchand. Il s'y précipitait. Hélas, le tableau était déjà aux mains d'un autre marchand ! Et l'amateur passionné reprenait sa course pour enfin entrer en possession de ce tableau tant convoité à un prix vingt à trente fois supérieur à sa valeur. "Ah ! mon père, que je regrette ! " crie toujours Ferre-la-Mule. "Courage, mon fils ! Courage, mon très cher enfant ! Continuez." Le marchand poursuit sa confession. Un amateur lui demandait-il son avis sur un tableau de quelque marchand n'appartenant pas à son groupement, il répondait toujours qu'il ne valait rien ! Quand, dans une vente, certaines personnes voulaient acquérir une très belle pièce qui lui plaisait, il répandait le bruit avec des confrères que c'était une copie ou une croûte pour pouvoir l'acheter à bas prix. "Je vais mourir, mon père, j'ai trop mal ! " "Ne pensez pas à la douleur, pensez à votre conscience, mon fils ! " réplique le prêtre. Et le pauvre Ferre-la-Mule de conter alors que, lorsqu'il possédait un tableau dont il ne pouvait se défaire, il le plaçait chez une personne de connaissance après l'avoir bien sali ; ensuite, à l'amateur, il disait savoir que chez telle personne il y avait un bon tableau sous crasse, une affaire excellente qu'il était dans l'impossibilité de réaliser faute de liquidités dans le moment. Et l'autre de s'y précipiter. "Je me meurs, j'ai vu le diable ! Absolvez-moi, mon père, je vous en supplie ! " "Je vais vous donner l'absolution, mon fils. Mais n'avez-vous rien omis ? " »

Les mimiques d'Ilaria, simulant tantôt les convulsions grimaçantes de Ferre-la-Mule, tantôt les contorsions de l'aumônier, finirent par provoquer chez Julien un irrépressible fou rire.

Coupée dans son élan, la jeune Italienne voulut se fâcher mais le visage congestionné de Julien la fit éclater de rire à son tour. Il leur fallut plusieurs minutes pour retrouver leur calme.

« Di..., dites-moi, il est au moins mort absous, ce pauvre Ferre-la-Mule ? demanda Julien Champac en s'essuyant les yeux.

— L'aumônier lui donna l'absolution après qu'il eut réussi à lui soutirer encore quelques horribles forfaits comme la pratique du crédit usuraire, le détournement de biens de pauvres veuves... J'en oublie certainement. Mais, rassurez-vous, monsieur Champac, les haubans ont été remis et le marchand a été sauvé. Que dites-vous de mon histoire ?

— Qu'elle ne doit pas vous donner une haute opinion des marchands de tableaux.

— Sauf si vous pensez qu'elle est démodée ? »

Julien réfléchit un temps.

« Pas du tout. Ce que Ferre-la-Mule a fait est toujours d'époque mais ne comptez pas sur moi pour aller attraper des cacaoins sur la grande hune. Encore moins pour me confesser.

— Je ne suis, quant à moi, ni prêtre ni inquisiteur.

— Alors, je suis sauvé ! » plaisanta Julien.

Puis il ajouta :

« Au fait, quel est ce vieux monsieur qui a déniché cette histoire ? Un marchand ?

— Je ne vous le dirai pas. En revanche, j'accepte de vous accompagner à Bruges. »

Pris de court, une fois de plus, Julien resta un moment sans voix, puis son visage s'illumina de joie. Il s'empara des deux mains d'Ilaria et les porta à ses lèvres.

« Je suis très, très heureux », murmura-t-il.

Ilaria lui sourit et baissa les yeux.

12

Ils étaient face à face : le Christ, sortant de son tombeau et revêtu d'un suaire rouge, et Ernest Lambrichs, barbichu rondouillard en position de juge. Il ne s'agissait pas pour ce dernier de mettre en doute l'existence du fils de Dieu mais de savoir si son image, là sur l'écran, était bien une création de Dirk Bouts. De part et d'autre de leur directeur, tels les apôtres de la Sainte Cène, les membres du Centre royal de recherche pour les primitifs flamands examinaient attentivement la projection agrandie de la tempera appelée *Résurrection* que la maison Sumer avait vendue deux semaines plus tôt à Monte-Carlo pour vingt et un millions de francs.

Ernest Lambrichs rompit le silence dans lequel était plongé tout le groupe. De sa voix traînante et voilée, il déclara :

« Mesdames, messieurs, cette réunion a pour but de vous faire part des observations de Mme Patricia Morane, de l'Institut royal du patrimoine, et de moi-même, après l'examen de surface que nous avons pu entreprendre à Monte-Carlo avant la vente de cette œuvre, et ensuite de vous demander vos avis respectifs. Avant toute chose, je tiens à vous informer que les moyens actuels des musées royaux ne nous permettaient pas de couvrir de telles enchères. Et c'est peut-être tant mieux. Patricia, voulez-vous exprimer nos réserves devant nos amis ? »

Rejetant d'un mouvement de tête ses cheveux blonds coupés au carré, Patricia Morane chaussa ses lunettes cerclées d'or et commença son exposé des « anomalies » relevées lors de l'examen du Bouts : sa trop bonne conservation pour une tempera du XVe siècle, la curieuse position des soldats, les différents repeints, etc.

« Je maintiens ma première impression, conclut-elle ; il ne peut s'agir d'une œuvre de Bouts. Et Ernest Lambrichs partage mon point de vue.

— Absolument. Nous avons fait part de nos observations aux gens de chez Sumer mais Irwing Bull, leur responsable des peintures anciennes, a maintenu l'authenticité de cette *Résurrection*. Comme nous lui faisions remarquer qu'il aurait pu nous confier la toile pour un examen détaillé avant la vente, il a répondu sèchement que cela ne lui avait pas paru nécessaire car il n'avait aucun doute sur son attribution et sa provenance. Pourtant, il a été incapable de nous fournir des précisions sur sa provenance. Que sait-on, en fait, de ce tableau ? »

Ernest Lambrichs fit passer à chacun un petit dossier comprenant une photo de la tempera avec quelques agrandissements des détails litigieux et les éléments d'enquête rassemblés par Patricia Morane, qui en fit le commentaire. D'après ce qu'elle avait pu recueillir, la toile faisait partie d'une série de quatre primitifs flamands, acquise au début du XIXe siècle par le comte Guicciardi, un diplomate milanais qui s'était constitué une solide collection d'œuvres d'art. En 1860, sir Charles Eastlake, directeur de la National Gallery de Londres, fut mis en présence de deux de ces toiles, attribuées alors à Lucas von Leyde : une *Mise au tombeau* et une *Adoration des mages,* cette dernière en très mauvais état. Il acheta la *Mise au tombeau* qu'il emmena en Angleterre. Douze ans plus tard, les trois autres peintures furent exposées lors d'une manifestation au palais Brera de Milan. L'*Adoration* était devenue la propriété de Paolo Guicciardi, le fils du diplomate, une *Résurrection* appartenait à un certain Vittorio Melzi et une *Annonciation* à un dénommé Guiseppe Casanova. Le compte rendu de cette exposition dans La *Gazette des Beaux-Arts* par le célèbre historien d'art Paul Mantz ne faisait pas état de ces peintures alors qu'il décrivait d'autres œuvres flamandes en précisant : « Nous négligeons les autres tableaux... »

« Depuis, on n'entendit plus jamais parler de ces peintures. Jusqu'à ce que la *Résurrection* ressuscite ces dernières semaines, conclut avec humour Patricia Morane.

— Ce qui nous inquiète, voyez-vous, dit Ernest Lambrichs, c'est ce retour quasi miraculeux de cette tempera dans un tel état de conservation qu'aussitôt le doute vous prend sur la qualité de l'œuvre. Quant à son attribution à Dirk Bouts, il faut y voir un lien avec la reconnaissance à ce peintre, par sir Charles Eastlake, de la *Mise au tombeau* quelques années après l'avoir achetée. Voilà pourquoi nous devons creuser la question et être excessivement vigilants car je crois bien, mesdames et messieurs, que dans ces conditions il faut nous attendre à voir réapparaître l'*Adoration* et l'*Annonciation* d'ici peu. »

Cette prophétie frappa de stupeur les vénérables membres du Centre royal de recherche pour les primitifs flamands. Leur silence studieux dégénéra en un brouhaha digne de jeunes potaches indisciplinés.

13

La Rolls blanche s'arrêta en double file sur le côté de l'église, à l'entrée de la place des Sablons, dans le quartier bruxellois des galeries. Le chauffeur vint ouvrir la porte et Puppy Russelmayer s'apprêta à sortir. Elle se tourna vers Julien Champac et constata qu'il avait l'air absent. Elle lui tapota le bras.

« Ho ! mon petit Julien, tu rêves ? »

Champac mit plusieurs secondes à réagir et s'excusa d'un sourire.

« Amoureux ? interrogea Puppy.

— Pas encore. Je pensais à autre chose. A *La Chute d'Icare* de Bruegel. Chaque fois que je suis en présence de ce tableau, comme tout à l'heure au Musée royal, j'éprouve des sensations étranges. Un mélange de liberté et d'angoisse. C'est l'attraction du vide, sans doute... »

Julien Champac marqua un temps. Puppy le dévisageait avec curiosité et inquiétude, figée dans le mouvement qu'elle avait amorcé pour sortir de la Rolls. Julien poursuivit, après un lourd soupir :

« Aujourd'hui, j'ai ressenti l'écrasement proche. Il n'y avait plus de plaisir. Pas de peur non plus. Du moins pas encore. »

Puppy prit son compagnon par la main et l'entraîna hors de la voiture.

« Je suis si heureuse de ta présence à mes côtés, dit-elle en s'appuyant contre lui. Si heureuse... »

Elle paraissait toujours aussi grande et les années n'avaient pas entamé son allure altière. Droite, le menton dressé en perpétuel défi avec les autres, à soixante-quinze ans, maquillée comme une star, les cheveux blond platine, Puppy Russelmayer ne défiait plus que la vieillesse et... la mort. Avec ses éternels talons aiguilles qui revenaient à la mode, elle était presque de la taille de Julien. Elle posa sa joue contre la sienne et il l'enlaça.

« Viens. Allons déjeuner, je meurs de faim ! » lança-t-elle comme pour briser ce bref abandon.

Ils traversèrent la rue et pénétrèrent à l'intérieur du restaurant l'Écailler du Palais-Royal. La douceur du lieu, tout en harmonie de bleus et de verts tendres, rasséréna Julien. Un verre d'un somptueux meursault « goutte d'or » acheva de le décontracter et, lorsqu'il se mit à parler d'Ilaria, Icare était oublié.

« Bon, bon ! dit Puppy, énervée par l'avalanche de compliments dont il parait la petite Italienne. Ce n'est pas pour cela que tu es venu me voir, j'imagine ?

— Chérie, ne te fâche pas ! répondit Julien en caressant la grande main osseuse impeccablement manucurée et ruisselante de bagues. Si jamais tu apprenais que j'ai une nouvelle petite amie par d'autres que moi, tu serais furieuse. Non ? Cela dit, je suis venu te voir pour te proposer une affaire. Une affaire de plusieurs millions de dollars. »

Puppy Russelmayer, qui avait toujours eu un amour immodéré et baroque pour l'argent, ne put réprimer un sourire de satisfaction.

« Alors, je t'écoute, Julien chéri !

— Vingt et un millions de francs français, presque trois millions de dollars, c'est le prix que nous avons obtenu d'une toile attribuée à Dirk Bouts, une *Résurrection*, l'autre semaine à Monaco.

— Nous ?

— La comtessa da San Friano et moi, associés pour une petite partie au responsable des peintures anciennes de Sumer.

— C'est une belle somme, mais où est le miracle ? »

Julien conta à Puppy l'histoire des quatre primitifs flamands achetés au début du siècle par le comte Guicciardi et dont la trace se perdait en 1872. Le hasard avait voulu, précisa Julien, que la comtessa entrât en relation avec l'arrière-petit-fils d'un célèbre marchand milanais de la fin du XIXe siècle, Marcello Urbi. Ce jeune homme, Giamberto, beau et désargenté, émut Letizia qui le choya beaucoup dans son palazio de Florence. Parmi les objets d'art et les précieuses peintures qu'il renfermait, Giamberto crut retrouver la vie fastueuse que menait son aïeul. Au cours d'un souper fin et bien arrosé, il raconta à Letizia qu'il avait hérité de trois vieilles toiles en pas très bon état, et qui pourrissaient dans son grenier de Milan. Que n'avait-il pas dit là ! Aussitôt la comtessa exigea de se faire montrer les tableaux en question. Au dos de l'un d'eux, il y avait une étiquette de l'Esposizione di Arte de 1872 au palais Brera, avec le numéro 427. A partir de ce renseignement, elle identifia les trois temperas. Restait le problème de leur attribution. Ce pouvait être Lucas de Leyde, ou un atelier quelconque de l'époque, ou... Puis, coup sur coup, trois éléments déterminants se présentèrent. D'abord, Letizia fit le lien entre ces trois tableaux et la *Mise au tombeau* de la National Gallery de Londres, attribuée à Dirk Bouts postérieurement à son achat, c'est-à-dire au début du XXe siècle. Ensuite, l'expert et restaurateur Onnolovski, ami de Julien appelé en consultation, déclara que ces toiles avaient été retouchées avec la visible intention d'en changer la paternité.

« Enfin, termina Julien, je découvris moi-même que le vieux Marcello Urbi travaillait avec un célèbre restaurateur de tableaux, Luigi Cavenaghi, tellement fameux qu'il exécutait des compositions complètement inventées, des faux dirions-nous. Sa grande spécialité, nous apprit Onnolovski, était les repeints à la manière de, qui faisaient d'une toile d'atelier une œuvre du maître.

— Si j'ai bien compris, résuma Puppy, vous étiez en présence de trois toiles considérées, au début du XVIIIe siècle, comme des Leyde et maquillées en Dirk Bouts par ce Cavenaghi, dans les années 1900 ?

— Exact. A un détail près. C'est Onnolovski qui a parachevé le travail.

— On peut lui faire confiance, les experts n'ont pas fini de se battre ! »

Et Puppy éclata de rire.

« Ton histoire me plaît beaucoup ! Comment vous y êtes-vous pris pour écouler vos faux-vrais Bouts ? Uniquement les salles de vente ?

— Pour appâter, c'était la seule solution. Grâce à l'autorité d'Irwing Bull et au prestige de Sumer, il n'était pas nécessaire de fournir trop de précisions sur les origines de cette *Résurrection*. Pour l'œuvre suivante, l'*Annonciation*, la comtessa traitera seule et directement d'ici à quelques semaines en sondant les collectionneurs qui n'ont pu acheter la première. Pour la troisième, il faudra attendre un peu et lui trouver une autre provenance. J'ai pensé à toi. Qu'en dis-tu ?

— Je ne dis jamais non, par principe, quand il s'agit d'argent. Tu le sais très bien, Julien. Une question cependant. Une toile à la National Gallery, trois autres sur le marché, égale quatre. L'intérêt pour tout acquéreur est donc de posséder au moins deux d'entre elles pour surpasser le musée de Londres ?

— Vanité, tout n'est que vanité ! Tu as raison. D'autant que ces quatre toiles pourraient bien faire un ensemble avec, au centre, la *Crucifixion* du Musée royal de Bruxelles. Tu vois l'intérêt d'une telle " découverte " ! Cela va être une fantastique bataille de titans entre les musées privés comme le Lutty et les collectionneurs. A coups de millions de dollars et sans merci. Le vieux lord Richmond, le premier acquéreur, n'a d'ailleurs pas survécu à sa victoire !

— Et le découvreur ? »

Julien Champac marqua un étonnement non feint.

« De qui parles-tu ?

— Du jeune et beau Giamberto.

— Ah, oui... Il se droguait et la comtessa a eu le malheur de lui donner trop d'argent de poche. Il est mort cet hiver d'une overdose.

— Mon Dieu ! le pauvre garçon ! » soupira Puppy en se tamponnant la bouche avec sa serviette.

Puis, consultant sa montre sertie de rubis, elle dit négligemment :

« Ne penses-tu pas qu'il serait temps d'aller récupérer ta protégée ? Après toutes les merveilles que tu m'as racontées sur son compte, j'ai hâte de faire sa connaissance.

— Je suis sûr qu'elle fera ta conquête, répondit Julien. Tu verras : sa beauté, sa jeunesse, son appétit de vivre... En deux rencontres elle a su se rendre indispensable. J'ai besoin d'elle.

— Parce que tu te refuses à vieillir, mon ange.

— C'est vieillir, cet appel de sang neuf, d'horizons nouveaux ?

— Peut-être oui. En tout cas, tu n'es pas obligé de vampiriser cette enfant, tu as Taria.

— Oui, mais...

— Pas de mais. Fais attention, Julien. Tu es la première passion de Taria. Elle t'aime éperdument. Chaque femme aime ainsi une fois dans sa vie. Avant ou après, si elle peut supporter, tout ce que la femme aime, c'est l'amour.

— Ne crains rien pour Taria, j'ai beaucoup de place dans mon cœur.

— Pas de pirouette, Julien. Je sais bien que chez l'homme le cœur possède plus de chambres qu'un hôtel borgne. Seulement, tu es un véritable homme de cœur, sinon il y a longtemps que je t'aurais chassé. Bon ! Allons la chercher, cette petite Ilaria... »

14

En poussant la porte vitrée du Beaujolais, Gérard Toussaint retrouva l'ambiance animée qui lui était familière. A l'heure du déjeuner, le bistrot de la rue Rossini était pris d'assaut par les commissionnaires de Drouot chez lesquels Toussaint comptait nombre d'amis. Il se fraya difficilement un chemin à travers deux rangs serrés de têtes hilares et congestionnées, aussi rouges que le liséré des cols de leurs vestes.

Ces messieurs buvaient sec, pastis et gros rouge. Péniblement il parvint à gagner l'extrémité du comptoir où un solide gaillard dépassant d'une bonne tête le reste de l'assistance agitait son verre vide en direction du garçon.

« Alors, Robert, merde ! Ça vient ce 51 ?

— Réclame une Salers pour moi, le Cric ! dit Toussaint en lui touchant le bras.

Puis, se tournant vers les quatre hommes qui faisaient groupe autour du costaud, il ajouta :

« Commande pour tes amis, c'est ma tournée. »

Un large sourire éclaira la face rubiconde du Cric qui s'écria :

« Salut l'Ouverture ! J'suis content de t'voir. D'accord pour le verre mais faudra patienter. Y a d'abord la tournée de Concorde et puis celle d'Henri II. »

A l'énoncé de leur surnom, les deux hommes levèrent leur verre pour saluer le nouveau venu.

« Mes autres potes, c'est la Perruque et Dalida. »

Toussaint les salua avec gentillesse. Cet usage des surnoms chez les commissionnaires, une coutume apportée de leur Savoie natale et perpétuée depuis des lustres, l'amusait. Elle renforçait le côté mafia de ces Savoyards qui trustent toutes les activités annexes de Drouot, exerçant une véritable dictature au sein de l'établissement, y compris sur les commissaires-priseurs.

Derrière la jovialité des « cols rouges » aux sobriquets taillés sur mesure (le Cric parce qu'il n'avait pas son pareil pour soulever un meuble, Concorde parce qu'il était le plus rapide ou la Perruque parce qu'il était chauve) se cache, depuis très longtemps, un sens des affaires doublé d'une âpreté au gain peu ordinaire. Tous se constitueront un bon bas de laine pour, l'âge de la retraite venu, s'en retourner vivre au pays, propriétaires d'hôtels-restaurants ou de magasins. Pour y parvenir, ils auront abusé de leur monopole dans les lieux en imposant des prix de service exorbitants mais surtout en pratiquant ce que les initiés des salles appellent « le p'tit vin des commissionnaires ». Un buffet bas sans porte ou une armoire normande sans corniche ont peu de chances de trouver amateur et de partir à bon prix, sauf pour le marchand en cheville avec un Savoyard, qui s'emploiera à compléter les meubles après l'adjudication. Moyennant une honnête rétribution. Ainsi disparaissent balanciers de pendule, couvercles, soucoupes, ouvrages de collection officiellement perdus ou détruits et qui refont surface miraculeusement dans la main des plus généreux.

Aussi Toussaint ne se gêna-t-il pas pour tendre au Cric le grand sac de golf qu'il trimballait.

« Tu prends ça avec toi. Dans la poche de côté il y a le mode d'emploi. Fais-y gaffe, c'est du fragile. »

Le Cric hocha plusieurs fois la tête avec gravité et s'empara du sac qu'il se passa à l'épaule. Ostensiblement. Pour ses copains, mais aussi pour tous les Savoyards présents, ce sac était devenu sa propriété, son affaire et personne ne s'aviserait d'y toucher où qu'il fût entreposé.

95

C'était la règle : le respect mutuel des affaires de l'autre. Pour la bonne marche du système.

C'est tout ce que voulait Toussaint. Il avala les deux tournées de Concorde et d'Henri II (un spécialiste, celui-là, du désossage des buffets) puis la sienne en plaisantant avec le Cric sur la brioche qui pointait sous la veste de coutil et il se sauva. En tournant le coin de la rue Rossini et de la rue Drouot, il jeta un regard satisfait sur la façade de béton et d'acier de l'hôtel des ventes. Il ne pouvait y avoir meilleur endroit pour planquer les trente et une toiles de la collection Lieutadès, dissimulées dans un sac de golf râpé mêlé à tous les objets disparates sur lesquels veillaient le Cric et les « cols rouges ».

15

Entre ses doigts, le ticket de métro était devenu un mince rouleau pelucheux à force d'être trituré. Cette manie datait d'une dizaine d'années, lorsque Jean Armand avait cessé de fumer. Il manquait alors à sa main gauche le contact de la cigarette et il avait trouvé ce moyen pour pallier cette absence. Le truc fit place au tic et le commissaire devait se réapprovisionner souvent auprès de la RATP. La régie comptait là, sans le savoir, un de ses meilleurs clients... qui pourtant ne se déplaçait jamais autrement qu'en voiture de fonction !

Avant de partir pour cette conférence à Bruxelles, il avait rempli ses poches de précieux cartons jaunes pour supporter la lenteur des débats, inhérente à ces rassemblements officiels où l'air climatisé achève de ratatiner les neurones.

Ils étaient vingt-quatre superflics européens — deux par pays membre —, plus quelques hauts fonctionnaires de la Commission des Communautés, ainsi réunis pour tenter d'harmoniser les réglementations concernant la répression des vols d'œuvres d'art. Un sacré foutoir !

Il y avait belle lurette qu'en matière d'art l'Europe connaissait la libre circulation des objets volés. Des grands conquérants pillards aux as de la cambriole, des antiquaires-receleurs aux faussaires de génie, au fil des siècles la chaîne était longue et sérieusement emmêlée.

Que seraient les musées de Londres sans les bouleversements de la Révolution française, le Louvre sans les conquêtes d'Italie, d'Espagne ou d'Égypte de Napoléon ?

Même en temps de paix, les chiffres — pourtant énoncés d'une voix monocorde par le représentant de la Commission — donnaient le vertige : plus de cent quatre-vingt mille objets ou œuvres d'art volés par an dans le monde, soit cinq cents par jour. Depuis la fin de la Seconde Guerre mondiale, rien qu'en France, plus de douze mille œuvres n'ont jamais été retrouvées. Les plus belles bien entendu. Chiffre énorme mais somme toute modeste comparé aux quarante-cinq mille œuvres disparues en Italie durant la même période. La différence venait sans doute, expliquait l'orateur, de ce que la France était le seul pays à s'être doté d'un office central de répression digne de ce nom : le CERVO.

A ces mots, Jean Armand émergea de sa torpeur. Ses doigts cessèrent de torturer le ticket de métro et son regard croisa celui de l'orateur apparemment désireux de le prendre à témoin. Le Français sourit par politesse.

Encouragé, l'autre poursuivit, se voulant tout à coup éloquent :

« Je tiens à rappeler que cet organisme joue un rôle centralisateur important. Ce qui n'est pas tout à fait le cas de son pendant italien. En liaison constante avec Interpol, le CERVO rassemble les informations concernant les vols sur tout le territoire français, que ces affaires soient traitées par la gendarmerie ou les autres services de police, et coordonne les actions de répression... »

« Tu parles ! » rigola intérieurement Jean Armand. Il se tourna vers son voisin de droite, le commissaire divisionnaire Edmond Retz, le spécialiste ès œuvres d'art de la brigade de répression du banditisme qui, pas plus tard que l'avant-veille, lui avait justement fait un enfant dans le dos en démantelant sans l'en avertir un réseau de receleurs franco-néerlandais. « Centralisation, coordination, mon cul ! » maugréa Jean Armand que l'initiative de son collègue avait rendu furieux. Et dire qu'en pleine guerre des polices il devait côtoyer ce salopard et faire bonne figure ! Le fait que la Commission de Bruxelles encense les actions du CERVO était pour Armand une maigre consolation. « Tôt ou tard, mon petit Retz, je te baiserai. Plus qu'à ton tour, crois-moi ! » Dans cette perspective réjouissante, il se reprit à rouler son ticket de métro avec minutie. Cela le rasséréna.

Après avoir vanté les mérites du CERVO, l'orateur avait suggéré que les autres partenaires imitent la France en créant de tels organismes. Emporté par son élan, il en vint à souhaiter un office central européen qui regrouperait les informations des douze pays et gérerait la liste des œuvres d'art enfin recensées — ce qui était loin d'être le cas.

« Il faut un CERVO à l'Europe ! » s'exclama-t-il avec une pointe d'humour en guise de conclusion.

Les quelques applaudissements qui suivirent furent brutalement interrompus par l'intervention excitée d'un membre de la délégation italienne, le commissaire Piero Rodolfo.

« Je me demande bien pourquoi vous vous gargarisez avec cette institution française qui n'est rien de plus qu'un banal service de police. Mais ce que vous ne dites pas, c'est que ses membres se comportent comme de parfaits voleurs, appliquant à la demande de leur chef des méthodes de voyous ! Je dis bien de voyous ! »

Le visage empourpré par la colère, le signore commissaire montrait maintenant du doigt le patron du CERVO.

« Il bandito ! A Vérone, cet individu a sciemment trompé un juge pour récupérer une tapisserie soi-disant volée en France, à Riom, et découverte chez un illustrissime marquis au-dessus de tout soupçon qui l'avait acquise de bonne foi chez un antiquaire de la ville. Abuser un juge, vous vous rendez compte ? »

Piero Rodolfo agitait ses bras au bout desquels, comme les ailes d'un moulin, voletaient des feuillets dactylographiés.

« C'est écrit là ! Noir sur blanc. Ce gangster s'est engagé à restituer la tapisserie à la justice italienne après examen par les experts des Gobelins et autres manufactures qui, toujours soi-disant, ne pouvaient se déplacer à Vérone. Le juge a fait confiance et a laissé partir la tapisserie aux fins d'expertise, contre un reçu en bonne et due forme, le naïf ! Une fois la frontière passée, cette magnifique œuvre d'art du XVIᵉ siècle a été définitivement et unilatéralement considérée comme française et n'a pas été retournée à la justice de mon pays qui avait à statuer. Un vol prémédité ! Voilà les gens — il bandito — que vous osez nous montrer en exemple ? Moi, je leur crache dessus, pfitt ! »

Jean Armand, arraché à ses rêveries par les coups de pied de son voisin, le commissaire Retz, trop heureux de le voir malmené publiquement, n'eut pas à intervenir pour se défendre : c'est la collègue du signore Rodolfo qui s'en chargea. Comme elle était la seule femme de toute l'assemblée, son intervention fit d'autant plus sensation.

« Je m'inscris en faux contre la déclaration du commissaire Piero Rodolfo ! s'insurgea-t-elle. En faux ! Les Français ont eu raison d'agir ainsi. La non-harmonisation des lois européennes ne leur aurait jamais permis de recouvrer leur bien. Ce n'est pas eux qu'il faut condamner mais nos législations. Ne sommes-nous pas là justement pour faire avancer les choses ? Pourquoi nous insulter ? Nous adresser des reproches ? Nous ne sommes pas ici pour nous combattre mais pour nous entraider. »

Piero Rodolfo voulut rispoter mais la fougue de sa collègue lui avait coupé le souffle et il ne put aligner qu'une suite de bégaiements. La jeune femme en profita pour continuer. Sa voix était bien posée, un rien cassante. Aucun énervement, pas même un reproche. C'était la raison qui parlait.

« Commissaire Rodolfo, mon père, Silvio Bellini, n'a dû ses succès, que vous vous plaisez tous à reconnaître, qu'en opérant dans l'illégalité la plus totale, sinon l'Italie ne serait jamais rentrée en possession des inestimables trésors artistiques pillés durant la dernière guerre ou volés par la mafia. A chacune de ses victimes, au récit de ses stratagèmes tout le monde a applaudi, y compris les jaloux. Jamais personne ne l'a traité de voyou. »

L'évocation du très célèbre dottore Bellini, diplomate, ministre plénipotentiaire, ministre sans portefeuille de tous les gouvernements italiens depuis la guerre, chef de la délégation pour la récupération des œuvres d'art, mort l'année précédente, agit comme un calmant sur la personne du commissaire Rodolfo et ramena la paix dans l'assistance.

A la dérobée, Jean Armand se mit à observer l'oratrice. Ce qui retenait tout à coup son attention, ce n'était pas tant son intervention en sa faveur que sa filiation avec le dottore Silvio Bellini.

La jeune femme dut se sentir observée car elle se tourna brusquement vers le Français qui, se voyant démasqué, esquissa un sourire gêné. Elle répondit par un sourire lumineux, plein de bienveillance, avec dans les yeux un soupçon de fronde.

C'était bien le même regard, direct et ensorceleur, que celui du dottore Silvio Bellini.

Quelques années plus tôt, Jean Armand, qui commençait tout juste à se familiariser avec le monde de l'art, avait eu l'insigne honneur d'être reçu par le vieux dottore dans sa maison des environs de Florence. Et il avait eu droit à l'extraordinaire récit de ses succès. Ne lui prêtait-on pas la récupération de plus de vingt mille œuvres d'art ?

C'est durant la Seconde Guerre mondiale qu'était née sa vocation de protecteur du patrimoine national. Il appartenait alors aux services secrets italiens attachés aux Alliés et il avait été chargé dans les territoires occupés par l'armée allemande de la protection des minorités, des juifs et des œuvres d'art. Il avait sauvé ainsi l'atelier de Giorgio De Chirico, en fuite car les SS s'apprêtaient à arrêter sa femme, d'origine juive, et à voler ses tableaux. Vers la fin de la guerre, les Allemands, sous prétexte de protéger les richesses de l'Italie du pillage des troupes alliées, avaient organisé le vol quasi systématique des plus beaux tableaux et œuvres d'art que renfermait la péninsule.

Un pillage que Silvio Bellini, s'il n'avait pu l'empêcher, s'était efforcé de comptabiliser en tâchant de savoir qui volait quoi et l'emmenait où. Ces notes inestimables lui permirent, lorsqu'il fut nommé en mission diplomatique en Allemagne après la guerre, de réclamer, preuves à l'appui, une partie du butin des nazis. Mais les œuvres n'avaient pas toutes gagné l'Allemagne de façon transparente. Certaines s'étaient « égarées » en route. C'est ainsi que deux chefs-d'œuvre florentins d'Antonio Pollaiolo furent découverts vingt ans plus tard aux États-Unis !

Le drame, avait expliqué le dottore à Jean Armand, c'est que les pilleurs bénéficiaient souvent de la complicité tacite de collectionneurs fous, et parfois même de la police comme de certaines autorités gouvernementales.

Et il avait dispensé au Français les quelques précautions indispensables que son expérience lui avait acquises. Primo : s'astreindre à n'oublier aucun détail dans une affaire de vol d'œuvre d'art, tôt ou tard l'occasion d'un recoupement avec un autre larcin livrera ainsi un morceau de vérité. Secundo : ne compter que sur soi-même mais s'entourer d'un bon réseau d'informateurs. Tertio : ne pas se laisser enfermer par les lois, mais faire comme ses adversaires : s'asseoir dessus !

Pour donner plus de poids à ce dernier conseil, il lui avait alors raconté de quelle façon rocambolesque il avait pu récupérer la croix de Visso, un pur chef-d'œuvre de l'art médiéval, composée entièrement d'or et d'argent massifs, dérobée une nuit de l'été 1973 dans une église de cette petite ville d'Italie centrale. L'enquête de la police n'avait évidemment rien donné. Mais, deux ans plus tard, Silvio Bellini apprit par des amis antiquaires que la croix avait été vendue par un antiquaire allemand à un riche industriel de Cologne, Hans Heinrich, collectionneur d'art effréné. Arguant de sa qualité de diplomate, le dottore obtint un rendez-vous de Heinrich et lui révéla que la croix était un objet volé dans une église italienne. Plutôt que d'entamer une longue et ennuyeuse procédure internationale, Silvio Bellini proposa une solution plus élégante : rendre tout simplement la croix avec un maximum de publicité pour cet acte généreux, ce qui compenserait le nombre impressionnant de DM déboursés par l'industriel. Mais celui-ci refusa tout net. L'Italien prit acte et décida de le piéger. Heinrich, peu désireux d'un procès, n'allait pas manquer de chercher à se débarrasser de la croix pour récupérer son argent. Un groupe d'antiquaires anglais, amis et complices de Silvio Bellini, contactèrent, quelques semaines plus tard, leur confrère allemand qui avait vendu la croix à Heinrich afin de lui signifier qu'ils étaient preneurs pour un de leurs clients résidant en Suisse. Trop heureux d'une offre aussi rapide qu'inespérée, Heinrich accepta de laisser partir en Suisse la fameuse croix aux fins d'examen. C'est là que Bellini la récupéra et la remporta à Visso. Il s'offrit même le luxe de révéler par lettre au sieur Heinrich le subterfuge dont il avait été victime !

Jean Armand avait ri de bon cœur en pensant à la tête qu'avait dû faire l'Allemand. Et il avait eu l'idée d'utiliser le même stratagème pour récupérer cette tapisserie française volée à Riom et qui ornait depuis une des salles d'un palais privé de Vérone. Le dottore l'avait encouragé et s'était même proposé pour l'aider, mais il était mort quelques mois après leur entrevue sans pouvoir assister à la réussite de ce nouveau tour.

Un crépitement d'applaudissements tira Jean de ses pensées. La réunion prenait fin. Il vit Ilaria Bellini se lever, se tourner vers lui et lui faire signe de la rejoindre. Ce qu'il fit précipitamment en bousculant ses voisins sans même s'excuser.

« Il faut absolument que je vous parle, lui dit-elle en se dirigeant vers les ascenseurs. Seulement, je n'ai pas beaucoup de temps. Ces réunions n'en finissent jamais ! Descendons à la cafétéria du rez-de-chaussée, je meurs de faim ! »

Tout en lui emboîtant le pas, Jean Armand l'avait remerciée pour son intervention et lui avait mentionné sa rencontre avec son père. La jeune femme n'avait pas semblé accorder à ses propos la moindre attention, lui jetant lorsqu'il s'était tu un autoritaire : « Dépêchez-vous, j'ai trop faim ! »

Deux minutes plus tard, elle était attablée devant un sandwich et un verre de vin. Le sourire revenu, elle expliqua à Jean le pourquoi de sa présence dans cette assemblée de policiers machos, ces « Zorros de la lutte contre le vol » comme elle les qualifia avec moquerie. C'était la volonté de son père. Une exécution testamentaire qui faisait enrager les autorités italiennes à qui, tout au long de sa vie, Silvio Bellini n'avait pas facilité la tâche. Ces dernières, cependant, ne pouvaient passer outre aux dispositions du dottore sans risquer un scandale énorme, compte tenu de tout ce que le pays lui devait dans la reconstitution de son patrimoine culturel. La fille succéda donc au père. Elle conserva tous ses dossiers, disposant de prérogatives particulières comme expert-consultant sans toutefois appartenir officiellement à un grand corps d'État. Ilaria avait même souhaité bénéficier d'une « couverture ». Son doctorat d'histoire de l'art et ses puissantes relations lui permirent d'obtenir la direction romaine de Sumer.

« Dois-je vous appeler dottore, comme votre père? demanda Jean Armand, un peu décontenancé.

— Bien sûr! rétorqua la jeune femme. Et moi, je vous servirai des " monsieur le commissaire " plus longs que mon bras! Silvio m'avait pourtant tracé de vous un portrait plutôt flatteur. Je vais finir par croire qu'il déclinait dans les derniers mois de sa vie.

— Ça va, ça va! Je m'appelle Jean et vous Ilaria. OK?

— Tout de même! J'aime mieux cela, dit la jeune femme en avalant la dernière bouchée de son sandwich.

— Bien, les pions étant placés, on joue à quoi?

— A démanteler un gang international se liant au trafic d'œuvres d'art volées.

— Mafia, évidemment.

— Pas obligé! Le jeu a l'air plutôt subtil. Mon père vous a-t-il raconté l'histoire du Canaletto de Milan?

— Non.

— Dans les années soixante, une vue du grand canal de Venise peinte par le Canaletto fut mise en vente aux enchères à Milan. Silvio eut l'occasion de voir ce tableau et ressentit un trouble profond. Cette peinture lui rappelait quelque chose. Le Canaletto a peint des dizaines de vues du grand canal mais celle-là était troublante. Mon père fouilla sa mémoire et ses archives pour découvrir enfin qu'une peinture similaire avait été volée vers la fin de la guerre à une ex-famille régnante. Il y avait malgré tout quelques différences : un format légèrement plus étroit, beaucoup plus de cheminées sur les toits se découpant sur plus de nuages et, surtout, d'inexplicables fenêtres fermées. Un examen détaillé montra très vite qu'il s'agissait de repeints pour maquiller l'œuvre volée. Mon père suspendit la vente et récupéra le tableau.

— Un classique du genre, remarqua Jean Armand.

— Oui, mais qui prouve bien que dans notre métier le travail de la mémoire est indispensable. C'était une des choses sur lesquelles mon père a toujours insisté. Si je vous ai raconté cette histoire, c'est parce que j'ai eu l'autre semaine la désagréable impression de vivre la même chose en examinant deux peintures mises en vente par Sumer à Monte-Carlo.

— Vraiment ? »

Toute à l'excitation de son récit, Ilaria Bellini ne releva pas le ton ironique de Jean Armand, qui en fut pour ses frais et écouta la suite.

« Ils ont vendu une toile attribuée à Bellotto qui me fait penser furieusement à un Canaletto, l'oncle de Bellotto, vous savez cela, volée à Milan. Il y avait également une *Vierge à l'Enfant* du XVᵉ siècle, soi-disant de Sano di Pietro, que je ne cesse depuis de rapprocher d'un tableau de Mantegna volé à Mantoue.

— Des impressions, donc.

— Pas seulement. Les deux pièces ont été mises en vente par la même personne, une certaine comtessa da San Friano.

— Et qu'a donné la vente ? interrogea Jean, tout à coup intéressé.

— Trois millions de francs pour le prétendu Bellotto, déboursés par un marchand suisse.

— Un comparse ?

— Je ne pense pas. Mais la comtessa a poussé elle-même les enchères. Je l'ai observée.

— Normal, non ?

— Peut-être, peut-être pas. La *Vierge* a été ravalée, elle.

— Et la digne fille de son père en déduit quoi ?

— Que, s'il s'agit bien de toiles volées, elles ont désormais une nouvelle identité, toute légitime. Le Canaletto vendu un bon prix pour un Bellotto représente un joli coup financier sans grand risque. Dans quelques années, un amateur éclairé découvrira, par hasard, qu'il s'agit d'un Canaletto mais il y aura alors prescription pour le vol de Milan. Le Mantegna camouflé en Sano di Pietro, avec certificat de chez Sumer, photo au catalogue et tutti quanti, va pouvoir voguer en toute légalité vers les États-Unis et attendre là-bas des jours meilleurs ou un collectionneur peu regardant.

— Peut-être même un musée ?

— Pourquoi pas ! Mon père a bien pris la main dans le sac le directeur du Museum of Fine Arts de Boston, qui avait acheté et fait sortir clandestinement d'Italie un portrait de jeune fille de Raphaël déclaré disparu mais en fait volé. Sur l'intégrité des musées, il y aurait beaucoup à dire.

— Oh, je sais ! Et nous deux ?

— Nous deux, ce ne sera pas une histoire d'amour, avertit en riant Ilaria. Mais on pourrait faire une bonne équipe dans la pêche aux trésors. Non ?

— C'est encore un vœu de papa ?

— On ne peut rien vous cacher, avoua Ilaria qui ajouta, comme une confidence : je partage aussi ce vœu.

— Bien. Tout ce que je pourrai trouver sur cette comtessa, je vous le communiquerai. Cela vous va ?

— Oui. Mais, à mon avis, il y a plus important. J'ai le sentiment d'être en présence d'une véritable filière française du trafic des œuvres d'art entre l'Italie, le reste de l'Europe et les États-Unis. »

Jean Armand émit un long sifflement dubitatif.

« Vous ne me croyez pas, hein ? Mais je le prouverai ! »

La détermination d'Ilaria ébranla Jean qui lui lança, au moment où elle se levait pour le quitter :

« Nous le prouverons. Ensemble. »

« Je suis complètement idiot ! songea-t-il en même temps. Cette fille me tourne la tête ! Voilà que je me mets à jouer au boy-scout pour une nana ! Du calme, mon vieux ! »

16

Un agréable parfum de sucre caramélisé montait par la porte entrouverte du four. Pénélope Steen scruta le plat de pommes et huma avec délectation : « Encore deux à trois minutes », se dit-elle.

Au moment de se redresser, elle sentit une présence derrière elle et sursauta. Mais dans la même seconde elle flaira les relents de camphre émis par ce vieux sournois de Francis Woking. Alors elle se maîtrisa et ne se tourna point. Le majordome en serait pour ses frais. N'avait-on pas idée, à plus de soixante ans passés, de jouer au chat et à la souris comme un collégien ? Et cela faisait bientôt trente ans que Pénélope Steen, entrée à Milton Place comme aide-cuisinière puis devenue cuisinière en titre du château, subissait les agaceries de Francis Woking, valet de chambre passé majordome grâce à son air compassé et à sa faculté quasi diabolique d'être omniprésent et de surprendre tout le monde.

Gens de maison ou invités, nul n'échappait à la surveillance de cette fouine de Woking qui rapportait tout à son maître, cet autre vieillard hypocrite de John Lutty, riche comme Crésus mais avare comme Harpagon, rigide comme un lord pair mais débauché comme un chenapan de Soho. Marié cinq fois. Des maîtresses autrefois aux quatre coins du monde et maintenant aux quatre coins du château. Trop âgé pour courir mais encore vert à soixante-dix-sept ans ! Et ce dégoûtant de Woking qui ne devait rien perdre de toutes ces débauches...

Le majordome toussota et dit avec cette onctuosité dont il ne se départait jamais :

« Mrs. Steen, veuillez, je vous prie, garnir vos plats d'un nombre de parts égal au nombre des convives. Nous ne souhaitons pas subir les remarques de Monsieur. Je vous demande seulement de compter vos doigts jusqu'à quatre. Est-ce trop ? »

La cuisinière se retourna, rouge de colère, et leva sa main droite.

« Mr. Woking, je peux même les compter jusqu'à cinq et vous les mettre sur la figure si vous ne sortez pas d'ici sur-le-champ ! »

Choqué, le majordome battit en retraite. Tirant sa montre gousset, il lança sur un ton faussement détaché :

« Le service est prévu dans dix minutes, Mrs. Steen.

— Ai-je été une seule fois de ma vie en retard ? Non. Alors, occupez-vous de vos trous de serrure et fichez-moi la paix ! »

Pénélope Steen enrageait. Plus contre ce pingre de John Lutty que contre cet imbécile de Woking. Comment pouvait-on être aussi grippe-sou quand on passait pour être « l'homme le plus riche du monde » ? Comment pouvait-on se permettre de déclarer que « présenter six portions de dessert pour quatre personnes, c'est inconvenant ! » quand on habitait un des plus beaux manoirs anglais du xvie siècle ? Avec trois galeries, deux bibliothèques et quatre-vingts pièces ! Sans compter les tableaux, tapisseries et objets d'art qui enluminaient l'ancien nid d'amour de l'épouse d'Henri VIII, Anne Boleyn, et de sir Francis Weston, décapités tous les deux pour avoir trop perdu la tête dans ces lieux idylliques. Comment pouvait-on demander à sa cuisinière de préparer du hachis Parmentier et de le servir dans un plat en or — sorti expressément du coffre — à Son Altesse l'impératrice d'Iran quand plus du tiers du pétrole de la planète vous appartenait ? Pour Pénélope Steen, qui depuis sa petite enfance avait l'habitude de peler au plus ras les pommes de terre, la conduite de son maître était inexplicable et inexcusable.

Tel était pourtant John Lutty. Près de ses sous. Surveillant toutes ses dépenses. Ne gaspillant jamais. Exemple même de l'entrepreneur capitaliste, il avait passé sa vie à thésauriser. Sociétés, actions, immeubles, comptes numérotés, il n'aurait su dénombrer tout ce qui lui appartenait. Pas plus capable de dresser la liste des femmes qui s'étaient offertes à lui ou qu'il s'était, lui, offertes que la liste des œuvres d'art qu'il avait acquises en tant d'années. Sauf, peut-être, les plus onéreuses, celles qui lui valaient le renom de plus grand collectionneur au monde, qu'il préférait largement à celui de plus riche. John Lutty avait compris tôt qu'acheter des œuvres consacrées et donc chères était l'usage le plus noble que l'on puisse faire de la fortune, celui qui procure le respect d'autrui et vous situe à votre véritable place : au sommet. En art il n'était plus, pour lui, question de profit. Le prestige apporté contrebalançait la mauvaise image que confère la richesse trop vite gagnée. Surtout quand cette image est accolée à celle de l'avarice, la rendant plus exécrable encore.

Dire que John avait fondé en Californie le désormais célèbre musée qui portait son nom pour faire oublier l'affaire de la cabine téléphonique serait certes exagéré. Et pourtant...

Il y a de nombreuses années, quand il avait acheté Milton Place, John Lutty s'était lancé dans des travaux de restauration considérables. Ce lieu historique qui avait connu bien des vicissitudes au cours des siècles se devait de connaître une nouvelle histoire éclatante, la sienne.

Une armée d'ouvriers s'attaqua donc à la restauration des lieux : les vétustes installations sanitaires furent détruites et le marbre, l'onyx, l'or remplacèrent la fonte, l'émail et le cuivre ; un système de chauffage moderne compléta celui, parcimonieux, des nombreuses cheminées ; les boiseries d'origine furent décapées et tout le château redécoré et meublé. Pour ce faire, John Lutty acquit en quelques mois le *Portrait d'Anne* de Gainsborough ; le *Saint-Bartholomé* de Rembrandt, deux Canaletto, plusieurs Renoir, Corot, Degas et même un Bonnard, et puis, véritable coup de folie, un Rubens, *Diane et ses nymphes partant à la chasse.* A ces chefs-d'œuvre, il ajouta quelques tapisseries flamandes et des Gobelins, une quantité impressionnante de tapis orientaux, des meubles de l'époque Tudor, de la vaisselle d'or et d'argent. Le tout pour des centaines de milliers de dollars des années soixante. A tel point que sur son livre de comptes, en regard des achats d'objets d'art, il nota un jour : « Arrêtons d'acheter des tableaux. Avons trop investi en peintures. » Promesse évidemment non tenue.

En revanche, il fit installer, par mesure d'économie, une cabine téléphonique publique dans son manoir car il s'était aperçu que des ouvriers, des visiteurs — particulièrement des journalistes — et des amis indélicats profitaient de leur séjour à Milton Place et de la générosité du maître des lieux pour appeler la planète entière. Face à ces abus répétés, Lutty décida de cadenasser tous les postes de téléphone et de faire installer une cabine dans le hall. La nouvelle se répandit à la vitesse d'une fusée et les photographes du monde entier vinrent l'immortaliser tandis que les chroniqueurs se gaussaient de « l'homme le plus riche du monde, celui qui a chez lui un téléphone à sous ».

Depuis, chaque fois qu'un journaliste rappelait cette anecdote, Lutty entrait dans une colère noire.

Pour l'heure, celle qui l'habitait était de tout autre origine. Pour la seconde fois en quelques semaines, les représentants de son musée californien venaient de manquer deux tableaux d'importance. Le premier à Monte-Carlo, une *Résurrection* de Bouts, l'autre à Paris, un *Portrait de Franck Barber* par Reynolds. Ils avaient calé sur le prix. Pas osé monter les enchères, les imbéciles ! De quoi avait-il l'air ? Deux œuvres sublimes dont s'étaient emparés cette fripouille lubrique de Richmond — heureusement rappelé en enfer au même moment — et ces prétentieux Texans de Houston, la fondation Linem, avec leur nouveau musée à deux sous. Quelle honte !

Accroché à son téléphone, John Lutty, après avoir passé une nouvelle fois un savon à Henry Silver, le directeur des achats du musée, lui renouvelait ses recommandations sous forme de sommations pour la dernière vente d'été de Citer à Londres, dans les prochains jours.

« Le Mantegna, je le veux, Silver. C'est clair, cette fois ? Je le veux ! »

Tout en parlant il martelait de son poing la photographie de l'*Adoration des mages* d'Andrea Mantegna, n'épargnant dans ses coups ni la sainte famille, ni les Rois mages.

« Comment, quel prix ? N'importe ! Le Lutty Museum doit l'emporter. Plus de camouflet comme à Monte-Carlo pour un malheureux million de dollars. Plus jamais, Silver, plus jamais ! Quoi ? »

Le poing levé de John Lutty resta suspendu en l'air avant de retomber avec plus de violence encore.

« Silver, je me fous de vos doutes sur l'authenticité du Bouts. Combien de fois faudra-t-il vous répéter qu'un tableau acquis très cher par le Lutty Museum devient une pièce rare que tous les autres musées nous envient ? C'est un Lutty, donc c'est une valeur sûre. Nous avons suffisamment d'experts, de laboratoires sophistiqués au musée pour en affirmer l'authenticité à la face du monde. Laissez-les crever de jalousie et n'écoutez pas les sornettes que certains débitent pour nous faire échouer dans nos entreprises. Rien ne doit échapper au Lutty. Silver, faites taire vos propres craintes également. La seule valeur d'un objet d'art, c'est son prix. Alors, pour le Mantegna, s'il faut aller jusqu'à dix millions de dollars, allez-y ! Comment ? »

La bouche grande ouverte, John Lutty semblait tout à coup avoir le souffle coupé. Il redressa la photographie de l'*Adoration des mages*, la tint à bonne distance pour ses yeux de presbyte et l'examina. Il finit par articuler, après avoir dégluti plusieurs fois :

« Vous pensez vraiment, Silver, que ce tableau dépassera les dix millions ? Même les quinze ? »

Un nouveau blanc s'établit dans la conversation des deux hommes. Lutty reposa la photographie et instinctivement porta sa main à son ventre et se massa comme pour tenter d'atténuer une douleur soudaine. Puis il se prit à crier dans l'appareil :

« Je vous ai dit d'aller jusqu'au bout. Le Lutty Museum aura ce Mantegna. Dix, quinze, vingt millions de dollars, je m'en fous ! Compris, Silver ? »

N'attendant pas même une réponse, il raccrocha et se massa le ventre, cette fois des deux mains. « Les prix s'emballent ! Quinze millions ! Cela devient de la pure folie ! » marmonna-t-il. Il ne lui vint pas à l'esprit que ses propres achats massifs d'œuvres d'art, au cours des années écoulées, avaient perturbé le marché, l'entraînant dans une spirale ascendante inexorable.

De petits coups discrets frappés à la porte de son bureau-bibliothèque attirèrent l'attention du vieil homme.

« Entrez ! » grogna-t-il.

Francis Woking pénétra dans la pièce, fit une courbette et annonça à son maître d'un air compassé :

« Ces dames attendent Monsieur pour passer à table. Le dîner de Monsieur est prêt. Elles ont réclamé du champagne pour patienter... »

Au mot champagne, John Lutty fit la grimace. Doublement. D'abord ses colites lui interdisaient toute boisson gazeuse, ensuite il trouvait toujours exagéré de consommer une boisson si chère alors que le gin pouvait procurer les mêmes joies.

« Ces dames sont d'excellente humeur », ajouta Woking.

Cette précision arracha un sourire à John Lutty et son regard s'éclaira tout à coup. La soirée se terminerait mieux qu'elle n'avait commencé, une partie fine n'ayant pas son pareil pour lui redonner goût à la vie. Il repoussa la photographie du Mantegna et se leva en murmurant : « Quinze millions de dollars... Je vais leur en foutre à ces trois garces pour quinze millions de dollars ! Oh la la, oui... » En passant devant Woking qui lui ouvrait la porte, il demanda, du ton toujours sec et mordant qu'il utilisait pour ses employés :

« Woking, j'espère que vous avez morigéné cette

dépensière de Pénélope Steen à propos du nombre de parts présentées ?

— Bien sûr, Monsieur ! Je lui en avais déjà fait moi-même la remarque.

— Très bien, Woking. Par ces temps d'inflation il faut de la mesure et de la rigueur. »

17

Depuis l'incident de la frontière, pas un des trois occupants de la voiture ne pipait mot. Cela faisait déjà plus d'une heure. Un silence pesant, hostile, alourdi encore par les odeurs grasses et entêtantes de tabac. Deux tabacs bien différents. Celui dur et âcre des cigarettes au papier maïs du chauffeur, celui fermenté et aigre de la pipe du commissaire divisionnaire Retz. Noyé dans ces fumées, Jean Armand ne décolérait pas. Jamais il n'aurait dû accepter l'invitation de cet imbécile de Retz à regagner Paris en sa compagnie. Pourquoi n'avait-il pas pris le train comme à l'aller ? Par civilité ? Pour ne pas être encore accusé de snobisme, de dédain ? Ils étaient trop dissemblables et travaillaient si différemment !

Après avoir quitté Bruxelles, au lieu de rejoindre directement la France par l'autoroute, la R 25 avait obliqué dans la direction de Maubeuge et passé la frontière au poste de Leugnies.

Aussitôt le poste franchi, la voiture avait stoppé sur la place du petit bourg. « Allons boire une bière », avait dit le divisionnaire et Armand l'avait suivi jusque dans l'auberge sentant bon la cire et le houblon fermenté.

Le gros Retz, transpirant autant que son demi de bière moussait, s'était lancé alors dans le récit du démantèlement du trafic d'objets d'art volés entre la France et les Pays-Bas qu'il venait d'opérer avec succès. Double coup de filet à Paris et à Maastricht. Treize arrestations de brocanteurs, antiquaires et receleurs, un butin prodigieux — selon le commissaire : des centaines de tableaux, du mobilier ancien, des objets, des statues, des cheminées...

« Tout cela passait par ici. A Leugnies et puis parfois du côté de Saint-Amand-les-Eaux.

— Et c'est pour me montrer ce trou de gruyère que tu as tenu à me ramener sur Paris ? » avait demandé Jean Armand, passablement irrité par la fatuité de son collègue.

Retz avait soupiré et essuyé avec un Kleenex son front perlé de sueur.

« Pas tout à fait. Je souhaiterais que nos services cessent de se tirer la bourre et collaborent vraiment. Si nous, nous y mettons du nôtre, ce devrait être possible. Est-ce trop demander ? »

Armand avait bu lentement deux gorgées avant de répondre. Il savait qu'il serait brutal car il avait horreur de se sentir pris au piège. Surtout par un imbécile et un faux cul comme le divisionnaire qui, à égalité hiérarchique, n'avait que ses quelques années de plus pour se faire respecter. Et Armand n'en avait rien à faire. Jeune ou vieux, Retz n'était qu'un con de flic. Efficace, certes, mais borné. Dur dans la vie, dur dans son métier et dur à la détente.

« Mon pauvre Retz, nous ne participons pas du même monde si nous appartenons au même corps. Toi, tu n'es qu'un chef de meute. Mais comme à chaque fois que tu rapportes quelque chose on te félicite, on te caresse dans le sens du poil, tu penses que toi et ta troupe de clébards vous êtes capables de faire cesser tout banditisme sur le marché de l'art. Évidemment, quand il s'agit de bandits de petite envergure, de traficoteurs comme tes « brocs » français et hollandais, tu te gargarises. Sauf que toute leur caverne d'Ali Baba ne vaut pas un Vermeer, un Goya ou un Renoir. Et avec tes deux maillons de la chaîne, l'un dans un pays, l'autre dans un autre, tu as l'air de quoi ? D'un con, mon pauvre Retz ! D'un con ! »

Arrêtant d'un geste de la main son collègue qui voulait l'interrompre, le patron du CERVO avait poursuivi :

116

« D'accord, tu as fait du bon boulot. Mais, en amont, il t'en reste beaucoup à faire pour savoir d'où et comment venait la marchandise. Et, en aval, es-tu bien certain de savoir un jour où filaient les plus belles pièces ? Et qui dirigeait l'ensemble dont tu n'as détruit qu'une partie intermédiaire facile à reformer avec le temps ? T'as vraiment l'air d'un con !

— Arrête avec tes sarcasmes et tes injures. J'aimerais bien te voir sur le terrain.

— Pour faire le flic comme toi, jamais ! Je te l'ai déjà dit, nous ne faisons pas le même métier. Toi, tu joues aux gendarmes et aux voleurs. Or, dans le marché de l'art, il y a d'abord des amateurs d'art : des passionnés, des malades, des fous, des honnêtes, des malhonnêtes mais qui possèdent leur sujet à fond. C'est un monde à part qu'il faut pénétrer. Toi, tu restes en marge. Quand on t'ordonne de chercher, tu cherches. Et tu trouves ce que tu peux. Ce qui est à ta portée. »

Devant la véhémence de Jean Armand, Retz avait viré au cramoisi :

« Tu peux m'insulter, tu n'es qu'un petit merdeux d'in... d'intello. Un... un flic de salon ! Oui, oui, c'est cela, un sale petit trou du cul de flic de salon ! »

La colère du divisionnaire avait ravi Armand. Il avait battu des mains pour applaudir la tirade.

« Enfin, tu as compris ! Je commençais à désespérer. »

Bouche béante, suffoquant de colère, Retz avait demandé, incrédule :

« J'ai... j'ai compris quoi ?

— Que la peinture, les objets d'art se rencontraient plus dans les salons que dans les poches des voleurs. Pendant que tu cours les chemins — à mon avis tu ne cours pas assez ces derniers temps car tu t'empâtes —, moi, je fais les salons et j'y déniche des trésors. Des vrais. Car tôt ou tard ce que les voleurs ont raflé refait surface, maquillé, blanchi en quelque sorte. C'est tout simple. Tiens, un exemple : depuis deux ans, qu'as-tu déniché sur le vol au musée Marmottan ? Rien ! Pas plus que tu n'as appris quelque chose sur les malfaiteurs. Moi, si.

Impression soleil levant et les autres chefs-d'œuvre volés sont au Japon.

— Quoi ? quoi ? » avait croassé Retz.

Puis, tout à coup, il avait éclaté de rire. Une vraie cascade qui avait soulevé sa bedaine, secoué ses bajoues et embué ses yeux de larmes.

« Je peux connaître le pourquoi de ton hilarité ? avait demandé Armand.

— Japon ! Soleil levant ! Japon, soleil levant…, ha ! ha ! T'es un marrant quand tu veux. Tu m'as bien eu. Ha ! ha ! ha !

— Mais c'est vrai. L'attaché culturel à Tokyo a été contacté il y a quelques jours. En échange des toiles, il nous est réclamé cinq milliards de yens, soit quelque vingt millions de francs. »

Retz, dégrisé, ne put s'empêcher d'émettre un petit sifflement impressionné.

« Et alors, on fait quoi ?

— Toi, rien. Tu ne veux tout de même pas aller jouer là-bas *Les Sept samouraïs* avec ta brigade ?

— On paie ?

— Tu sais bien que non. Si l'on mettait le doigt dans ce genre d'engrenage, ce serait l'enfer. Tu n'aurais pas fini de courir derrière une épidémie de pilleurs de musée.

— On attend ?

— Non plus. Demain, je pars pour Tokyo avec le juge Rivet. On ne rapportera pas grand-chose. A mon avis du moins, et…

— Et tu vas encore t'offrir un super voyage. L'Italie, les États-Unis, maintenant le Japon… T'es un flic de salon mais de salon d'aérogare. »

La plaisanterie de Retz tomba à plat. Un long silence s'ensuivit. Comme pour s'excuser, le divisionnaire demanda finalement, l'air gêné :

« Ton idée, c'est quoi au juste ? »

Jean Armand comprit qu'il l'avait à sa main. Le vieux fond d'enquêteur de Retz reprenait le dessus. Effacé, le flic arriviste. Rejeté, le bretteur invincible… Il voulait savoir.

« Tu as raison, ce n'est qu'une idée. Au Japon, comme

en Italie, il existe une mafia. Elle a ses ramifications aux États-Unis tout comme celle de Sicile. Or, mon vieux Retz, le trafic des objets d'art a toujours plus ou moins intéressé la mafia. En Italie, elle opère quasiment au grand jour. Il nous est arrivé de coincer (Armand marqua un temps d'arrêt et insista), nous, pas vous, des types recherchés pour trafic d'armes et de drogue. Aussi, mon idée est la suivante : entre l'Europe et les États-Unis, entre l'Europe et le Japon il y a un point de passage commun, un point de jonction. Ce point, c'est la France. »

Retz s'était rejeté en arrière, et avait bu lentement la dernière gorgée de son demi de bière. Il n'avait pas pris la peine d'essuyer la mousse qui s'étalait autour de ses lèvres épaisses et bleues et avait éclaté de rire. Un rire haut perché, presque nerveux. Il s'était repris et avait lancé, mauvais :

« Monsieur le patron du CERVO se prend pour un phénix. Après la " french connection " sur la drogue, monsieur invente la " french collection " ! Pour son profit personnel, sa seule gloire ! Je me suis trompé sur toi, Armand, t'es pas un salonnard, t'es un mégalo. Tiens, j'aimerais que ton histoire tienne debout pour voir ta gueule face à ces mafiosos enfouraillés. Tu f'rais dans ta culotte, le môme ! »

Le patron du CERVO avait haussé les épaules et soupiré, fataliste :

« On en revient au début de notre conversation. T'es con et t'as rien compris. Les tue-tue, pan-pan, c'est pour ta pomme, premiers couteaux, seconds couteaux et tutti quanti. Les chefs, ils sont comme moi (Jean Armand ouvrit sa veste), sans arme et ils fréquentent les salons ! »

Le divionnaire avait déposé quelques pièces de monnaie sur la table et s'était levé.

Visiblement, il encaissait mal et cherchait une vacherie à lancer qui lui donnerait le dernier mot. Sur le pas de la porte, il retrouva le sourire et dit à Armand en clignant de l'œil d'une façon un peu salace :

« C'est sans doute pour lutter contre la mafia qu'à Bruxelles tu draguais la jeune Ritale ? T'aurais dû entrer dans la mondaine, Valentino ! »

Touché plus qu'il n'aurait voulu le laisser paraître, Jean Armand n'avait pas répliqué.

Les deux hommes avaient regagné la Renault et le chauffeur avait pris aussitôt le chemin inverse pour rattraper l'autoroute et filer sur Paris. Depuis l'arrêt de Leugnies, plus personne n'avait donc prononcé une seule parole. C'est le chauffeur qui tira Armand et Retz de leurs pensées en criant :

« Non mais, vous avez vu ce con avec sa moto... ? Un coup à droite, un coup à gauche et que je te fonce comme un dingue ! Ce type, il fait du zapping..., un vrai kamikaze ! »

Cette moto qui venait de les doubler par surprise rappela à Armand l'événement qui s'était produit à Bruxelles, au moment où il quittait Ilaria Bellini. La jeune fille attendait au bord du trottoir, son sac de voyage déposé à ses pieds. Il s'éloignait quand il avait croisé un homme grand et élégant, tout souriant et faisant un signe amical de la main. Jean s'était retourné d'instinct pour voir à qui s'adressait cet appel et avait vu Ilaria y répondre. Gêné, il s'était immédiatement remis en marche. C'est alors qu'il avait perçu un danger et vu une grosse moto débouler de la contre-allée en roulant à fond sur le trottoir. Toujours d'instinct, il avait enregistré la trajectoire de la machine, compris qu'elle allait le frôler et faucher l'homme qu'il venait de croiser.

Avec une détente surprenante, il avait rejoint l'inconnu pour le tirer de côté juste à l'instant où la moto survenait et où Ilaria poussait un cri d'épouvante. L'accident avait été évité de justesse. Remerciements, congratulations... Jean, qui était en retard pour retrouver Retz, s'était vite éclipsé. Et il avait oublié.

Mais, en repensant à cet incident dans la voiture, Jean Armand se dit que la trajectoire de la moto ne pouvait être fortuite. L'homme qui allait rejoindre la jeune Italienne servait bel et bien de cible. Plus il y réfléchissait, plus il en était certain : il avait fait rater un attentat ! Il s'en voulut de ne pas avoir été présenté à cet homme dont le visage entr'aperçu quelques instants lui disait maintenant quelque chose. Il le connaissait certainement. Il en était convaincu. Qui était-il donc ? Qui... ?

18

En sortant de sa chambre, Ilaria prit le couloir sur sa droite pour gagner l'escalier. Sur les murs étaient accrochés des dessins de Dali : montre molle, tête explosée, rose en lévitation sur un paysage d'oliviers, ainsi qu'une grande esquisse de la place des Vosges qui retint un instant son attention. Ilaria n'était pas une fanatique de l'œuvre du génie catalan. L'exubérance, la folie, l'excès, le côté iconoclaste de Dali la dérangeaient.

Imprégnée de culture latine et amoureuse des peintres de la Renaissance, la jeune femme ne parvenait pas à pénétrer cet univers de folie, ces dégorgements picturaux dans lesquels, pourtant, elle retrouvait le miracle de la lumière, l'apaisement des bleus et des noirs, la force tranquille du trait classique. Pour elle, la vision surréaliste appartenait plus au monde du cauchemar qu'à celui de l'art. En fait, elle ne s'était vraiment jamais intéressée à cette manifestation artistique de la première moitié du XXe siècle. Ses goûts personnels s'arrêtaient au romantisme et elle avait toujours ignoré les rives éclatées du subconscient, de la connaissance irrationnelle des phénomènes délirants. Aussi trouvait-elle piquant de passer quelques heures chez Puppy Russelmayer dans ce « temple du surréalisme » comme la vieille amie de Julien Champac avait qualifié sa demeure de Bruges.

Durant tout le trajet dans la Rolls blanche, entre

Bruxelles et Bruges, Puppy Russelmayer n'avait parlé que de ses amis Ernst, Dali et Magritte. Surtout des deux premiers, qu'elle semblait avoir fort bien connus. « Intimement », comme elle l'avait soufflé en manière de confidence à l'oreille d'Ilaria.

La jeune femme avait avoué son peu d'intérêt pour le surréalisme et sa quasi-répugnance à l'encontre de Dali.

Puppy lui avait tapoté la main en lui disant :

« Quand je l'ai connu, c'était un être exquis, adorable. Et puis il y a eu Gala. Elle l'a pourri de partout, petit à petit. Il en était fou. Tous en étaient fous, Éluard, Max Ernst et bien d'autres. Elle a choisi Dali pour son plus grand bonheur et son plus grand malheur. Comme il le disait : " J'aime plus Gala que ma mère, que mon père, plus que Picasso et même plus que l'argent. " Gala, elle, aimait l'argent plus que Dali et plus qu'elle-même. Oh ! ne croyez pas, mademoiselle, que je dise cela par pure méchanceté parce que nous avons été rivales. Non. Gala était plus mégalomane que Dali. Un jour, bien après la guerre, je rendis une visite à Dali à l'hôtel Meurice et découvris dans le salon-entrée une sorte de chapelle élevée à la gloire de Gala. Devant sa photo, sertie dans un cadre doré comme on en faisait jadis pour les icônes en Russie, des cierges brûlaient et plusieurs corbeilles couvertes de soie rouge et verte étaient remplies d'objets divers, de bijoux et de billets, surtout des dollars. " Ce sont les offrandes pour Gala. Tout visiteur doit en déposer ", me dit alors Dali en m'accueillant. Comme je haussais les épaules et passais pour entrer dans la chambre-atelier, il ajouta avec un air contrit : " C'est elle qui l'exige, tu sais. " Il avait murmuré pour que la déesse vivante, vautrée dans la chambre voisine, ne puisse pas l'entendre. »

Ilaria sourit en repensant au récit de Puppy, d'autant plus qu'elle contemplait maintenant un très joli nu au crayon, une femme de dos, accoudée à une fenêtre. A qui appartenaient ces fesses rebondies ? A Gala ou à Puppy ?

Parvenue le long de la galerie qui surplombait le grand salon, Ilaria put admirer les fresques de Paul Delvaux recouvrant murs et portes et qui retraçaient la vie et l'œuvre de l'ancien propriétaire de la maison, un architecte, ami du peintre.

C'est pour ces peintures gigantesques et pour l'intérieur décoré dans le style du Bauhaus que Puppy Russelmayer avait acquis cette demeure du XVIᵉ siècle, située au cœur même de la Venise du Nord, dans la Groenerei, un des quartiers les plus pittoresques où le temps ne semble avoir prise ni sur les façades de brique rose, ni sur les toits d'ardoise gris-bleu comme l'eau tranquille des canaux.

« Quel monde étrange ! » soupira Ilaria en suivant du regard les petits hommes de Delvaux aux costumes étriqués, coiffés de chapeaux melons, aux regards fuyants, écrasés par de longues femmes nues, diaphanes, aux chevelures de blé surmontées de capelines ornées de plumes d'autruche, personnages statufiés sur de grands dallages parsemés de réverbères alignés comme une armée de parade.

Entre les canapés et les fauteuils se dressaient des statues de Dali, d'Ernst et de Giacometti. Près des hautes fenêtres ouvrant sur le canal, un chevalet noir supportait un portrait en pied de Puppy Russelmayer, sans aucun doute peint par Kees van Dongen. Assise de côté dans un fauteuil, un bras appuyé sur l'un des accoudoirs, les jambes croisées rejetant la longue robe vert mousse pour laisser apparaître des bas résille, Puppy était souveraine dans sa beauté de femme — Ilaria lui donna trente-cinq à quarante ans — et son regard doux et profond semblait apaisé par ce qu'il contemplait, l'art.

Brusquement, dans cet univers qui n'avait rien de commun avec le sien, Ilaria se sentit bien. En paix. Elle eut envie de se moquer d'elle-même pour avoir craint le pire et avoir demandé à Julien Champac, pour conjurer ou tout au moins retarder la confrontation avec ce monde moderne, de lui faire visiter un ou deux musées de la ville. Comme si elle avait eu besoin de se recueillir auprès de maîtres anciens avant d'affronter l'inconnu.

Juste avant la fermeture du musée Groeninge, dans un ancien couvent des Augustins, elle avait pu admirer la superbe *Mater dolorosa* de Roger van Weyden et la

Madone de Jean van Eyck. Ils avaient gagné ensuite l'église Saint-Sauveur, conçue par saint Éloi, où sont exposés de fameux tryptiques, *La Torture de saint Hippolyte* de Dirk Bouts et *La Dernière Cène* de Pourbus. Devant le Bouts, Julien Champac lui avait dit en souriant : « Je préfère cette peinture à la *Résurrection*. Et vous ? » Cette allusion à leur première rencontre à Monte-Carlo lui avait procuré un vif plaisir mais elle avait gâché l'intimité de cette scène en répondant tout à trac : « Moi aussi, sans doute parce qu'elle est authentique, celle-là. » Julien s'était raidi.

Elle en était sûre, en y repensant, et même cela lui rappelait maintenant la façon brusque avec laquelle il avait mis fin chez Sumer à l'exposé de Daniel Turana, plein de réserves sur la qualité du Bouts. Bizarre ! Ilaria ne put prolonger ses interrogations, Puppy Russelmayer venait à sa rencontre.

« Vous êtes superbe, mon enfant, éblouissante ! Cette robe vous va à ravir. Je suis sûre que Julien sera de mon avis.

— C'est vous, madame, qui avez bien choisi puisque cette toilette vient de votre garde-robe !

— Allons, allons, vous auriez pu avoir la main moins heureuse. Tournez-vous, je vous prie. »

De bonne grâce, Ilaria s'exécuta, imprimant à sa jupe longue en satin de soie un ample mouvement qui découvrit des jambes parfaites. Un bustier mettait en valeur sa taille menue et le haut, bordé d'un volant, soulignait une poitrine juvénile. L'ensemble de ton ivoire donnait encore plus d'éclat à la matité de sa peau et à sa chevelure noire coiffée en bandeaux. Quand elle eut achevé un tour dans chaque sens, elle s'adressa à Puppy Russelmayer sur un ton très cérémonieux :

« Maintenant, à vous, madame ! »

La vieille dame rit en virevoltant sur ses hauts escarpins autant que le lui permettait le long fourreau sirène en lamé plissé argent dont elle s'était revêtue. Des plumes de coq égayaient en bouquet le haut des manches et le bas de la robe, apportant par la profondeur de leur noir le nécessaire contraste à ses cheveux blond platine et à son maquillage accentué. Le corps était fin et souple. Pour une dame de son âge, elle avait beaucoup d'allure. Ilaria battit des mains, admirative.

« Vous êtes somptueuse ! Vraiment ! »

Depuis le salon s'éleva un autre applaudissement. Puppy et Ilaria se penchèrent par-dessus la balustrade et aperçurent Julien Champac. Il était en bras de chemise et avait la taille ceinte d'un long tablier de lin blanc.

« Tu triches, Julien ! lui lança Puppy. Tu ne devais pas savoir comment nous comptions nous habiller avant de passer à table. Nous, nous n'avons pas été t'embêter dans la cuisine ! Sors d'ici et ne reviens qu'en smoking pour nous annoncer que " ton " dîner va être servi. Allez, allez ! »

Riant, Julien battit en retraite vers l'office où, avec Serge, le chauffeur, cuisinier, maître d'hôtel, valet de chambre (et ex-valet de nuit) de Puppy, il mitonnait un souper fin.

Serge Lombard avait la cinquantaine un peu plus avancée que Julien mais il était encore fort bel homme quoique plus enrobé que son ancien copain de la Légion. Il y avait passé quinze ans, soit dix de plus que Champac, et c'est à sa sortie que celui-ci lui avait proposé ce poste de confiance — si ce n'était de tout repos — auprès de Puppy Russelmayer. Lombard y avait réussi à la satisfaction de tous. Gourmand comme Champac, il aimait faire équipe avec lui en cuisine, comme autrefois patrouiller dans les djebels. Si Julien avait un faible pour la pâtisserie et les entrées composées, Serge se distinguait par ses qualités de rôtisseur.

« Alors, ces pigeons, ils en sont où ? demanda Julien en réintégrant l'immense cuisine carrelée de blanc au centre de laquelle trônait un piano de maître-queue professionnel noir acier, cerclé de barres de cuivre rutilantes, autour duquel Serge s'activait.

— Au point que tu commences à t'occuper de tes foies gras. Mais, avant, viens jeter un coup d'œil par la fenêtre. »

Il l'entraîna vers une des croisées qui donnaient sur le coin de la Hertsberge Straat et de la Mee Straat.

« Tu vois la moto avec le type au casque blanc et rouge ? »

Julien opina.

« Eh bien, mon vieux Champac, c'est celle qui a failli te renverser à Bruxelles, cet après-midi.

— Tu es sûr ?

— Absolument. Elle nous a suivis sur l'autoroute puis dépassés. Je l'ai repérée ensuite près de la gare devant une cabine téléphonique. Le type devait se rancarder sur la Rolls. Après ça a été facile de nous retapisser. Qu'en dis-tu ? »

Revenu près du piano, Julien s'empara des foies, en sépara les lobes, enleva les parties vertes ainsi que les vaisseaux sanguins adhérents puis, avec dextérité, il ôta la peau fine qui les entourait. Comme chaque fois qu'il préparait de la viande, des abats ou du poisson, Julien se revit enfant en train de disséquer des hérissons, des crapauds ou des lézards. A cette époque-là, il voulait devenir chirurgien.

Devant le silence de Champac, Lombard, en braisant les endives, réfléchit à haute voix.

« A mon avis, ce type te cherche. J'exclus Puppy puisqu'elle était dans la Rolls au moment où la moto a foncé sur toi. A moins qu'il ait voulu ajuster la petite Italienne et que tu te sois trouvé dans le champ. Ou encore qu'il ait visé le flic ? »

Julien redressa la tête.

« Le flic ? Quel flic ?

— Non, c'est idiot, puisque le mec à la moto est en ce moment au coin de la rue et le flic... Dieu sait où ?

— Mais de quel flic parles-tu ? Et cesse de prendre l'air avantageux de celui qui sait tout, tu fais encore plus ahuri ! »

Lombard ne releva pas et continua de sourire. Volontairement niais.

« Tu veux parler du type qui m'a écarté de la trajectoire de la moto ? »

Hochement de tête de Lombard avec un sourire de plus en plus demeuré.

« A ton air imbécile, je vois que je devrais me souvenir de lui. Je l'ai déjà vu auparavant ? »

Champac avait beau réfléchir et revisionner la scène devant l'immeuble des Communautés, il ne parvenait pas à donner un visage à son sauveur. Tout s'était passé si vite...

« Bon, accouche, nom de Dieu !

— Jean Armand, un des fouineurs de la brigade spéciale sur les œuvres d'art. »

Julien ne put retenir un sifflement.

« Tu en es sûr ? Parce que, si c'est bien lui, je n'aime pas cela du tout.

— J'en suis certain. Je l'avais remarqué de l'endroit où j'avais garé la Rolls, même qu'au moment où je me rangeais sur le trottoir il discutait avec ton Italienne.

— Intéressant tout cela, mon vieux Lombard. Il faudrait savoir ce que ce flic fabriquait cet après-midi à Bruxelles avec la petite Bellini. Quant au motard, tu devrais l'inviter à visiter nos caves. Mais quand tu en auras fini avec tes endives... et sans faire cramer les pigeons, s'il te plaît. Il ne faut pas que notre fête soit gâchée. »

Pour toute réponse, Serge Lombard cligna de l'œil et se frotta les mains.

A l'autre bout de la maison, Puppy Russelmayer faisait visiter sa chambre à Ilaria Bellini qui allait d'étonnement en étonnement.

Le lit de Puppy était véritablement dément : une grande montre molle de trois mètres sur deux en plastique moulé jaune, dont le haut du cadran formait dosseret avec deux grosses aiguilles recouvertes de peaux de léopard en guise d'appui-tête, le tout couronné par un énorme remontoir en argent massif et recouvert de draps de soie vert pomme et de coussins réalisés dans un camaïeu de verts tendres. Ilaria imagina Puppy, avec sa peau laiteuse et ses cheveux blonds, allongée nue. Quel spectacle ! Comme elle tournait autour du lit, elle aperçut un fusil de chasse à deux coups aux canons sciés.

Puppy qui la suivait s'empara de l'arme et la cassa pour montrer qu'elle était bel et bien chargée.

« De la chevrotine, ça balaie plus large, expliqua-t-elle. Depuis que je suis veuve, et cela commence à faire un fameux bail, j'ai toujours eu ce fusil à côté de mon lit. Et bien m'en a pris. Il y a une dizaine d'années, je venais de m'installer dans cette maison lorsqu'en pleine nuit j'ai été réveillée par un bruit de frottement. Nous étions en été, la fenêtre était grande ouverte sur le balcon. Au bout d'un moment, je vis apparaître deux bras, puis une tête et un homme se hissa par l'encorbellement de fer. Comme il l'enjambait, je tirai. »

Otant ses escarpins, Puppy Russelmayer grimpa sur le lit et mima l'action.

« Deux coups, presque en rafale. Un hurlement et le corps bascula dans le vide, tombant dans le canal. Je me précipitai, excitée et horrifiée à la fois par mon acte. L'avais-je tué ? Heureusement, non. Après quelques secondes de silence qui suivirent son plongeon, je l'entendis nager. Ouf ! »

Ilaria avait envie de se frotter les yeux comme pour chasser un rêve étrange. Cette vieille femme entourée de peintures, enveloppée dans un lamé argent, toutes plumes au vent, debout sur ce radeau de plastique et de soie, le fusil à la hanche, semblait tout droit sortie d'un délire dramatique à la Dali.

Comme si elle s'en rendait compte, Puppy Russelmayer annonça tout à coup, la voix très mondaine :

« Je crois qu'il est temps de gagner le salon pour boire le champagne. Les émotions, même en flash-back, ça me donne soif. »

Sur une table basse, œuvre de Diego Giacometti, reposaient un seau à champagne et trois flûtes de cristal. Puppy Russelmayer fit le service sans attendre Julien, pendant qu'Ilaria se promenait dans le salon, admirant les fresques de Delvaux, caressant les bronzes de Max Ernst. Elle s'arrêta longuement devant la *Vénus de Milo aux tiroirs* de Dali, un bronze traité en blanc de plâtre dont le front, chaque sein, le plexus, le ventre et un genou s'ouvraient en tiroirs à la fois douloureux et inquisiteurs. C'était une statue fascinante et Ilaria ne put s'empêcher d'ouvrir un à un tous les tiroirs de ce corps offert.

« C'est une pure merveille, murmura Puppy, le nez dans sa coupe mais qui ne perdait rien des allées et venues de la jeune Italienne. J'ai l'exclusivité de la vente des sculptures de Dali et de Max Ernst pour toute l'Europe, mais cela importe peu. Cette statue est magique. C'est une vision à la fois freudienne et onirique de l'Antique. Mais ce n'est pas seulement cela. Venez, Ilaria, asseyez-vous à mes côtés, je vais vous raconter une histoire amusante. »

Ilaria s'exécuta et vint rejoindre Puppy sur le canapé.

« Voilà. Lorsque je me suis installée à Bruges, parce que j'étais tombée follement amoureuse de cette maison, j'ai organisé plusieurs dîners mondains et de travail, car je ne vis pas, ma chère, que de l'air du temps ! Or, au cours de l'une de ces soirées, un banquier flamand, ami de feu mon époux, s'était fait accompagner par une créature aussi ravissante qu'idiote. Elle passa tout son temps à caresser la *Vénus* et à jouer avec ses tiroirs. Une semaine plus tard, elle me téléphona pour que je l'invite à l'heure de l'apéritif en compagnie d'un de ses amis industriels qu'elle avait convaincu de lui offrir un tirage de la *Vénus aux tiroirs*. Et il l'acheta. Les hommes sont des imbéciles, Dieu en soit loué ! Quelques mois se passèrent puis elle m'appela pour me dire combien elle était heureuse de son acquisition. Avant même que je lui demande pourquoi, elle m'expliqua que la *Vénus* — qui, selon elle, lui ressemblait étrangement, et je dois avouer qu'elle n'avait pas tort — était magique. Depuis qu'elle était en sa possession, ses affaires de cœur et d'argent prospéraient. Eh, oui ! Cette cocotte se servait de la *Vénus* et de ses tiroirs comme lieu de règlement aux dérèglements de ses amis. Ses cavités ne renfermaient plus le tréfonds de l'être mais bijoux et monnaie. Hallucinant, non ? Je l'ai conté à Dali, par téléphone. Il m'a dit qu'il ne comprenait pas toujours la signification profonde de ses œuvres et que souvent il s'était trompé. Pourtant, c'est lui-même qui m'avait avoué qu'il n'y avait rien de plus merveilleux au monde pour satisfaire sa curiosité que d'ouvrir les tiroirs d'une commode pour regarder ce qu'il y a dedans. Et **que,** lorsqu'il peignait une femme, il plaçait instinctive-

130

ment une série de tiroirs dans son ventre. C'était une recherche anthropomorphique de sa propre enfance, de son moi le plus cher. »

Comme si brusquement elle avait eu à ouvrir, elle aussi, un tiroir de commode, Ilaria demanda :

« Parlez-moi de Julien. »

Puppy Russelmayer inspira à plusieurs reprises avant de répondre.

« Ah, Julien ! C'est une succession de tiroirs... Un meuble gigogne ! C'est un garçon qu'il faut approcher doucement car, sous des airs de conquérant, c'est un craintif, un sensible. Sensible à la beauté donc à l'art et aux femmes. Méfiez-vous ! La beauté, c'est tout Julien, voyez-vous. »

A seize ans, raconta Puppy, Julien, à peine débarqué de sa Charente natale, posait comme modèle à l'académie de la Grande Chaumière, à Paris. Il avait un énorme succès et il ne tarda pas à devenir le secrétaire très particulier d'une femme peintre, une Portugaise dans la pleine force de l'âge et qui ne peignait à l'époque que des toiles abstraites. Puppy avait rencontré Julien quelques années plus tard, quand il s'occupait de vendre des tableaux impressionnistes et postimpressionnistes. En fait, il dilapidait l'héritage de son ami Gaspard Maison-neuve, le fils unique du plus célèbre marchand d'art moderne d'après la Première Guerre mondiale. Gaspard voulait, à son tour, devenir le plus grand collectionneur d'art contemporain et il le faisait avec l'aide de Julien à coups de millions alors que son père l'avait fait à coups de centimes ! Ils avaient eu un jour cette révélation en Algérie alors que, tous deux légionnaires, ils se grillaient la peau sur un piton rocheux.

« Je dois reconnaître qu'ils ont réussi, commenta Puppy. Julien s'est découvert une vocation de marchand et Gaspard a reconstitué la fortune de papa. »

Puppy s'arrêta un court instant et fit tournoyer d'un mouvement du poignet le champagne dans sa flûte.

« Julien, c'est comme ces bulles, du charme, de la griserie, du rêve et du réel. Julien, c'est la vie... C'est un amour ! »

Comme un couperet, la voix de Serge Lombard déchira la toile affective que Puppy et Ilaria tissaient entre elles.

« Le dîner est servi ! Monsieur Champac rejoindra ces dames dans la salle à manger. »

19

« A ton avis, qui peut de nos jours faire un casse aussi parfait ? »

Plus que la question posée par son adjoint Claude Dubois, c'est le silence général qui ramena le patron du CERVO parmi les membres de son équipe, réunis pour la conférence hebdomadaire.

A regret, il détacha son regard de la merveilleuse *Tête de femme* dressée sur un chevalet métallique dans le coin gauche de la pièce. Ce n'était que la reproduction du célèbre pastel d'Édouard Manet volé en 1891 au musée de Lille, mais quelle splendeur, quelle félicité ! Et pour Jean Armand qui avait récupéré l'original quatre ans plus tôt à New York, où un collectionneur argentin voulait le vendre, quelle source d'orgueil ! C'était peut-être ce coup de maître à son arrivée au centre qui lui avait ouvert le chemin de la réussite. Aussi considérait-il que cette femme avait autant que lui le droit d'être présente dans son bureau, à la fois ange protecteur, muse et refuge. Cet attachement lui valait les quolibets de ses collègues : « Alors, la Bête, comment va la Belle ? » Ou encore : « Armand, il n'en fait qu'à sa Tête ! » Mais cela lui était bien égal et, sans pudeur, il s'abandonnait à cette fascination, même devant des visiteurs ou pendant les conférences avec ses équipiers. Ce qui ne l'empêchait pas de prêter une oreille attentive aux propos tenus. Il répondit à son adjoint d'une voix lasse :

« Comme toi, je ne vois que Toussaint l'Ouverture. Mais méfions-nous des mythes. On a beaucoup attribué à Gérard Toussaint, sans doute à raison, seulement on n'a jamais pu le coincer. Et puis, à techniques nouvelles, types nouveaux. On a peut-être affaire à des gens inconnus au bataillon du cambriolage, des techniciens supérieurs en marge du milieu. Tant qu'on n'en aura pas piégé un... »

Jean Armand leva le bras droit puis le laissa retomber en signe d'impuissance.

« Tout de même, Jean, insista Dubois, le casse de la collection Lieutadès ressemble bien aux méthodes de Toussaint. On sait qu'il agit seul, prépare le terrain, puis disparaît pour laisser la place aux véritables voleurs. Trois ou quatre selon le vieux Lieutadès et le personnel.

— Et alors ? L'ouvreur pouvait être parmi eux, non ?

— Franchement, monsieur le commissaire, intervint Alain Lebœuf, une des jeunes recrues du centre, des types capables de neutraliser un tel système de protection, ça ne court pas les rues.

— Ne soyez pas si admiratif, répliqua Armand sur un ton agacé. Dites-moi plutôt où en sont les services chargés de l'enquête.

— Pas plus loin que le constat, hélas !

— Et nous ?

— Pas mieux. Nous avons diffusé le signalement et la photo de chaque toile à Interpol, à tous les services de police et de gendarmerie chargés de la tenue d'un fichier complet ou de recherches, aux douanes et bien sûr à toutes les galeries et marchands susceptibles d'être contactés. La routine, quoi. »

Jean Armand battit des mains et s'exclama, mi-rigolard, mi-furibond :

« Bravo ! Vive la routine et l'ange du destin qui un jour vous mettra sur la piste des tableaux volés. Et, en attendant, qu'allez-vous faire ? Car tout est là, mon petit père. Au mieux, votre circulaire atteindra tous les services de police et de gendarmerie dans un mois et il en faudra encore un autre pour mettre en alerte les services douaniers, dans les bureaux frontières ou les dépôts ouverts aux transactions d'œuvres d'art. D'ici là, que se sera-t-il passé, hein ? Eh bien, répondez-moi ! »

L'inspecteur Lebœuf s'agita dans son fauteuil, croisa et décroisa les jambes, jeta un coup d'œil à droite et à gauche vers ses collègues pour chercher de l'aide, craignant que la réponse qu'il ferait ne provoquât un coup de gueule de son patron, réputé bon enfant mais un rien soupe au lait.

« Alors, Lebœuf ? Vous n'avez pas une petite idée de ce que sera devenue la collection Lieutadès ?

— Sans doute passée à l'étranger dans la nuit même du vol, monsieur.

— Mon petit Lebœuf, je vous vois venir. Vous avez envie de faire un tour du monde. Quatre-vingts jours aux frais de l'État pour pister des Boudin et des Utrillo et retour à la case départ les mains vides. Je sais que nous sommes le service qui effectue le plus de déplacements hors frontières — et Dieu sait si on nous jalouse —, mais il ne faudrait pas abuser. Vous croyez encore au petit avion bloqué en bout de piste la nuit, sur un aérodrome de province, moteur au ralenti, attendant d'embarquer un passager clandestin muni d'un gros rouleau en tôle et hop, cap sur la Suisse ! »

La plaisanterie de Jean Armand, qui entre-temps s'était levé et arpentait la pièce en mimant le pilote aux commandes, déclencha le fou rire de l'équipe. D'abord rouge de confusion, Alain Lebœuf ne put se maîtriser et pouffa à son tour. Armand laissa ses hommes se défouler puis, se rasseyant, tapa vigoureusement du plat des mains sur le plateau de verre. Les rires cessèrent aussitôt.

« Très bien, Lebœuf, assez ri ! Ce n'est pas un billet d'avion qu'il va vous falloir mais votre carte orange si vous voulez trouver un indice sur ce vol car, à quatre-vingt-dix pour cent, les tableaux de la collection Lieutadès sont toujours à Paris. »

En effet, comme l'expliqua Armand, deux solutions s'offraient au commanditaire de ce vol : évacuer les toiles immédiatement ou attendre. Le départ signifiait une destination — ou plusieurs — avec une organisation sur place pour maquiller et redonner une identité aux tableaux. Sauf si l'on a affaire à un étranger, il est quand même plus simple — on évite ainsi le risque du transport — d'agir sur le lieu même. On peut aussi se trouver en face d'un chantage à l'assurance. Alors, un simple coup de fil, une proposition honnête — vingt à cinquante pour cent de la valeur — et, avec un intermédiaire discret, c'est le retour des chefs-d'œuvre prodigues.

« Il était assuré comment, Lieutadès ? demanda Armand.

— Au maximum, répondit Dubois. J'ai vérifié : tout était déclaré.

— C'est déjà ça. Reste la dispersion de la collection après maquillage et découpage pour modifier les sujets et les formats. Les Utrillo, Renoir et consorts ont tellement peint et repeint des motifs semblables... »

Jean Armand se laissa aller à un profond soupir qui traduisait la lassitude de quelqu'un à qui on ne la fait plus. Il se reprit et commanda :

« Remuez tous vos indics, asticotez les marchands qui ont des casseroles aux fesses et mettez sous surveillance les spécialistes d'Utrillo, Boudin, Manet, etc. A un moment ou à un autre, ils seront peut-être contactés. Il faut que nous le sachions le jour même. Vu ? »

L'inspecteur Lebœuf toussota. Armand le regarda, interrogateur.

« Vous croyez, monsieur, qu'il faille surveiller le vieux Koronis ?

— Évidemment ! C'est une fripouille comme tous les autres. En plus, vous me feriez un foutu plaisir en coinçant Koronis. Oh ! une sacrée joie, oui ! Compris ? Et maintenant, Muriel, où en est-on avec le gang des châteaux ?

— Au dénouement. D'ici à quelques jours nous devrions mettre la main sur celui qui tire les ficelles. »

C'était dit comme une sentence. Sans appel.

On reconnaissait là les manières de l'inspecteur principal Muriel Ustaritz, une Basque d'une trentaine d'années, à l'allure farouche, cheveux noirs coupés court, lèvres étroites, toujours serrées comme si un sourire eût

136

risqué d'affadir la détermination qu'elle affichait dans ses yeux sombres. Muriel Ustaritz glaçait ses interlocuteurs, y compris ses collègues qui pourtant l'admiraient pour ses qualités professionnelles et sa générosité. Licenciée en droit et depuis peu diplômée de l'École du Louvre, championne de tir et adepte des arts martiaux, elle était toujours prête à mettre ses connaissances au service des autres, à donner un coup de main. Gentille mais réservée, jamais familière ni jamais totalement distante. Une équipière de choc qui aurait pleinement satisfait Jean Armand si elle n'avait fumé deux paquets de blondes par jour, le défaut le plus grave qu'il puisse trouver à une femme. Il lui en avait d'ailleurs fait le reproche mais s'était fait envoyer au bain. Depuis, par vengeance mesquine, il avait interdit que l'on fume dans son bureau. Les fumeurs de l'équipe avaient protesté. Muriel, non. Elle s'était contentée de lui offrir une pancarte « Défense de fumer » !

Muriel Ustaritz résuma son enquête avec application, de sa voix métallique qui, lors des interrogatoires, déroutait plus d'un suspect. « La fascination du serpent à sonnette », avait commenté un jour son patron.

Cela faisait plus de dix mois, rappela-t-elle, que le CERVO s'était attaqué au démantèlement du plus important gang de pilleurs de châteaux et d'églises qui ait sévi en France depuis longtemps. Le précédent, dit le « gang des Italiens », avait été réduit en quelques semaines, ses membres manquant totalement de discrétion : toujours une voiture immatriculée en Italie aperçue dans les parages des vols et des mégots de cigarettes de marque italienne abandonnés sur place, cela finit pas intriguer le plus obtus des gendarmes. Il en allait tout autrement de ce gang-ci, admirablement organisé et structuré, agissant dans toute la motié nord du pays. Un jour un château visité en Bretagne, le lendemain un autre près de Lille et le surlendemain à Reims ou encore dans la campagne angevine. Les casseurs ne pouvaient donc être les mêmes pour agir de façon si rapprochée dans des lieux aussi distants.

Pourtant, il existait des constantes à chaque larcin.

Plusieurs équipes se succédaient dans le déroulement des opérations. D'abord les casseurs : des manouches, en général, mais pas des vandales, capables de reconnaître les objets d'art de valeur, qui déposaient leur butin en pleine nature dans un rayon de cinq à six kilomètres du château visité et disparaissaient. Arrivaient ensuite les transporteurs qui chargeaient la marchandise dans une fourgonnette de location bien en règle puis fonçaient vers Paris où ils abandonnaient le véhicule. Une troisième équipe le récupérait et commençait à faire le tri des objets volés : petits meubles, peintures, bibelots, cartels, argenterie, etc., qu'ils allaient stocker dans différents boxes ou remises près du marché aux puces ou en bordure du XVIIIe arrondissement. Une fois la répartition faite, la fourgonnette était conduite à un endroit précis où l'équipe de transporteurs la récupérait et la rendait à l'agence de location. Le tout en moins de vingt-quatre heures pendant lesquelles aucun membre des différents groupes n'avait été en contact.

Le paiement des prestations se faisait toujours par poste restante, comme les ordres pour le montage d'une opération. Les objets volés en Touraine, en Champagne ou dans la Somme étaient ainsi rassemblés et regroupés par spécialité, donc mélangés à d'autres, ce qui ne facilitait pas leur repérage, d'autant plus que les demeures visitées étaient inhabitées et qu'il fallait attendre plusieurs jours pour que les déclarations soient établies. Et cela trop tard, car, dans les quarante-huit heures suivant les vols, des brocanteurs ou antiquaires spécialisés arrivaient de Belgique, des Pays-Bas et d'Allemagne pour embarquer la marchandise et lui faire passer la frontière.

« La difficulté majeure avec une telle organisation, fit observer Muriel Ustaritz, c'est l'impossibilité de prendre tout le monde en flagrant délit, de démontrer que les différents maillons appartiennent bien à la même chaîne et surtout de coincer l'organisateur, lequel n'a jamais un objet en main. L'Arlésienne, en quelque sorte.

— Et tu penses qu'on va pouvoir la sauter bientôt ? demanda le commissaire Dubois, sourire en coin.

— Sauter qui ?

— L'Arlésienne ! »

Les gloussements égrillards des membres de l'équipe ne perturbèrent aucunement Muriel, qui poursuivit ses explications. Au bout de plusieurs mois de filatures diverses, ils avaient pu établir les périodicités des visites des acheteurs étrangers, photographier et identifier ces derniers ; pratiquement toutes les remises étaient répertoriées et surveillées ainsi que leurs locataires — des hommes de paille pour la plupart. Grâce à un équipement électronique et à des micros directionnels, ils avaient remarqué dans les conversations avec les acheteurs qu'il était souvent fait allusion à un certain « monsieur Gérard ». « On règlera ça avec monsieur Gérard », « Dites à monsieur Gérard... » « C'est à monsieur Gérard de décider », « Je voudrais en parler avec monsieur Gérard », etc. Ce « monsieur Gérard » devait être le « big boss ». Sans aucun doute.

Parvenue à ce stade de son récit, Muriel Ustaritz s'arrêta. Un silence suivit mais Jean Armand ne réagit pas. D'un bond, Muriel se leva et alla se placer devant son patron.

« Dis, Jean, tu m'écoutes vraiment ? »

Elle n'avait pas élevé la voix. Elle se tenait bien droite, les poings sur les hanches, plus agacée que furieuse.

« Je t'écoute, mon petit ! Ou plutôt, j'attends que tu me dises qui est ce " monsieur Gérard " et quand on va le faire aux pattes. Parce que tu l'as identifié, n'est-ce pas ? Tu peux te rasseoir, maintenant. »

Muriel Ustaritz haussa les épaules et se retint de taper du pied.

« Toutes les serrures des remises, expliqua-t-elle en bougonnant, étaient de fabrication particulière. Cela nous a intrigués. A force de chercher, on a mis la main sur le serrurier, un vieux de la vieille, fiché chez nous. Il n'aurait pas parlé si son fils ne venait de se faire pincer dans une affaire de fabrication en série de clés anti-parapluie. On a fait un deal : il passait à table et on oubliait le gamin. Les serrures des remises avaient été commandées par un certain " monsieur Gérard ". Gérard Toussaint. Dit aussi Toussaint l'Ouverture.

— Beau travail! s'exclama Jean Armand. Et tu comptes le faire tomber comment?

— Fais-moi confiance, répondit Muriel.

— Je fais, mais préviens-moi. Je veux être là. »

Le patron du CERVO promena son regard sur ses équipiers et demanda pour la forme :

« Plus d'autres bonnes nouvelles? »

François Simon, le secrétaire, leva timidement la main.

« Bob Hogging vous a adressé un message de Miami avec le double de la facturation téléphonique de Vargas. Après votre passage il a plusieurs fois appelé Paris et Monte-Carlo. Des numéros qui correspondent aux domiciles d'un marchand de tableaux, Julien Champac. »

Jean Armand, qui fixait à nouveau la *Tête de femme* de Manet, crut soudain revoir le visage d'Ilaria Bellini qui regardait derrière lui. Comme le jour de leur rencontre à Bruxelles. Il suivit dans sa mémoire ce regard et reconnut enfin l'homme qu'il avait sauvé du motard fou : Julien Champac. Il éclata de rire.

« Monsieur, monsieur, vous avez perdu votre catalogue ! »

Julien Champac tendit à l'homme qui s'était retourné à son appel le catalogue qu'il avait fait semblant de ramasser. Drouot était agité telle une fourmilière bousculée par un tapir. L'homme et Champac furent projetés l'un contre l'autre. Julien en profita pour murmurer : « Chez Onno, à cinq heures. »

Gérard Toussaint s'éloigna, hochant la tête en signe de remerciement tout en feuilletant le catalogue. Très vite, il distingua le signe tracé autour du lot 9 avant de disparaître, happé dans l'entonnoir de la porte 11.

Satisfait, Julien patienta quelques minutes et pénétra à son tour dans la salle au même moment qu'Igor Onnolovski, l'expert du XVIIIᵉ siècle. Ce dernier lui tapa sur l'épaule et lui demanda, l'œil malin :

« Alors, vous avez repéré quelque chose dans ce foutoir ?

— Dans le lot n° 9, il y aurait parmi les gravures un dessin de Saint-Aubin que cela ne m'étonnerait pas.

— Moi, si. Quel fatras ! Il vaudrait mieux aller faire un tour chez Loudmer, il y a un Utrillo intéressant qui fera au moins le million.

— L'acheteur du n° 9 en emportera pour plus », glissa

Champac à l'oreille du vieil expert qui se raidit et inclina plusieurs fois la tête.

« Ouf ! se dit Julien. Cet idiot a enfin compris. »

Il aperçut près de la table des commissaires-priseurs Gérard Toussaint en discussion avec un « col rouge » grand comme une armoire normande. Il respira plus calmement. Tout était en place.

La vente démarra très vite. En moins de trois minutes le lot nº 9 fut attribué. Un grand jeune homme à lunettes cerclées de métal se leva dans les premiers rangs pour aller payer et récupérer son achat. Personne ne fit attention au fait que le « col rouge » lui remit en plus de son lot de gravures un sac de golf en cuir avachi. Julien Champac donna un coup de coude dans les côtes d'Onnolovski et lui dit :

« Il s'appelle Frank Marchelet. C'est un ancien reporter de journaux à sensations. Il viendra chez vous cette semaine. Vous l'avez bien regardé ? »

Igor Onnolovski acquiesça et prit Julien par le bras.

« Venez voir cet Utrillo, je vous prie. Nous irons chez moi ensuite.

— Entendu, Igor, mais vous m'accompagnerez chez Tajan, à la salle 5, il y a un Schneider que je veux acheter. Pour l'instant, c'est encore donné. »

Les deux hommes quittèrent la salle 11 sans un regard pour Marchelet qui se frayait un passage vers la sortie en se servant de son sac de golf renfermant les trente et une toiles de la collection Lieutadès comme d'une étrave.

21

Portée par la foule des touristes, Ilaria Bellini passa devant l'église Saint-Louis-des-Français sans y prêter attention. Ce n'est qu'une quinzaine de mètres plus loin que l'envie la prit d'y pénétrer quelques minutes : un besoin de paix et de fraîcheur. Elle fit demi-tour et disparut entre les colonnes saillantes de la façade.

A l'intérieur, les visiteurs s'entassaient autour des œuvres du Caravage retraçant la vie de saint Matthieu. Ilaria s'arrêta à la hauteur de la deuxième chapelle à droite pour contempler les fresques du Dominicain illustrant la légende de sainte Cécile, la patronne des musiciens. Elle souhaita dans l'instant que des chœurs la transportent sur un nuage de béatitude, qu'un canon la berce, qu'un largo l'émeuve aux larmes et qu'une cantate l'endorme miraculeusement. Hélas, sainte Cécile resta sourde et Ilaria garda dans la tête le même refrain lancinant : « Julien, Julien, Julien, Julien... » Et dans son cœur des battements désaccordés : « Je l'aime ! Mais non, je ne l'aime pas ! M'aime-t-il ? » Elle frissonna et serra ses bras autour de son buste pour se réchauffer. Alors, elle se rappela les paumes chaudes des mains de Julien posées sur ses épaules nues au moment où elle quittait la maison de Bruges pour regagner son hôtel de Bruxelles. Une chaleur magnétique avait parcouru tout son corps et elle s'était sentie fondre quand Julien lui avait déclaré : « A partir de cette seconde, vous allez me manquer terriblement. » Et depuis cette même seconde, quoiqu'elle eût voulu tout rejeter — la rencontre de Monte-Carlo, celle du Trans-Europe-Express, l'éblouissement de Bruges —, elle n'avait cessé de se demander : « Ne me manque-t-il pas aussi ? »

Depuis qu'elle était rentrée à Rome, Julien avait plusieurs fois tenté de la joindre au siège de Sumer. Mais à chacun de ses appels Ilaria n'était pas dans son bureau et c'était sa secrétaire qui lui rapportait les messages d' « un certain monsieur Ferre-la-Mule ». Ilaria avait ri de ce pseudonyme transparent mais elle s'était fait violence en ne rappelant jamais Julien. Cette fois encore elle décida qu'elle ne penserait plus à lui ! Elle se précipita hors de Saint-Louis-des-Français et fila d'un pas décidé vers son rendez-vous. Finalement, ce déjeuner avec Daniel Turana était une bénédiction.

Le jeune marchand de tableaux, déjà installé à table quand elle arriva au restaurant, se leva pour la saluer et lui baisa la main, ce qui l'amusa. Il entreprit de la féliciter sur sa forme, son teint, les reflets soyeux de ses cheveux et Ilaria se laissa bercer de compliments.

Elle eut soudain très faim et passa une commande de pâtes pantagruélique. Après quelques banalités sur les prochaines ventes de Sumer et de son concurrent Citer, Daniel Turana se pencha vers la jeune femme pour lui dire sur le ton de la confidence :

« J'ai du nouveau à propos du tableau de Dirk Bouts, la fameuse *Résurrection*. Elle porte bien son nom ! Ce tableau revient de si loin que l'on pourrait autant dire qu'il vient de nulle part. »

Très excité, il raconta ce que son enquête lui avait appris, à savoir que, si le Bouts pouvait effectivement provenir de la fameuse collection du comte Guicciardi, il pouvait être aussi de toute autre provenance. En effet, la dernière fois que ce tableau était apparu en public, lors d'une exposition organisée au palais Brera de Milan, il n'avait même pas attiré l'attention d'un historien d'art et critique de l'époque qui, dans son compte rendu, décrivait plusieurs peintures flamandes mais pas cette *Résur-*

rection. Pas plus que deux autres, une *Annonciation* et une *Adoration.* Bizarre, non ? Quant au directeur de la National Gallery de Londres, le découvreur de la *Mise au tombeau* provenant de la collection Guicciardi, il n'avait pas mentionné les autres temperas, excepté une note dans son journal concernant une *Adoration* en piètre état de conservation.

« Je trouve donc que les gens de chez vous, et particulièrement Irwing Bull, sont allés un peu vite en besogne.

— L'excitation de la découverte. Cette toile a quand même des qualités, répliqua Ilaria, jouant l'avocat du diable. Vous en conviendrez.

— Trop, en fait. J'ai réussi à rencontrer un des membres du Centre royal de recherche pour les primitifs flamands. Eh bien, figurez-vous qu'ils sont arrivés à la même conclusion que moi. Intéressant, non ?

— Vous voulez dire qu'ils doutent de la même façon ?

— Si vous tenez à la nuance, oui. En tout cas, ils ont trouvé très bizarre que Sumer ne les autorise pas à examiner la toile avant sa mise en vente.

— Ils n'étaient pas acheteurs, que je sache. Du moins, Irwing Bull n'en a rien dit.

— Là-dessus, je ne sais rien. Seulement, au Centre royal ils pensent, tout comme moi, que, si d'ici quelque temps on voit apparaître sur le marché une *Annonciation* ou une *Adoration,* cela sentira franchement la combine. »

Ilaria éclata de rire. Ce petit marchand était tellement sérieux dans le doute !

« Ce sera tout bonnement une chance formidable et les amateurs se précipiteront, trop heureux de s'arracher la découverte.

— Je ne le devine que trop bien, hélas ! Cependant, je saurai protéger mes clients et si possible dévoiler la supercherie. J'y suis bien décidé. »

La détermination de Turana ébranla Ilaria Bellini. Elle décida de lui livrer les quelques éléments qu'elle avait découverts de son côté. Après tout, pourquoi ne pas joindre leurs forces, comme avec le flic français ? Sans, toutefois, dévoiler son jeu.

Se penchant à son oreille, elle chuchota avec un air de conspiratrice :

« J'ai une information pour vous. Ces toiles auraient appartenu au début du siècle au célèbre marchand milanais Marcello Urbi, un filou très lié à un autre filou, le restaurateur de tableaux Luigi Cavenaghi. Faussaire reconnu, devrais-je dire.

— Et qui aurait remodelé ces débris de tempera, c'est cela ?

— C'est possible. Cela ne prouve pas que ce soit des faux pour autant.

— Oh ! n'exagérez pas, Ilaria, ça se sent ! N'empêche qu'il reste un fameux trou jusqu'à nos jours. Je voulais vous poser une question : qui vendait le Bouts, l'autre soir, à Monte-Carlo ? Personne chez Sumer n'a voulu ou pu me renseigner. Le savez-vous ? »

Ilaria Bellini se redressa, feignant l'indignation.

« Ah ! maintenant je comprends pourquoi vous êtes venu me chercher jusqu'à Rome, pourquoi vous m'avez invitée et pourquoi vous vous permettez tout à coup de m'appeler par mon prénom ! »

Vert. Blanc. Rouge. Daniel Turana passait par toutes les couleurs. Le courroux de la jeune Italienne était tel qu'il ne savait plus où se terrer. Il bégaya quelques dénégations, avala cul sec un verre d'eau et un verre de vin. Ilaria jugea qu'elle s'était assez amusée et entreprit de le conforter.

« Je plaisantais ! En fait je suis très heureuse d'être avec vous. Si, si ! Trop peut-être puisque je vous fais des niches. Allons, remettez-vous. Sinon, vous allez faire une attaque quand je vous aurai dévoilé le nom du vendeur. »

Turana était médusé, captif et captivé. Il pensa : « Cette fille est formidable ! Dieu qu'elle me plaît ! »

« Il s'agit de la comtessa da San Friano. Letizia da San Friano qui habite Florence.

— Et qui est une grande amie de Julien Champac. Lequel est copain-coquin avec Irwing Bull. Ça ne me surprend pas. »

Ilaria se redressa, comme piquée au vif. Eût-elle tenté

146

de se maîtriser qu'elle n'y serait pas parvenue. Elle répondit à Turana d'une voix vibrante de violence :

« Vous allez un peu vite en besogne. Vous accusez sans preuve.

— Mais, mais…

— Pis ! Vous vous servez de présomptions sur certaines personnes pour éclabousser leurs connaissances, leurs fréquentations. C'est pratique !

— Mais, mais… »

En même temps, Ilaria se traitait d'idiote. « Allons, calme-toi. Il n'a rien dit qui vaille de se mettre dans un tel état. Et puis, il n'a pas forcément tort. Peut-être que… » Mais non, tout son être réagissait autrement. Elle n'en était plus maîtresse. C'était comme une digue qui explose : elle était à la fois la vague torrentielle, la déferlante destructrice et la coque emportée, bousculée, éclatée.

« C'est indigne ! Vous vous laissez mener par votre haine. Parfaitement. Et surtout…, surtout vous êtes jaloux ! Oui, jaloux ! »

Ilaria hurla le dernier mot comme un cri de douleur, se leva brusquement et partit. « Jaloux, jaloux… et moi, je suis une imbécile ! » marmonnait-elle en courant vers la sortie.

Parvenue dehors, elle continua à courir, longea le palais Farnèse en direction des quais du Tibre qu'elle atteignit complètement essoufflée. Elle s'affala sur le rebord du parapet de briques et pleura longuement.

Comme si les larmes qu'elle versait sur elle-même pouvaient endiguer cette vague d'amour pour Julien qu'elle sentait venir la submerger.

Par la grande verrière qui délimitait au nord l'atelier d'Igor Onnolovski — officiellement expert en œuvres d'art du XVIIIe siècle, mais très officieusement restaurateur et maquilleur de tableaux anciens —, on apercevait sur la gauche le gros gâteau crémeux du Sacré-Cœur et sur la droite le scalp vert des Buttes-Chaumont.

L'endroit était chaotique. Des milliers d'objets et de livres envahissaient le parquet, les tables, les tréteaux et les étagères qui escaladaient les murs de la pièce. Pots, flacons, bouteilles, boîtes, tubes, pinceaux, crayons, règles, baguettes s'enchevêtraient comme un mikado géant dont seul le vieux Polonais pouvait retirer un élément sans faire s'écrouler toute la superstructure.

Pour Julien Champac, ce lieu était magique. Planté en son centre, près du lourd chevalet de châtaignier, il n'avait que l'embarras de la vue ou de l'odorat pour s'évader à travers les siècles. Les exhalaisons âcres et rances des pots de colle à base de poisson, de peau de lapin ou d'esturgeon, les effluves piquantes et tenaces des solvants et des vernis, celles plus douces, presque sucrées, des résines, celles grasses des mastics, toutes ces senteurs prisonnières d'une limbe de térébenthine échauffaient les rouges garance, les vermillons, les bleus outremer, les céladons, les jaunes de chrome des pigments de poudre et le transportaient dans l'univers

chaleureux des ateliers de Raphaël, de Rubens, de Fragonard, de David... Un vrai bonheur des sens !

Petit, bedonnant comme un notaire, barbichu comme un instituteur, le regard dilaté d'un dément, Igor Onnolovski, toujours vêtu de velours noir, sautillait autour de sa table de travail. A l'aide d'une baguette surmontée d'une boule de bois qui lui servait d'ordinaire d'appui-main pour ses travaux délicats de restauration, il tapotait sur la série de photos disposée sous ses yeux : toute la collection Lieutadès.

« Julien ! appela-t-il. Julien ! Je me demande pourquoi vous venez chez moi, vous êtes toujours ailleurs. J'ai trouvé pour les Boudin. »

Champac s'approcha, intéressé. Onnolovski avait l'art du camouflage. Peut-être était-ce pour cela qu'il avait échappé, enfant, aux tourments de la Première Guerre mondiale dans les patries d'Europe centrale puis, adulte, aux inquisitions gestapistes.

« Voilà : la petite toile de *Saint-Valéry-sur-Somme*, je vais juste ajouter une barque vide en premier plan. On la laissera au format. Boudin en a peint plusieurs à cette dimension. Mais pour *La Plage près du Havre*, il vaudrait mieux la réduire et je jouerai sur le ciel, plus dense, plus noir, comme un Courbet. Ça plaît. Avec la *Vue de Honfleur*, quelques variations sur les habitations et le tour sera joué.

— Et pour les Renoir et les trois Utrillo, vous avez une idée ? »

Igor Onnolovski sautilla trois, quatre fois sur sa droite puis sur sa gauche. Il répéta le manège pendant plusieurs minutes avant de se tourner vers Julien Champac.

« Tout dépend, mon cher Julien, de ce que vous voulez en faire. Si vous me les confiez, c'est que vous voulez les remettre sur le marché. La question est : vite ou pas ? En France ou pas ?

— Double question, double réponse.

— A savoir ?

— Une partie de ces toiles, Marchelet va les proposer sur Paris à un grand marchand.

— Lesquelles ? C'est indiscret ?

149

— Non. Les Utrillo, les Boudin, deux des Renoir, à mon avis cette *Source* et ce *Moulin de la Galette*. Si ça accroche, comme je le pense, le Rouault, le Modigliani, les Dufy et le Manet suivront. Le reste partira, toujours par Marchelet, vers les États-Unis.

— Autrement dit, ce merveilleux Bonnard finira dans la salle à manger d'un pétroleur texan ? Ou pis encore...

— Mon cher Igor, vous me surprenez. Vous qui aimez tous les nus de Fragonard ou de Watteau, cette chair multicolore et pourtant froide doit vous paraître insipide ?

— Pas du tout. J'aime bien cette petite toile : un nu charmant, en fait un déshabillé avant le bain. Cela me rappelle ces dessins de Bonnard sur les intérieurs de bordel. Absolument enchanteurs ! »

D'halluciné, le regard du vieil homme était devenu lubrique, jouisseur.

« Je ne savais pas que vous aimiez les boxons, remarqua Julien. Vous êtes un cachottier ! »

Igor Onnolovski tourna sur lui-même, le bras droit tendu comme une protestation, et dit en soupirant :

« Si peu, Julien, si peu... Vous connaissez tout de moi. »

Champac parcourut l'atelier du regard. Le fait qu'il soit admis dans cette pièce était un gage de confiance. Plus, d'intimité. Pour sa pratique d'expert, Onnolovski recevait dans son bureau-bibliothèque très sombre aux murs recouverts de dessins originaux de Boucher, Chardin, Fragonard, Saint-Aubin, Lancret, Watteau.

L'atelier était sa vie. C'est là que ce passionné d'aéronautique inventait les avions les plus fous, les fusées qu'il jugeait dignes du troisième millénaire. Pour se consoler de n'avoir pas été reconnu pour ses talents d'ingénieur par une société ingrate et stupide, ce génie fabriquait de faux dessins des maîtres du XVIIIe siècle qu'il vénérait et dont il avait passé une grande partie de sa vie à répertorier l'œuvre. Aux catalogues raisonnés établis par cet expert renommé ne manquait pas un seul de ses faux ! Toujours pour se venger de la société, il utilisait également ses talents de peintre-restaurateur à la falsification des chefs-d'œuvre momentanément enlevés à l'admiration des particuliers ou des foules.

« Si Toussaint est d'accord, dit Julien Champac, nous vous laisserons le Bonnard en dédommagement de votre travail.

— Merci, merci. J'en serai ravi. Mais c'est disproportionné.

— Je suis encore en dette sur l'*Annonciation* de Bouts. Vous n'avez jamais voulu me fixer votre prix. Par rapport à la *Résurrection*, vous avez eu plus de travail, c'est évident, et je ne vous ai versé que la même somme. Je vous dois donc pas mal d'argent. »

L'inquiétude qui assombrit tout à coup le visage du vieil homme surprit Champac.

« Qu'avez-vous, Igor ? Je vous ai blessé ?

— Non, non. Cette *Annonciation* me tracasse beaucoup.

— C'est pourtant un superbe travail, félicitations !

— Il y a trop de repeints. Je n'ai fait que reprendre le travail de Cavenaghi, mais il avait déjà beaucoup modifié la toile. Plus je la revois, moins elle me paraît crédible.

— Vous avez tort. Votre travail est admirable. Il défiera les plus grands experts, il défiera le temps.

— Vous êtes gentil, Julien. Mais faites attention tout de même. C'est un jeu dangereux !

— Un jeu, tout au plus. »

Onnolovski fit la moue et haussa les épaules, peu convaincu.

« Vous comptez la mettre quand sur le marché ?

— Après le succès de Monte-Carlo, très bientôt.

— En vente publique ?

— Non. Je veux en faire profiter cette fois directement un collectionneur.

— Ce ne sera pas plus discret.

— Évidemment non. Je ne connais, hélas, pas un collectionneur qui ne soit mégalomane ! Mais je réserve la furia des enchères pour la sortie du troisième. Ce sera du délire, la curée ! Vous en êtes où de l'*Adoration des mages* ? »

Le vieil homme leva les bras au ciel, visiblement horrifié.

« Julien, est-ce que vous vous rendez compte du travail que vous exigez de moi ? Je n'ai plus vingt ans !

— Heureusement ! s'exclama Champac, tout joyeux. Car vous n'aviez certainement pas, à l'époque, autant de talent. Et puis, au reste, le temps ne nous presse guère.

— Vous en avez de bonnes ! J'ai soixante-dix-huit ans et cette dernière tempera est dans un état épouvantable ! Même Cavenaghi a pataugé ! Je ne sais pas si j'y arriverai. »

Un bruit strident de sonnette emplit soudain l'atelier et un voyant rouge se mit à clignoter au-dessus de la porte capitonnée.

« Ce doit être votre ami qui arrive. Je vais lui ouvrir. »

Précédé par son ventre tressautant, Igor Onnolovski alla manœuvrer le mécanisme qui faisait pivoter la bibliothèque victorienne de son bureau et libérait un passage vers l'escalier. Gérard Toussaint apparut.

« Marchelet est rentré directement chez lui, dit-il. Il aura trouvé notre message lui indiquant de vous appeler dans la semaine, monsieur Onnolovski. Ce sera à vous de jouer. Que pensez-vous du lot ?

— Il faudrait être difficile pour ne pas aimer ! »

S'adressant cette fois aux deux hommes, Toussaint demanda :

« Vous allez modifier plusieurs toiles ?

— Non, répondit Julien. Ce ne sera pas nécessaire. Quelques recadrages, une barque par-ci, un nuage par-là. On devrait écouler l'essentiel en l'état. »

Onnolovski toussota et demanda à Champac, dans un raclement de gorge :

« Et côté marchands, vous penchez pour un Wundorf ou un Koronis ? »

Julien Champac rit de bon cœur.

« Vous êtes curieux comme un vieux chat ! » dit-il en s'approchant de la table où étaient déposées les photos.

Après en avoir choisi trois, il les présenta à ses complices.

« Utrillo, ça marche très fort au Japon : cette *Caserne*

de Compiègne ou ce *Faubourg parisien*... Dites-moi quelle autorité en la matière peut convaincre un collectionneur japonais d'acheter au meilleur prix ?

— Kosta Koronis, évidemment ! » répondit Champac.

Eh oui, Koronis ! Julien jubilait intérieurement. Le vieux marchand subirait sa vengeance. Par Marchelet interposé, que Julien se faisait fort de manipuler. Si tout se passait comme il l'avait conçu...

« Vous croyez qu'à son âge il va se lancer dans ce type d'aventure ? s'inquiéta Onnolovski.

— Bien sûr ! Parce qu'il a déjà donné et parce que je le veux. »

23

Une agréable odeur d'herbe fraîchement coupée remontait de Green Park et adoucissait les senteurs tenaces des géraniums du jardin italien de l'hôtel Ritz. Assis à une table située à l'extrémité de la terrasse, Norton Foller regardait venir à lui, de sa démarche furtive de souris grasse, Irwing Bull, le futur ex-spécialiste des peintures anciennes chez Sumer puisque la rumeur laissait entendre qu'il quittait la vieille maison londonienne.

Après les civilités d'usage et les remarques sur le temps miraculeusement méditerranéen de ce mois de juillet à Londres, Norton Foller se fit brutal. Sa bouche n'était qu'une étroite fente comme si son nez busqué avait au fil des ans dévoré ses lèvres, laissant place à une sorte de meurtrière d'où ne s'échapperaient que des mots incisifs ou cruels. Une cruauté accentuée par l'arrogance de l'homme d'affaires, sa voix sèche et son regard glacial, dont il abusait volontiers devant des inférieurs.

« Alors, mon cher Irwing, on est chassé de chez Sumer ? »

Irwing Bull eut un haut-le-corps, son visage s'empourpra jusqu'à sa calvitie et ses pupilles se dilatèrent au point d'occuper tout le foyer de ses grosses lunettes de myope. Il se frotta les mains et bégaya :

« Monsieur..., monsieur Foller..., vous..., vous exagé

154

rez les choses ! Je vais quitter Sumer, mais c'est moi qui pars !

— Parce qu'on vous pousse dehors. Vos méthodes ont fini par déplaire. Vous attachiez trop de prix aux désirs de la clientèle. Vous leur facilitiez un peu trop les choses. »

A l'évidence, Foller faisait allusion aux objets distraits des ventes pour complaire, aux pots-de-vin empochés, aux tableaux achetés et revendus en secret et aux petits trafics auxquels Irwing Bull s'était livré chez Sumer. L'expert détacha ses mains qu'il ne cessait de nouer pour les lever au ciel en guise de protestation, mais il fut arrêté dans son geste par le bras de Foller. Il eut l'impression que des serres se refermaient sur son poignet et allaient le lui broyer.

« Mon cher Irwing, je ne m'en suis jamais plaint et je ne suis pas non plus un ingrat. Vous m'appelez et j'accepte de vous rencontrer. Alors, qu'y a-t-il ? »

Irwing Bull se sentit soulagé. Foller resterait un client. Un très bon client compte tenu des sommes fabuleuses que l'Américain consacrait aux achats d'œuvres d'art. Et pour le projet qu'il avait de s'installer à son compte, un atout comme Foller dans sa manche valait bien quelque humiliation.

« D'abord j'ai une information concernant la vente de Citer, ce soir. Si vous êtes venu pour le Mantegna, je crains fort qu'il faille y renoncer. Lutty a donné des ordres très stricts : il est prêt à dépasser les quinze millions de dollars pour l'*Adoration des mages*. Une pure folie ! Mais John Lutty est fou, alors...

— Eh bien, je vais donc m'amuser à pousser les enchères, puisque je ne risque rien. Merci, Irwing, vous allez me faire passer une excellente soirée ! »

Pour la première fois depuis plus de dix ans qu'il fréquentait le collectionneur américain, Irwing Bull le vit rire aux éclats. Il interpréta cette bonne humeur comme un signe du destin pour la suite de ses projets. Aussi, dès que Foller eut cessé, il sortit de sa poche un ektachrome.

« Tenez, monsieur Foller, j'aimerais que vous jetiez un œil sur ce tableau. »

L'Américain prit la photo et l'examina. Elle représentait un ange agenouillé près d'un grand baldaquin rouge avec au premier plan une Vierge assise dont le visage se détachait en majesté sur le fond garance du lit ; une lumière douce pénétrait dans la pièce par un vitrail situé derrière l'ange et dessinait un arc-en-ciel sur le dessus de ses ailes. Malgré la maîtrise parfaite qu'il avait de lui-même en n'importe quelle circonstance, Norton Foller trahit dans son regard l'intérêt qu'il portait à cette œuvre. Cela n'échappa pas à Irwing Bull qui prit soin de n'en rien laisser paraître et d'attendre la fin de l'examen.

« Peinture flamande », dit Foller.

Irwing Bull hocha la tête.

« Quinzième siècle, si je ne me trompe.

— Exact.

— Cela m'a tout l'air d'une *Annonciation*. Splendide... De qui est-ce ?

— Dirk Bouts. Une détrempe peinte vers 1450.

— Quelles dimensions ?

— Le même format que la *Résurrection* qui vous a échappé à Monte-Carlo : 89 × 73 cm. En tout cas, en bien meilleur état. »

L'expert anglais se tut, certain de son effet. Foller était ferré.

« Expliquez-vous, Irwing, demanda l'Américain après quelques instants de réflexion. Je voudrais bien comprendre ce... disons ce miracle, cette génération spontanée des Bouts.

— C'est effectivement, monsieur Foller, quasi miraculeux mais point surnaturel. »

Et Irwing Bull entreprit de raconter l'histoire des quatre toiles de Bouts, leur parcours italien au XIXᵉ siècle, leur disparition et leur réapparition providentielle aux mains d'un collectionneur italien dont il ne pouvait pour l'instant dire le nom. Il mit en avant la qualité picturale des œuvres, les sujets et surtout le fait que ces quatre tableaux pouvaient être rapprochés de la magnifique *Crucifixion* des musées royaux des Beaux-Arts de Bruxelles, avec laquelle ils formeraient un grand retable. Habilement, l'expert sut mettre l'accent sur l'intérêt pour un collectionneur de reconstituer en partie ce retable de Bouts.

« En partie, puisque la *Mise au tombeau* appartient à la National Gallery et la *Résurrection* au duc de Richmond, soupira Norton Foller.

— Cette *Annonciation* peut être à vous. Si vous y tenez. Je me fais fort de vous obtenir et la préférence et un prix honnête.

— Cela ne fera qu'une pièce, hélas ! répondit Foller, déjà obnubilé par la reconstitution du retable.

— Une pièce annonciatrice, si vous me permettez le mot, car vous seriez le mieux placé pour acquérir l'*Adoration des mages* qui restera en vente libre. Et...

— Et ?

— Et je pense que j'arriverai à convaincre la duchesse de Richmond de vous céder la *Résurrection*. Vous savez comme moi combien les droits d'héritage sont élevés et la duchesse a pris les habitudes d'un grand train de vie. Hollywoodien, je dirais. »

La perfidie de Bull sur le passé d'actrice de la duchesse arracha un sourire à Foller.

« Vous pourriez donc, monsieur Foller, d'ici à deux ans, peut-être un, entrer en possession des trois Bouts disponibles sur le marché. Vous qui avez l'intention de léguer votre immense collection à une fondation, vous pourriez réaliser un acte grandiose, d'une générosité artistique digne des plus grands mécènes de la Renaissance, en offrant aux musées royaux belges ces trois parties du retable. Imaginez, de plus, dans quelle position vous mettriez la National Gallery... »

Norton Foller resta un moment silencieux, tour à tour abîmé dans ses pensées et en contemplation devant le négatif. Il finit par agiter celui-ci sous le nez de Bull.

« Puis-je le garder ?

— Bien sûr, monsieur Foller ! Quand vous souhaiterez admirer l'original, vous...

— Je sais, je sais ! Je vous sonnerai. Merci, Irwing. »

L'Américain déplia sa grande carcasse et s'éloigna, laissant Irwing Bull un peu choqué et se frottant toujours les mains. Mais cette fois, de jubilation.

24

L'espace d'une seconde, Julien Champac se demanda si les statues de Dubuffet exposées dans le hall d'Icart (International Contemporary Art), la galerie parisienne qui lui appartenait, n'avaient pas été remplacées l'une par une grosse *Nana* de Niki de Saint-Phalle, l'autre par un Botero hippopotamique. Non, il n'y avait pas eu substitution, les deux Dubuffet étaient toujours là avec leurs costumes de bain des années trente, immobiles dans leurs linceuls de polyuréthanne. La *Nana* et l'outre qui gesticulait à son bras n'étaient autres que Betty et Walter S. Feddow qui saoulaient de leurs glapissements la frêle Taria von Celle.

Julien Champac chargea : une tape à assommer un taurillon dans le dos de Walter S. Feddow et une claque pour serveuse de gargote sur l'immensité callipyge de Betty les immobilisèrent tous deux. Le temps de le reconnaître.

« Ah, ce salaud de Champac ! rugit Walter.

— Julien chéri ! » minauda Betty.

Et les deux mastodontes se refermèrent sur Julien Champac comme deux roues de pressoir.

« Quel bonheur de vous savoir à Paris ! s'exclama Julien. Walter, vous m'aviez annoncé votre visite au téléphone mais je ne pensais pas que vous vous précipiteriez ainsi !

— Dites, Champac, il s'agit de cent cinquante millions de dollars ! Ça vaut un coup de Concorde, non ? »

Julien surprit le regard de Taria, goguenard. La situation semblait l'amuser beaucoup mais pas au point d'assister au vaudeville qui allait suivre. Il y avait des moments où le rocambolesque de Julien dépassait sa logique teutonne. Pour couper court, elle leur lança :

« Prenez le bureau du fond. Je vous ferai porter du champagne et je préviens immédiatement Alexandre.

— Alexandre ? interrogea Walter S. Feddow.

— Alexandre Duponingue, votre expert, précisa Taria en s'éclipsant.

— Venez, dit Julien, allons mettre tout cela au clair. »

Si la découverte — ou tout au moins, pour l'heure, le risque de découverte — d'un grand nombre de faux tableaux dans la collection Feddow tracassait quelque peu Julien Champac, il n'était pas vraiment inquiet, se sentant de taille à retourner la situation auprès des Texans.

Il faut dire qu'on ne pouvait rêver pigeons plus gros et plus stupides que Betty et Walter S. Feddow, et c'est bien pour cela que Champac leur avait vendu en moins de quatre ans une cinquantaine de faux tableaux impressionnistes, postimpressionnistes et de l'école de Paris. Plus par esprit de farce que pour l'argent. Avec les Feddow, Julien avait pu donner libre cours à son sens de la démesure en rassemblant une des plus belles collections de peintures modernes des États-Unis, à rendre jaloux tous les collectionneurs de ce pays, et en bâtissant le « Versailles » style baroco-pompier fin XXe siècle le plus coûteux de toute la Floride, capable de couper le souffle à tous ces milliardaires. Certes, tout cela était du toc, de la poudre aux yeux mais, dans le genre, c'était véritablement grandiose. Une sorte de chef-d'œuvre. Et Julien tenait à ce que son œuvre perdure afin que — si par malheur elle devait s'écrouler — le souvenir en soit suffisamment tenace pour provoquer des cascades de rire. Une façon comme une autre d'atteindre à la postérité, celle de la mystification.

En regardant les deux pachydermes s'enfoncer dans les

fauteuils de cuir du bureau, comme s'ils disparaissaient dans leur propre bouse, Julien fut rasséréné. Avant que l'Américain eût pu ouvrir la bouche autrement que pour happer quelques goulées d'air, il attaqua :

« Alors, Walter, vous ne me faites plus confiance ? Et vous, Betty, vous me reniez ? Moi qui m'imaginais que nous étions de vrais amis, battant d'un même cœur, liés par le destin à tout jamais. Quelle déception ! »

Betty Feddow se tortillait dans son enveloppe de couenne en poussant de petits cris d'oiseau ponctués de : « Oh, Julien chéri !... Oh, Julien chéri ! »

Quant à Walter S. Feddow, il suffoquait presque, laissant échapper dans un râle : « Cent cinquante millions de dollars... Cent cinquante millions de dollars ! » Julien, qui arpentait la pièce de long en large, les mains croisées derrière le dos, déplia les bras et s'écria :

« Quand cesserez-vous de ne parler qu'argent ? Money, money ! Vous n'avez que ce mot à la bouche. Toujours. Et dire que depuis des années je m'emploie à vous faire répéter le mot : art ! C'est à désespérer ! »

Triturant sa robe comme un vulgaire tablier, Betty Feddow, la tête plongée dans sa poitrine tapissée de pendentifs en or gros comme des œufs d'autruche, se mit à sangloter.

« Que vous êtes dur, Julien, renifla-t-elle. Dur, très dur, mais vous avez raison. Nous nous sommes mal conduits. »

Walter S. Feddow explosa. Ses deux immenses battoirs s'élevèrent, comme s'il cherchait une barre où s'accrocher, puis retombèrent bruyamment sur les accoudoirs.

« Cent cinquante millions de dollars ! Le fisc me réclame cent cinquante millions de dollars ! De l'art il n'en a rien à foutre ! C'est tout le problème. »

L'Américain sortit sa pochette rose à pois jaunes et s'essuya le front. Il n'était pas en colère mais abattu, incapable de faire face. « Bien, il est dans les cordes, pensa Julien, je vais le retourner vite fait. »

« Exact, mister Feddow, exact ! assura-t-il. Votre collection de peintures modernes vaut au bas mot cent cinquante millions de dollars. Et demain, plus encore. C'est la seule vérité que je connaisse. La seule.

— Et si les tableaux sont faux ? couina Betty Feddow.

— Mais ils ne le sont pas ! tonna Julien. Authentiques et authentifiés. Vous n'avez pas à en démordre. Que le fisc fasse la preuve du contraire, si ça lui chante ! Avec des preuves tangibles à l'appui, s'il vous plaît ! Je le défie. Vous m'entendez, je le défie ! Il n'a rien à nous opposer. Du vent. De la bave de jaloux ! »

Julien Champac marqua une pause. S'il voulait réussir, il ne devait pas les brusquer. Il choisit de modérer son attaque et, revenant près du bureau, il s'empara d'une pile de journaux.

« Vous avez vu la presse de ces derniers jours ? Non ? Dommage. Regardez. »

Devant les Feddow qui ouvraient de grands yeux bovins, il déplia les feuilles en annonçant les titres : « Francisco Goya, faussaire ? » « L'affaire Goya agite les musées », « Le Louvre s'insurge », « Une absurdité, répondent le Prado et la National Gallery »...

« Qu'est-ce que c'est que cette nouvelle histoire ? demanda Walter S. Feddow.

— Encore une guerre des experts. Enfin, pas une guerre, une escarmouche, car face à l'attaque les musées visés ont adopté la position de l'autruche drapée dans sa dignité avec écrit sur son cul : pas toucher ! »

Betty et Walter S. Feddow rirent de bon cœur à cette repartie triviale de Julien qui, après un moment, leur expliqua l'affaire. Deux experts — un Canadien et un Français — se disant spécialistes de la peinture espagnole, et plus spécialement de Goya, venaient de déclarer qu'une trentaine de tableaux célèbres attribués à Léonard de Vinci, à Rembrandt ou à Vélasquez avaient, en fait, été peints par Goya. Et de citer la *Vierge aux rochers* de Léonard de Vinci au musée du Louvre, la *Vénus au miroir* de Vélasquez à la National Gallery, etc. Les preuves ? Goya truffait ses œuvres de microsignatures — dans les cheveux, les narines, les chatons de bague — et il aurait fait de même pour les faux qu'il s'amusait à peindre. Les deux experts prétendaient que ces microsignatures étaient visibles sur des tableaux jusque-là attribués à Vinci ou à Vélasquez.

« Vrai ? Faux ? On s'en moque, conclut Julien. En revanche, la tactique des gens des musées est intéressante et doit nous inspirer : réfutation totale. Pour eux, pas question de douter un seul instant. Ni des œuvres qu'ils possèdent, ni d'eux-mêmes. De leurs capacités intellectuelles, de leur savoir, de leur science. Eh bien, nous ferons pareil ! Nous conforterons nos thèses et réfuterons catégoriquement celles de nos ennemis qui ne sont qu'affirmations gratuites et avis de cuistres. Sans compter les intérêts commerciaux que des gens comme Wundorf ont à discréditer notre collection. Les gens du fisc devraient aussi aller fourrer leur nez chez lui. A la limite, on pourra les guider. La suspicion, nous aussi nous sommes capables de la répandre. Tenez, Wundorf a vendu à New York dernièrement un Géricault acheté en France à propos duquel les spécialistes — conservateurs et restaurateurs — faisaient plus qu'hésiter. Pas lui. Il a décidé que c'était un Géricault et c'est devenu un Géricault, parole de Wundorf ! Cela aussi doit cesser. Walter, ne maugréez plus, battez-vous ! Battons-nous ! »

Julien fut interrompu dans sa tirade par les applaudissements du couple Feddow, de Taria et d'Alexandre Duponingue qui venaient de les rejoindre. Une hôtesse de la galerie arriva avec le champagne et Julien fit le service en déclarant :

« Voici tracées les grandes lignes de défense. Que dis-je ? De contre-attaque. Avec Alexandre, nous allons peaufiner les détails. Mais avant, buvons ! »

Taria s'approcha de Betty et Walter S. Feddow et leva son verre.

« A vos futurs succès !

— Ah ! Julien..., Julien ! minauda Betty. Quelle chance vous avez Taria de vivre avec un homme aussi merveilleux ! Il a le don pour entraîner les hommes. Je le vois très bien en seigneur au temps des croisades, levant par la force de sa conviction toute une armée pour aller guerroyer en Palestine ! Il a l'âme d'un chef.

162

— C'est aussi mon avis », affirma Taria en fixant Julien qui la regarda étonné, ou tout au moins incrédule.

Alexandre Duponingue, serré dans son trois-pièces d'alpaga marine, le visage buriné d'un homme qui pratique assidûment la voile, s'assit sur l'accoudoir du fauteuil où était enfoui Walter S. Feddow et prit une pose protectrice, le bras passé derrière le cou boudiné de l'Américain.

« Puisque nous en étions à des histoires de faux et de faussaires, dit-il avec ce ton affecté dont il ne se départait jamais, même sur le pont de son yacht, je vais vous en conter quelques-unes d'amusantes. Comme ça, pour nous détendre.

— Gardez-en pour le dîner, tout à l'heure, mon cher Alexandre ! le pria Taria qui connaissait par cœur tout le répertoire.

— Certainement, ma chère ! Par exemple, celles de la belle époque, elles seront en situation avec le décor de Lucas Carton.

— On écoute l'expert », dit Julien Champac en resservant le champagne tout en pensant : « Et comme expert en faux, le père Alexandre s'y connaît ! »

En matière de faux artistiques, la religion de Duponingue était simple. Il en allait en ce domaine comme dans celui des reliques : il faisait vivre quantité de gens d'un commerce florissant et il se trouvait toujours quelque chanoine gros et gras de l'expertise — comme lui — pour jurer de l'authenticité de tous les faux de bon rapport, puisqu'il y a de riches gogos. « Il y a bien deux prépuces du Christ, avait-il dit un jour à Taria, l'un en Italie et l'autre en France, sur lesquels nos ancêtres se battaient pour déposer de pieux baisers ! Alors, faux pour faux, il n'y a que la foi qui sauve. »

Et c'est toute cette foi qu'Alexandre Duponingue s'efforçait de rallumer chez Walter S. Feddow en lui racontant que Michel-Ange lui-même avait sculpté de prétendus antiques qu'il enterrait pour les faire découvrir par les archéologues de l'époque. Van Dyck avait apposé de sa main sur des dizaines de toiles la signature de Rubens qui se vendait mieux. Watteau et Fragonard,

163

eux, peignaient de faux flamands. Magritte arrondissait ses fins de mois en fabriquant des Matisse, des De Chirico et des Picasso... Corot avait été le principal faussaire de Corot en pratiquant des repeints, des rajouts sur des tableaux de ses élèves, et ces coups de patte révélateurs de l'artiste avaient fait attribuer au maître de simples devoirs corrigés.

« Ah ! et puis, il y a les artistes qui perdent la mémoire de leurs travaux ou renient certaines périodes. Quelle plaie pour les experts ! soupira Alexandre Duponingue. Tenez, je me souviens qu'un jour, j'étais tout jeune à l'époque, un vieil ami, le marchand Emmanuel David, voulant faire authentifier un tableau de la période céza- nienne de Vlaminck, s'en alla trouver le maître qui s'écria, outré : " Encore une merde ! Un faux ignoble, scandaleux ! " et il voulut le garder. David finit par le récupérer mais avec écrit au dos, d'un pinceau rageur : " Ceci est un faux sans valeur. Signé : Vlaminck. " Le marchand, qui connaissait la provenance du tableau, se rendit à la galerie Bernheim, qui l'avait acheté directe- ment à Vlaminck, et il y trouva la quittance signée par celui-ci qu'il s'empressa de coller derrière la toile. Histo- riquement, elle prenait tout à coup une plus-value. Vlaminck avait bonne mine !

— Maître, demanda timidement Betty Feddow, nos Vlaminck sont bien authentiques, n'est-ce pas ?

— Absolument ! Et je défie quiconque de me prouver le contraire ! » se rengorgea l'expert.

Comme l'ambiance était de plus en plus à la détente et qu'il voyait disparaître la colère et la rage qui habitaient le Texan à son arrivée, Julien emboîta le pas à Duponingue et raconta une autre histoire sur Vlaminck. Celle du *Champ de blé* que le peintre, dans les années cinquante, refusa d'authentifier, déclara faux et sur lequel, dans un mouvement de colère, il gratta sa signature. L'acheteur potentiel porta plainte pour escroquerie contre le mar- chand possesseur du tableau, demanda la nomination de trois experts et finalement obtint la condamnation du peintre, car le *Champ de blé* n'était pas faux.

« Voyez comme notre travail est compliqué ! conclut

Duponingue. Il nous faut être terriblement vigilants. Et nous l'avons été plutôt deux fois qu'une, certaines de vos toiles étant authentifiées par Hibstein et moi-même. Vous pouvez être totalement rassurés. »

« Ce cochon de Duponingue va finir par me réclamer de nouveaux honoraires », se dit Champac en écoutant l'expert. A ce moment-là, le téléphone sonna et il décrocha. Après quelques « oui, oui » et des grognements laconiques, il reposa le combiné et déclara de façon brutale :

« Excusez-moi, il faut que je m'absente un moment. Je reviens le plus vite possible. »

En passant devant Taria qui lui lançait un regard inquiet, il précisa : « Juste un petit quart d'heure », et sortit sans donner plus d'explications.

Julien Champac parti, Walter S. Feddow entreprit l'expert.

« Mon cher Duponingue, outre qu'ils considèrent vos certificats comme étant de pure complaisance, mes détracteurs affirment également que les déclarations des veuves d'artiste ou des ayants droit sont " bidons ", comme on dit chez vous. Cela serait-il possible ? »

Choqué, Alexandre Duponingue rejeta son buste en arrière comme s'il avait été transpercé d'une flèche. Il porta la main à son cœur et s'écria :

« Ces gens sont des monstres ! Non seulement ils portent atteinte à la crédibilité de personnes au-dessus de tout soupçon mais, pis encore, ils s'attaquent au sacré : à la famille ! Qui, mieux que les parents d'un artiste disparu, peut garantir l'authenticité d'une de ses œuvres ? Je veux bien admettre que tous les héritiers ne soient pas des experts en matière d'art, mais ils ont pour la plupart bénéficié de ce à quoi peu de gens peuvent prétendre, à savoir l'intimité. C'est comme une grâce qui leur permet d'une façon sensitive, parfois mystérieuse, je l'avoue, mais toujours exacte, ça je le garantis, d'identifier une œuvre. D'une façon ou d'une autre, en vivant aux côtés de l'artiste, ils ont participé à la création et ils ont aussi, comme modèles le plus souvent, contribué à la création. Je ne sais pas si vous me comprenez bien ? »

Betty et Walter S. Feddow hochèrent la tête de concert comme deux bœufs s'agitant sous le même joug. Il y eut un long silence puis le Texan demanda :

« Concrètement, cela signifie quoi au juste ?

— Que vos déclarations sont inattaquables. I-nat-ta-qua-bles », martela Alexandre Duponingue.

Les visages des Feddow s'épanouirent et ils poussèrent ensemble un soupir de soulagement si puissant que Taria eut l'impression que les deux pachydermes se dégonflaient comme des canots pneumatiques.

Pendant le sermon de l'expert, elle n'avait pu s'empêcher de sourire intérieurement car Duponingue y allait un peu fort, sachant parfaitement comment certaines déclarations d'authentification avaient été obtenues, c'est-à-dire par de somptueux cadeaux ou plus simplement au moyen de bonnes espèces sonnantes et trébuchantes. Il en avait été ainsi notamment avec les lionnes éplorées de certains grands « fauves ». Comme Julien tenait l'expert par des documents compromettants sur ses penchants pour les petites filles à peine pubères, il y avait peu de risques pour que la combine fût découverte. Même si tout à coup les Feddow portaient plainte. Telle était la certitude de Julien. Taria la partageait avec une réserve : Bernard de Ugier, le génial peinte-faussaire qui travaillait pour Julien, pouvait être pris d'une crise de mythomanie et vouloir révéler à la face du monde qu'il était le plus grand artiste de tous les temps. Cela s'était déjà vu dans le passé. « Bernard aime trop l'argent, avait répliqué Julien, et sa femme encore plus ! Jamais Géraldine ne le laissera faire une telle bêtise qui le conduirait droit en prison. Et, sans moi, elle n'aurait même plus de quoi lui offrir des oranges ! » Julien avait alors éclaté de rire, comme toujours quand son amie exprimait quelque inquiétude. Le rire de Julien déclenchait automatiquement celui de Taria et, miraculeusement, elle se sentait mieux. « J'espère qu'il trouvera un alibi amusant pour justifier son brusque départ », songea Taria, de plus en plus intriguée par l'attitude de son amant.

25

Une bave grisâtre dégoulinait sur le corps usé de la fontaine des Innocents et se répandait en mousse dans le fond du bassin où dansaient des nénuphars métalliques de l'espèce Coca-Cola et Kronenbourg. Serge Lombard marcha droit sur le groupe de jeunes clodos et de vieux hippies avachis sur le rebord de pierre humide. Il s'arrêta devant une jeune fille blonde aux cheveux coupés court, vêtue d'un jean rapiécé et d'un tee-shirt délavé mauve.

Assis à la terrasse du café Costes, Julien Champac suivait le manège de Lombard. Il ne put entendre ce que celui-ci demandait à la jeune fille mais il aperçut le geste d'agacement de cette dernière. Apparemment, son ami se faisait rembarrer. Lombard eut un haussement d'épaules fataliste, retraversa la place vers la rue Saint-Denis du même pas décidé, acheta *France-Soir* à un crieur de journaux puis revint vers le café Costes où il entra. Champac attendit une trentaine de secondes avant de quitter sa place et de gagner l'intérieur. A l'étage, il rejoignit Lombard attablé dans un coin discret.

« Que se passe-t-il, Serge ? demanda Champac, décontenancé par ce rendez-vous mystérieux.

— A mon avis, de gros ennuis en perspective pour toi. »

Julien ne parut pas étonné. Depuis son séjour en

Belgique, il avait le pressentiment qu'il se tramait quelque chose.

« Le motard de Bruges ?

— Oui. Mais, avant tout, dis-moi que tu as bien repéré les deux contacts que je viens d'avoir sur la place.

— La fille et le crieur de journaux, un courtaud coiffé en brosse ?

— C'est cela. A partir de maintenant, ils prennent en charge ta protection. Dans un premier temps, ils s'attacheront à tes pas pour voir si tu es filé ou si ton domicile est surveillé. Ensuite, à tout moment où ils le jugeront nécessaire, ils assureront une protection rapprochée. Je serai le plus possible aussi sur le coup. Mais tu peux leur faire confiance, ce sont des spécialistes. Elle, c'est un véritable caméléon capable de passer de la zone au salon de thé du Ritz. Lui, il a une formation de commando et il est plus rapide que n'importe quelle saloperie de serpent. Je les ai sauvés d'une merde au Zaïre, autrefois. Ils sont OK. »

Julien Champac hocha plusieurs fois la tête en signe d'acquiescement puis, de la main, il fit signe à Lombard de s'expliquer.

« Après ton départ de chez Puppy, je me suis donc occupé de ce petit curieux de motocycliste. Ça n'a pas été de la tarte. Ce jeune connard m'a obligé finalement à le cuisiner à la viet. Quand il a compris que j'allais détacher toute sa belle couenne rose, lambeau par lambeau, il a craqué. Pas tout de suite, le con ! Il a fallu que je lui dépèce une partie du bide. Alors voilà : mon petit Champac, tu as la mafia au cul ! Américaine et sud-américaine, s'il te plaît ! »

Serge Lombard s'arrêta pour juger de l'effet produit par sa révélation. Julien Champac ne cilla pas mais dit doucement :

« Explique-toi mieux. »

Lombard sourit et poursuivit, à la fois grave et gourmand, comme si cette situation nouvelle excitait le baroudeur qu'il avait été.

« Peter van Muten, c'était le nom du motard. Je dis c'était car il ne figurera plus que sur les registres de décès.

Après ce qu'il m'a balancé, j'ai dû m'en débarrasser. Oh ! rassure-toi, avec précaution ! J'ai simulé un accident du genre pneu qui éclate, arbre pris de plein fouet, moto qui explose et notre bonhomme qui grille ; que des traces, disons, naturelles... J'espère que cela prendra auprès de ses employeurs. Les avoir sur le dos c'est déjà angoissant, mais si en plus ils avaient un motif de devenir méchants, nous ne serions pas frais. Donc, le petit Peter, devant ma science du maniement du scalpel, s'est mis à table. Il faisait partie de l'entourage d'un caïd du milieu d'Amsterdam, Wilhelm Gueldre. Je le connais de réputation, on l'appelle Guillaume le Gros. C'est un poussah, pédé comme trente-six phoques. Le petit devait être un de ses gitons. Il dirige tout le trafic de la drogue sur le nord de l'Europe. Sans jeu de mots, le type pèse vraiment très, très lourd !

— Mais, interrompit Julien, qu'est-ce que j'ai à voir avec le milieu de la drogue ?

— J'en sais foutre rien. La mission du môme était de te filer le train et de t'intimider en te fonçant dessus par exemple, comme à Bruxelles. Bref, de te mettre en condition pour un prochain contact. Quand ? Comment ? Il n'en savait rien. Voilà pourquoi j'ai décidé de t'assurer une protection.

— Pourquoi m'as-tu parlé de la mafia ?

— Attends. »

Serge Lombard fouilla dans la poche intérieure droite de sa veste et en sortit une feuille de papier pliée en quatre qu'il tendit à Julien.

« J'ai consigné là tous les éléments et les noms que m'a balancés le môme et également les résultats de ma propre enquête dans le milieu flamand. Quand le gros Guillaume a appelé son giton pour lui commander de te filer le train, il finissait de déjeuner avec deux types, un Américain et un Colombien. Je me suis renseigné : ils appartiennent à la mafia. Le premier s'appelle Salieri, c'est un Amerloque d'origine ritale qui vit à Miami. Le Colombien s'appelle Miranda. Tous les deux sont les interlocuteurs du gros Guillaume pour la drogue.

Un détail venait de frapper Julien. Il demanda .

« Tu m'as bien dit qu'un des mafiosi vivait à Miami ?

— Oui. Pourquoi ?

— Parce que mes derniers emmerdements profession-nels se sont produits à Miami. Mais je ne vois pas pourquoi des types qui s'occupent de drogue s'intéresse-raient à un marchand de tableaux.

— Ils ont peut-être des informations sur ton genre de commerce. T'es pas un petit saint ! En Colombie, ils ne savent plus que foutre de leurs dollars ! Peut-être qu'ils ont envie de blanchir leur fric dans des achats d'art ou de se lancer dans les objets volés. Qui sait ?

— D'accord. Mais la drogue, c'est pas mon rayon ! Pas du tout !

— T'inquiète. On a maintenant une case d'avance sur eux et ils ne le savent pas. Attendons tranquillement qu'ils se manifestent. Alors, on avisera. Tu ne crois pas ?

— Si, si. Merci de m'avoir prévenu. Tu as fait du beau boulot. Merci aussi pour les anges gardiens. Et atten-dons... Comme on dit : un homme averti en vaut deux !

— Surtout qu'on a toujours été deux », souffla Lombard en tendant sa main droite, paume ouverte.

Julien plaqua la sienne dessus comme tapent deux maquignons en affaires. C'était, depuis les années de la Légion, leur signe de confiance et d'estime réciproques.

26

« Julien..., Julien ! Oh, Julien..., Julien ! »

Les appels de Taria von Celle ressemblaient aux feulements d'une tigresse en rut prête à ronronner si on répondait à son cri. Mais Julien Champac, occupé à prendre une douche dans sa propre salle de bains, n'entendit pas son amie qui, dans la sienne, se détendait dans un bain à remous des fatigues d'une longue soirée.

« Julien, Mensch ! Tu m'entends ? hurla Taria en battant l'eau de ses poings. Julien ! »

Taria s'énervait. Les jets d'eau qui massaient son corps ne parvenaient pas à dissiper les effets du champagne absorbé pendant cet interminable dîner chez Lucas Carton en compagnie des Feddow et de Duponingue. Taria aimait s'enivrer au champagne. Coupe après coupe, elle se sentait plus légère ; et elle devenait diserte, brillante, amoureuse, câline puis, tout à coup, acide, méchante parfois. « Adorable mais très chiante ! » disait d'elle Julien dans ces cas-là.

N'obtenant aucune réponse, elle lança une bordée de jurons en allemand, sa langue maternelle, s'agrippa à la poignée pour se redresser mais n'eut d'autre résultat que de glisser au fond de la baignoire et de boire la tasse. Elle refit surface, les cheveux collés au visage, suffoquant de fureur. Elle tenta une nouvelle sortie sans plus de succès, disparaissant une fois encore dans l'eau pour reparaître crachant, toussant puis hurlant :

« Au secours, Julien ! Au secours, je me noie ! »

Sorti entre-temps de dessous la douche et attiré par les cris mêlés aux bruits d'eau, Julien gagna en hâte la salle de bains de son amie. Le spectacle de Taria aux prises avec sa baignoire, ivre de maladresse et de rage tout autant que de champagne, le fit éclater de rire.

A ce moment-là, la jeune femme parvint à se redresser. Écartant ses cheveux collés à son visage, elle aperçut Julien hilare. Essoufflée, elle cracha de l'eau vers lui en sifflant :

« Salaud ! Espèce de salaud, tu m'as laissée me noyer ! Du, Schwein ! »

Enjambant précipitamment le rebord de la baignoire, Taria perdit l'équilibre et s'effondra dans les bras de Julien qui s'était précipité vers elle. D'un coup de reins énergique il la souleva et l'emporta vers la table de massage où il la déposa avec délicatesse sur le ventre. Il pressa à trois reprises son dos pour la faire cracher puis entreprit de lui masser les trapèzes.

« Oh, oui... Oh, oui ! gémit-elle. Caresse-moi, fais-moi bon ! »

Les mains de Julien coururent sur le dos, le creux des reins, le bombé des fesses pour glisser ensuite le long des cuisses, presser le mollet et enserrer les chevilles. Elles remontèrent aussitôt en un mouvement plus appuyé, plus enveloppant, ferme sans être violent, s'attardant sur les fessiers et les dorsaux avant de pétrir la nuque. Puis, de nouveau, elles redescendirent, légères. Le mouvement fut répété pendant plusieurs minutes. Entre deux aspirations, Taria rit et demanda :

« Tu ne préférerais pas tripoter cette grosse truie de Betty ?

— Bien sûr ! Je m'abîmerais moins les mains que sur tes os saillants.

— Dis tout de suite que je suis trop maigre !

— Sûrement pas, répondit Julien en lui donnant une grande tape sur chaque fesse. Tu as ce qu'il faut, là où il faut.

« — Hum, hum... C'est vrai que mon cul te plaît toujours ?

— Toujours !

— Heureusement pour moi, car je n'en ai pas de rechange. »

Taria gloussa plusieurs fois avant d'ajouter :

« Betty est complètement fêlée. Elle m'a confié sa dernière lubie : reconstituer les *Nymphéas* de Monet dans son jardin de Miami. Bassin, nénuphars, fleurs, passerelles de bois, le tout dans des harmonies de rose, de bleu et de vert.

— Et ça te fait rire ?

— Oui, parce que c'est vraiment dément. Elle est capable de porter une robe d'organza à volants avec chapeau de paille et ombrelle comme dans *Femmes au jardin*. Avec les nichons et le popotin qu'elle a, ce sera d'un seyant..., je ne te dis pas !

— Eh bien, pendant que vous rêviez à Monet, figure-toi que j'ai vendu à Walter les deux Dubuffet de la galerie !

— Quels Dubuffet, chéri ? Tu sais bien qu'ils ne sont pas de lui...

— D'un de ses nègres, c'est pareil ! »

Une pression énergique du plat des deux mains sur les dorsaux de Taria l'empêcha de répliquer. Elle émit un vague grognement de protestation qui, peu à peu, se transforma en un gémissement satisfait. Julien continua jusqu'au moment où il la sentit calmée et décontractée. Il alla prendre ensuite sur la coiffeuse — du plus pur style « nouille » comme l'ensemble de la décoration de la salle de bains — un flacon de lait corporel pour en enduire le corps de son amie. Quand il eut fini, Taria se retourna, souriante. D'un coup de tête elle rejeta la mèche de cheveux qui lui barrait l'œil droit.

Elle le fixa, provocante. C'est ainsi que Julien la préférait. Il se pencha pour l'embrasser. A l'aide de ses deux bras elle prit appui contre sa poitrine et le tint à distance.

« Tu sais que tu es un drôle de coco, quand même ?

— En quoi, je te prie ?

— Je repense au dîner. A ta diatribe contre les experts : " Au diable les experts ! Ce sont les Diafoirus de l'art ! Il faut libérer l'objet d'art du joug oppresseur de la garantie…, etc. " Il fallait voir la tête de ce pauvre Duponingue !

— C'est lui qui a commencé, avec son raisonnement de jésuite. A l'en croire les faux tableaux n'existeraient pas. Il n'y aurait que des tableaux identifiés et d'autres qui ne le sont pas !

— Bon ! l'interrompit Taria. Mais, pour revenir aux Feddow, qu'est-ce que tu comptes faire ? As-tu un moyen d'empêcher Wundorf de moucharder le fisc ?

— Mieux que cela, répondit Julien. Je vais faire cambrioler sa chambre forte de New York. Il y a des tableaux que tes congénères ont volé pendant la guerre.

— Julien, je suis suisse !

— Suisse-allemande, issue de baronnets prussiens, si tu permets. Voilà pour Wundorf. Quant à Koronis, je vais le piéger avec des tableaux volés.

— Koronis ? Kosta Koronis ?

— Oui. Pour son marchandage dans l'affaire Dumaine qui me vaut des tas de complications avec Vargas à Miami.

— Sur ce vieux crabe, tu as bien des dossiers qui traînent, non ?

— Je veux le démolir complètement, pas le museler. »

Taria se redressa, sauta de la table de massage, s'étira comme une chatte puis sortit de sa salle de bains et se dirigea vers le grand lit à baldaquin, créé par Diego Giacometti, qui ornait la chambre. Tout en marchant elle brossait vigoureusement son ample chevelure blonde. Soudain, elle s'immobilisa et demanda, d'un ton faussement désintéressé :

« Julien, tu as revu cette petite Italienne ? »

N'obtenant pas de réponse, elle éleva brutalement la voix :

« Tu m'entends, Julien ? Cette petite pute italienne, tu l'as revue oui ou non ?

174

« — De qui parles-tu ? demanda Julien d'une voix qui se voulait innocente.

— De cette Romaine, levée à Monte-Carlo, chez Sumer.

— Non.

— Non ?

— Non. »

La brosse en ivoire partit à toute volée en direction de Julien qui, surpris, ne put que parer de l'avant-bras. Le coup lui fit mal mais il n'eut pas le temps de s'attendrir car Taria se jetait sur lui, tentant de le frapper au visage. Julien réussit à temps à l'attraper et il la maintint serrée à l'étouffer dans ses bras.

« Salaud ! Schwein ! Je sais que tu l'as revue à Bruxelles et même à Bruges ! Ne me mens pas, Julien, ou je te tue ! »

Julien, sans desserrer son étreinte, la souleva et l'entraîna vers le lit où ils roulèrent enlacés.

« Lâche-moi ! Lâche-moi, tu me fais mal, j'étouffe !... souffla Taria à demi asphyxiée et ivre de rage.

— Voici un peu d'air », répondit Julien en se penchant pour l'embrasser.

Le coup de dent qu'il reçut le fit crier de douleur. Taria venait de lui ouvrir la lèvre inférieure et son palais fut aussitôt baigné de sang comme une salive chaude et épaisse. Malgré tout, il rechercha le contact bouche contre bouche ou plutôt dents contre dents, lèvres retroussées pour éviter une nouvelle morsure. Quand celles-ci s'entrechoquèrent, ils ressentirent l'un et l'autre une violente douleur. Puis ils se détendirent d'instinct, leurs bouches se joignirent dans un baiser violent et passionné et ils firent l'amour dans un éblouissement.

Taria respirait maintenant avec calme, bras et jambes écartés. Julien était lové entre ses cuisses et elle sentait son souffle court passer sur son sexe et glisser entre ses fesses. Elle laissa ce bonheur se diluer en elle quelques minutes puis, brusquement, elle attrapa tour à tour les

175

deux gros oreillers écrasés contre la tête du lit et les glissa sous ses reins. Ainsi offerte, jambes repliées, elle appela son amant toujours immobile.

« Viens ! Viens me prendre ! »

Julien se redressa. La position de Taria était on ne peut plus explicite. Mais elle précisa pourtant :

« Oui, prends mes fesses, Julien ! Force-moi ! »

Il s'approcha d'elle, transformé par un désir soudain. Quand il l'effleura, elle l'enserra avec ses jambes et lui dit avec beaucoup de conviction et de vigueur :

« Regarde-moi bien quand tu vas déchirer mon corps. Regarde ma douleur. Pense que tu déchires mon cœur de la sorte. A cette différence près qu'il n'y a pas de jouissance après la douleur. Seulement un mal qui peut me tuer. »

Taria se frotta contre le sexe de Julien puis, avançant les reins pour qu'il la pénètre, elle murmura dans une plainte :

« Ne me tue pas, Julien ! Je t'en supplie ! »

27

« Je regrette, mademoiselle, le commissaire Armand ne peut être dérangé. J'ai des ordres formels sur ce point. N'insistez pas ! »

De rage, Ilaria Bellini tapa du talon sur le sol de la cabine téléphonique. Il n'y avait rien à faire, cet imbécile de flic-secrétaire ne voulait rien entendre. Et qu'elle appelât de Florence, il s'en moquait complètement.

« Bon, soupira-t-elle. Mais, au moins, faites-lui tout de suite passer le message suivant : " Bellini — le gang des Turinois. " C'est cela. Il comprendra. C'est urgent ! Dites-lui que j'attends son appel dans la demi-heure à ce numéro. »

Après avoir répété les chiffres, elle raccrocha sans dire merci. Furieuse. Furieuse contre cet abruti de fonctionnaire zélé. Furieuse surtout contre elle-même, constatant qu'une fois encore elle perdait toute contenance. Elle si calme, si posée, elle s'énervait maintenant à tout propos. « Contrôle-toi, ma petite, contrôle-toi ! » se répéta-t-elle en sortant de la cabine pour rejoindre sa table près du comptoir du Harry's Bar où, en grappes, s'accrochaient les plus sympathiques alcoolos du Tout-Florence. Elle fit signe au garçon qu'il pouvait la servir et avala d'un trait un grand verre d'eau.

Depuis qu'elle avait « craqué » à Rome, au restaurant, face au jeune marchand Daniel Turana, Ilaria ne cessait de se poser des questions. Qui tournaient toutes autour de Julien Champac.

Etait-elle vraiment amoureuse de lui ? Julien était-il un trafiquant d'œuvres d'art ? Comparse de ce filou d'Irwing Bull ? Ami ou associé de la comtessa da San Friano ? Avait-elle le droit de le suspecter ? Pouvait-elle sacrifier sa quête de la vérité, son travail à un amour naissant ? Tout ce qui était jusqu'ici sa vie, pour l'inconnu ? Et s'il représentait le bonheur, le grand amour, si sagement attendu ? Après tout, Julien était peut-être innocent ? Qui n'a pas, sans s'en douter, des brebis galeuses dans ses relations ? Connaît-on les autres autour de soi, si proches soient-ils ?

En s'efforçant de mâcher calmement sa salade de tomates mozzarella au basilic, Ilaria pensa à son père qu'elle interrogeait chaque fois qu'elle était confrontée à un sérieux problème. Silvio le sage, le sauveur, la bouée à laquelle elle s'était accrochée durant toutes les tempêtes de l'enfance et de l'adolescence. « Ma belle, lui disait le vieil homme — à ses yeux son père avait toujours été vieux, cela la rassurait, elle y voyait une forme d'éternité —, ma belle, efforce-toi d'accéder à la connaissance. Celle des choses et des hommes. Évite de juger, de trancher, même en connaissance de cause. Le savoir est important mais n'est pas tout. Ne bride jamais tes intuitions. L'instinct, c'est aussi l'intelligence. Nous ne sommes que des animaux étranges. Étranges... avec un supplément d'âme. » A celle qui venait quérir des certitudes, il n'offrait que des incertitudes. Curieusement cela la tranquillisait. Etait-ce le son de sa voix ? Cette voix que désormais elle n'entendait plus. Restaient les incertitudes.

« Mademoiselle Bellini ! Excusez-moi ! cria le barman. On vous demande au téléphone. Je vous passe la ligne dans la cabine. »

En se levant, Ilaria consulta sa montre. Une demi-heure à peine s'était écoulée. Le « cerbère » avait tout de même passé le message. La porte de la cabine refermée, **elle** décrocha et, certaine de son interlocuteur, ironisa :

« Jean, tu es mieux défendu qu'un ministre ! Je croyais que nos appels étaient prioritaires ?

— Les seuls qui le soient, pour moi, sont les appels d'amoureux, répondit Jean Armand d'une voix moqueuse. M'aimes-tu ?

— Dans ces conditions je préfère être traitée comme tout un chacun...

— Ce n'est pas gentil ! Dorénavant, pour te complaire, je te prendrai immédiatement.

— Pour me complaire ! Vraiment ? Je suis déçue... J'aurais préféré par amour ! »

Un silence se fit, rompu par un grand rire.

« OK, Ilaria ! Un partout. On cesse de minauder. Qu'y a-t-il ? »

Avec sa concision habituelle, Ilaria Bellini exposa au commissaire les derniers éléments de son enquête sur les trafics d'œuvres d'art entre leurs deux pays. Le fameux « gang des Italiens », que les Français croyaient avoir démantelé dans le sud de la France, existait toujours bel et bien, avec de profondes et puissantes ramifications en Italie, à Turin principalement. D'après les informations qu'elle avait recueillies, l'équipe arrêtée en France n'était pas la principale. Une équipe à l'essai, plutôt. Testée en quelque sorte par le « gang des Turinois », comme on les avait surnommés dans le milieu italien. Dans la région de Turin, trois ateliers de transformation des objets volés avaient été repérés. Là s'opérait le maquillage des meubles, des bronzes, des pendules, des tableaux dérobés aussi bien en France que dans le nord de l'Italie. Les plateaux de marbre des commodes étaient changés, des marbres blancs à la place de marbres d'Alep, par exemple ; même chose pour les habillages des serrures ou des pieds, etc. Ces ateliers étaient aussi de véritables gares de triage pour expéditions sur les marchés italien, suisse, anglais ou américain, soit par des réseaux d'antiquaires peu délicats — certains sont fort connus et passent pour honnêtes —, soit par des marchands et des receleurs qui approvisionnaient les salles de vente aux enchères.

« Je t'ai envoyé ce matin des notes détaillées, précisa Ilaria.

— Avec des noms ?

— Oui, des noms de lieux et de personnes. D'après mes informateurs, un grand antiquaire turinois, Luigi Popino, serait à la tête du gang pour l'Italie. Il doit y avoir aussi une tête en France, mais en plus, compte tenu de la dimension internationale du trafic, je pense qu'il y a encore quelqu'un au-dessus d'eux.

— La mafia ? interrogea Jean Armand.

— Tu es têtu. Je t'ai déjà dit non à Bruxelles. Je n'exclus pas la possibilité qu'elle s'y intéresse un jour étant donné les sommes en jeu, mais pour l'instant, non.

— Et tu penses à qui, alors ? »

Ilaria Bellini réfléchit un court instant. Devait-elle tout dire au policier français ? Pas forcément... Mais si elle voulait en savoir plus sur l'entourage de Julien Champac...

« As-tu appris quelque chose sur la comtessa da San Friano ?

— Rien, pour le moment.

— Moi si. Elle fréquente les magasins de Popino à Turin et à Milan. Elle a été aperçue dans un atelier de transformation, il y a quelques jours. Et...

— Et ? demanda Jean Armand.

— Et elle a participé à la dernière vente de Sumer à Monte-Carlo avec des tableaux douteux. Je sais où et par qui ils ont été maquillés.

— Tu me l'as déjà dit. Et quoi encore ?

— Elle est très liée avec le marchand de tableaux Julien Champac. Crois-tu que cela soit un indice supplémentaire ?

— Je te vois venir. Ce Champac serait le prince des ténèbres. Dans la force de l'âge, riche, séduisant, avec une touche de mystère, il a de quoi ensorceler plus d'un cœur de midinette.

— La comtessa n'est plus une midinette, mon cher !

— Je parlais pour toi, ma belle ! » lâcha Armand qui repensait tout à coup à l'incident du motocycliste bruxellois.

180

Ilaria accusa le coup sans bien comprendre. Par chance, ils se trouvaient à plus de quinze cents kilomètres l'un de l'autre, sinon elle n'aurait pu dissimuler son trouble. Elle se reprit.

« Au lieu de badiner, dis-moi franchement ce que tu penses de mes... disons supputations ?

— Elles sont intéressantes, vois-tu, car ce Champac est peut-être mêlé à une affaire récente de revente de tableaux volés aux États-Unis. Ce qui tendrait à étayer ta petite idée d'un super cerveau organisateur. Seulement, cette histoire se passe à Miami et on y trouve aussi un type lié avec la mafia. Ce qui me conforte dans mon idée à moi...

— Ça va, assez ! Tu ne m'amuses pas ! C'est très important ce qui se passe actuellement et...

— Important pour toi et pour lui, bellissima ! » lâcha sèchement Jean Armand.

Ilaria, cette fois, ne se méprit pas et lança un retentissant :

« Oh, la barbe ! Salut ! »

Dans un nouveau geste d'agacement, elle venait de raccrocher. Elle soupira à plusieurs reprises en secouant la tête comme un boxeur groggy. Maintenant il n'y avait plus de doute, Julien était mêlé à cet énorme trafic. Peut-être était-il même celui qu'elle recherchait. L'homme à abattre était l'homme qu'elle aimait.

Elle sortit de la cabine hébétée, longea le bar en zigzaguant entre les buveurs, franchit la porte d'entrée et, sans s'occuper des voitures qui klaxonnaient, traversa le quai pour aller s'accouder au parapet dominant l'Arno. Elle s'efforça de respirer avec calme afin de dominer les spasmes qui brûlaient son ventre. « Ma petite, tu baignes dans du Corneille ! Bonjour le dilemme ! » se dit-elle. Cela la fit sourire. Elle détacha ses yeux du fleuve et aperçut, sur l'autre rive, le palazzio Orsi avec sa crinière de verdure et ses colonnades. C'est dans cette belle demeure, pour la traditionnelle fête donnée chaque été par le célèbre antiquaire et marchand florentin, qu'Ilaria devait retrouver Julien Champac, le lendemain. Ces retrouvailles tant attendues avaient un avant-goût amer. Ilaria regarda une dernière fois le palais Orsi avec détermination et s'écria pour elle-même : « Je te démasquerai Julien, dussé-je succomber ! »

28

L'immense et haute devanture toute de marbre rose de la galerie Kosta Koronis, avec ses vitrines bordées de granit gris, était un chef-d'œuvre d'élégance moderne et cossue.

Pour Frank Marchelet, en contemplation sur le trottoir d'en face, cet immeuble de la rue La Boétie transpirait l'argent. Enchâssés dans les vitrines, les tableaux d'Utrillo, de Suzanne Valadon, de Vlaminck, de van Dongen et de Marie Laurencin valaient une petite fortune. Dans la galerie il y en avait des dizaines d'autres, plusieurs dizaines dans les appartements du marchand, aux étages supérieurs, et des centaines dans les réserves blindées du sous-sol. Des millions de francs en petites touches impressionnistes réussies derrière l'imposant monogramme en lettres de bronze doré à la feuille fixé au-dessus de la porte d'entrée : KK, pour Kosta Koronis.

Avec une fortune personnelle dépassant les quatre milliards de francs, KK était certainement — au même titre que Marcel Wundorf, installé dans un hôtel particulier proche de Saint-Philippe-du-Roule — le plus grand marchand de tableaux d'Europe, le meilleur connaisseur des écoles impressionnistes et postimpressionnistes, l'expert indiscuté auprès des douanes, l'auteur d'un catalogue raisonné de l'œuvre complète d'Utrillo qui lui donnait le droit de vie ou de mort sur toute toile du célèbre peintre montmartrois. Un tableau accompagné d'un certificat estampillé KK acquérait toute sa valeur. Sans cela il n'en avait plus aucune, fût-il vraiment de la main du maître.

Kosta Koronis avait d'ailleurs, pour s'enrichir, quelque peu abusé de cette situation de monopole que lui avait valu un contrat d'exclusivité passé avec Maurice Utrillo dans les années trente. Combien de tableaux avait-il racheté à bon prix, soi-disant pour les retirer du marché parce qu'il les considérait comme faux et qu'il ressortait quelque temps plus tard avec un certificat signé KK ? Sa vie et sa réussite étaient véritablement un roman.

Né à Malte au début du siècle, le petit gardien de chèvres, Kosta Koronis, immigra en France juste après la Première Guerre mondiale. En compagnie de cousins, il s'installa d'abord à Lyon où il apprit le métier de droguiste. Puis il gagna Paris et trouva une place dans une boutique. La clientèle le fascina, tout comme les galeries d'art du quartier. Aussi, quand à la fin des années vingt il se mit à son compte dans une petite rue au pied de la butte Montmartre, il placarda sur sa porte : « Prix spéciaux aux artistes. » Tellement spéciaux qu'il pratiqua plutôt l'échange : une toile ou une palette contre un tableau. D'autant qu'avec sa clientèle — Foujita, Kees van Dongen et Utrillo, entre autres — il jouait sur du velours.

Au bout de trois ou quatre années, il abandonna la blouse du droguiste pour revêtir le costume croisé du marchand de tableaux après avoir loué un magasin rue La Boétie, pas très loin du secteur des grands galeristes de la rive droite. Il avait mis un maximum de chances de son côté grâce à un fonds de toiles échangées depuis des mois contre les œuvres des maîtres du moment, et surtout en s'assurant par contrat l'exclusivité de la production de Maurice Utrillo. Même si, ravagé par l'alcoolisme, le pauvre Utrillo avait à cette époque perdu une grande partie de son génie, il produisait beaucoup pour assouvir son vice. Les mauvaises langues assurèrent que Koronis avait fait une affaire en or car, désormais, il n'échangeait plus une toile contre un tableau mais un litre de vin contre un Utrillo !

C'est ce côté un peu filou dans la réussite qui plaisait au jeune Marchelet, élevé dans la débine et toujours à la recherche d'un coup fumant qui lui donnerait une place au soleil. Il y avait aussi toutes ces ombres dans la biographie de Koronis qui le fascinaient. Comme la période de l'Occupation où brusquement le commerce du Maltais devint florissant. Sa clientèle était composée surtout d'officiers allemands, dont le maréchal Goering, et d'amis intimes de Goebbels, celui qui menait la razzia des œuvres d'art dans l'Europe occupée pour le compte du Führer et pour le sien propre ; il y avait aussi des marchands et des collectionneurs belges et néerlandais ainsi que des collabos français bien en vue puisque Koronis obtint ces années-là la nationalité française. Mais, après tout, pour faire de l'argent il valait mieux être à Paris que dans le Vercors. Les affaires sont les affaires. Un point demeurait inexpliqué : où Koronis trouvait-il autant de tableaux à placer sur le marché ? Certes, l'époque était favorable, les gens manquaient d'argent frais et se séparaient de leurs trésors artistiques. Notamment les juifs. Le Maltais aurait alors largement abusé de la situation, allant même jusqu'à vendre des œuvres placées chez lui en dépôt moyennant finances. A la Libération, il ne s'était trouvé que deux ou trois rescapés de Buchenwald ou d'Auschwitz pour venir réclamer leurs biens. Quels biens, au reste, puisqu'ils n'avaient aucun papier à produire ?

Kosta Koronis avait pu acheter ainsi son magasin puis tout l'immeuble qu'il transforma en galerie, appartement et coffre-fort. La devanture habillée de marbre rose, le monogramme accroché, Koronis était désormais le plus grand marchand de tableaux parisien, invité du Gotha et même de l'Élysée.

Riche, puissant, donc insoupçonnable, donc honnête, tel était à plus de quatre-vingts ans le célèbre KK à qui Frank Marchelet s'apprêtait à vendre des toiles qui, suivant l'expression en usage, ne pouvaient voir le jour. Du moins pour quelque temps.

Quand il traversa la rue pour entrer dans la galerie, Frank Marchelet ne pouvait soupçonner que, pendant tout le temps qu'il avait passé à contempler la façade de l'immeuble, le vieux Maltais l'observait depuis les fenêtres de son bureau du premier étage. Le voyeurisme était une manie ancienne de KK, un plaisir qu'il avait découvert en fréquentant les salons du One Two Two, le plus célèbre bordel d'avant-guerre. Il avait aussi appliqué son vice à son entreprise dès qu'il avait acquis l'étage au-dessus de la galerie en plaçant dans son bureau un microviseur bombé offrant une vision angulaire optimale et qui, par un jeu de télescope inversé, lui permettait de voir tout ce qui se passait dans la galerie. Aujourd'hui, sous prétexte de sécurité, il avait placé des caméras vidéo à l'intérieur et à l'extérieur de la galerie, dans les chambres fortes, ainsi qu'une caméra ultra-secrète dans les toilettes du personnel féminin qu'il commandait depuis son bureau.

Le petit Marchelet l'avait justement séduit par ses talents de paparazzo, capable de planquer pendant des heures pour photographier l'intimité d'une vedette. N'avait-il pas réussi, âgé de seize ans à peine, à surprendre le général de Gaulle se promenant solitaire dans les jardins de l'Élysée ou en famille à Colombey ? Que de trésors d'invention, que de patience, que de jouissance aussi selon Koronis, pour en arriver là !

Frank — ils s'appelaient par leur prénom et se tutoyaient — lui avait été présenté au golf de Mortefontaine, près de Chantilly, par Gaspard Maisonneuve, l'héritier de l'autre grand marchand de tableaux modernes, prédécesseur dans ce siècle de KK. La volonté d'en découdre de ce journaliste-photographe pour publications à sensations, sa naïveté à vouloir jouer les fils de famille avec gourmette et chaîne en or, son bagout de titi qu'il ne parvenait pas à dissimuler, ses talents de passeur d'argent et d'objets d'art — KK s'était renseigné sur Marchelet auprès de son ami le commissaire Retz —, tout cela contribuait à renforcer la confiance qu'il avait dans le jeune homme. Surtout pour des affaires marginales comme celle qu'il venait lui proposer. « J'ai des choses intéressantes pour vous et à des prix très abordables, lui avait confié Marchelet au téléphone en prenant rendez-vous. Mais il ne faudra pas trop chercher... », avait-il ajouté. « De chez Maisonneuve ? » avait aussitôt demandé le Maltais, qui savait que l'héritier laissait filer de temps à autre quelques-unes des œuvres impressionnistes léguées par son père pour monter sa collection d'horreurs contemporaines avec son comparse Julien Champac.

La seule évocation de ce dernier fit se crisper le visage de Koronis. Voilà un homme dont l'arrogance lui déplaisait infiniment depuis qu'il l'avait trouvé en travers de son chemin. Frank Marchelet slalomant entre les voitures, nombreuses en cette fin d'après-midi, lui rendit son sourire. « Dommage, pensa-t-il, que ce garçon ait un handicap aussi lourd pour un joueur coté " scratch " comme moi. Nous pourrions faire une belle équipe. » Mais pour l'heure, il n'était pas question de golf.

29

John Lutty claqua la porte de sa bibliothèque avec une rare violence. Le milliardaire anglais avait de quoi bouillir de rage. Par deux fois, il avait été offensé. Et par une femme, encore !

« Cette pute d'actrice m'a traité comme de la merde ! » hurla-t-il en tournant autour du grand chevalet de chêne sur lequel reposait l'*Adoration des mages*, de Mantegna, qu'il venait d'acquérir.

Ni la beauté du tableau, ni les quinze millions de dollars qu'il représentait ne le calmèrent.

« De la merde ! Elle m'a pris pour de la merde et mon argent avec ! La salope ! La pute ! »

Barbara Garden, duchesse de Richmond, nouvellement veuve de son état, venait de lui infliger deux camouflets cuisants.

Une première fois en éloignant de ses cuisses et de ses seins les mains baladeuses de Lutty, elle avait refusé de l'épouser.

« Vous êtes trop vieux, mon cher John ! J'ai besoin de chair fraîche après cette cure en gérontologie auprès du pauvre George Andrew.

— Mais vous avez toujours eu de jeunes amants ! avait-il rétorqué. Je vous laisserai entière liberté en ce domaine, comme le faisait George Andrew.

— Avec la seule différence que, contrairement au duc,

mon cul vous intéresse alors que votre décrépitude me révulse ! Non, non et non ! J'attache désormais trop de prix à ma liberté. »

Une seconde fois, ce fut à propos du prix de cette liberté pour laquelle John Lutty proposa à la duchesse quelques liquidités. Barbara Garden le regarda éberluée et il se hâta de préciser :

« Donnant, donnant, bien sûr, ma chère amie ! Pourquoi vous priver de la valeur du tableau de Bouts acquis par le duc et qui causa sa mort ? Vingt et un millions de francs, cela représente une lourde ponction sur votre héritage. Je vous en offre... disons vingt-cinq. C'est d'accord ?

— D'abord, mon cher John, George Andrew, s'il n'avait plus la sagesse de son corps — a-t-on idée de se faire sucer à son âge ? —, avait encore celle de son esprit. Et s'il a acheté ce Bouts, c'est qu'il avait une bonne raison. Laquelle ?... En tout cas, il était sûr de faire une excellente affaire, sinon il n'aurait pas acheté. Et moi, je ne me laisserai pas gruger par un vieux filou de votre espèce !

— Je vous en prie, Barbara, je parlais dans votre propre intérêt...

— Intérêt ! Intérêt ! Je vous vois venir, John Lutty ! La vipère lubrique qui est en vous a envie de me baiser — et j'en vaux la peine, soit ! Seulement l'avaricieux en veut surtout à la collection d'œuvres d'art de la famille Richmond. Pas de ça ! Vous n'aurez ni mon cul ni le patrimoine des ducs ! »

Et elle s'était levée, renversant volontairement au passage le guéridon sur lequel était posé le service à thé en porcelaine de Saxe ayant appartenu au tsar Nicolas II. Puis, en franchissant la porte du salon, sans se retourner, de sa main gantée elle s'était tapé la fesse droite en guise de salut.

« Je peux entrer ? »

Jean Armand redressa la tête pour apercevoir par l'entrebâillement de la porte une énorme volute de fumée derrière laquelle sourirait — effrontément, il en était certain — Muriel Ustaritz.

« Oui, mais laisse ton clope au vestiaire ! »

La tête disparut quelques secondes puis la porte s'ouvrit en grand et la jeune femme fit son entrée. En la regardant, il se demanda laquelle il préférait : Ilaria la Florentine ou Muriel la Basque ? Qui vivra verra ! Apparemment, à la façon dont sa collègue se planta devant son bureau, l'heure n'était pas aux frivolités.

« Demain, en fin d'après-midi ou en début de soirée, on peut faire Toussaint l'Ouverture aux pattes. T'es mon invité.

— Merci, c'est gentil. Et ça se passe où, ta petite sauterie ?

— Entre la porte de Clignancourt et les puces. Une cour avec des boxes qui servent plus à remiser des objets volés que des bagnoles de particuliers.

— Quel dispositif as-tu prévu ? »

Muriel Ustaritz donna à son chef toutes les explications qu'il souhaitait et, ayant obtenu son accord pour l'opération, elle sortit une cigarette en s'en allant.

« Attends une minute, veux-tu ? Range ton artillerie et lis plutôt ça. »

Jean Armand lui tendit les notes expédiées par Ilaria Bellini sur le gang des Turinois. Muriel les lut attentivement puis les lui rendit. Jean l'interrogea du regard.

« Ça veut dire : un, qu'on n'en a pas terminé avec les Transalpins ; deux, qu'il y a certainement une organisation européenne puissamment structurée et que les cerveaux du genre Toussaint n'en sont que des éléments. Il y aurait donc une tête au-dessus. Ça complique les choses.

— Tu penses aussi comme cela ?

— Aussi, ça veut dire comme toi ? »

Le commissaire Armand hocha la tête. Il lui était difficile d'avouer que son « aussi » visait Ilaria et qu'il était d'un tout autre avis. Troublé, cependant, par la communion de raisonnement des deux femmes, il demanda avec son plus charmant sourire :

« Pourrais-tu me confier la fiche de Toussaint ?

— Bien sûr ! Je te la fais porter. Si, un jour, tu me demandes de prendre un verre avec un sourire aussi niais, je t'enverrai balader. Allez, salut ! »

Désarçonné, Jean Armand prit quelques instants avant d'appuyer sur le bouton de son interphone pour appeler son secrétaire.

« Maurice, apporte-moi le dossier Champac. Et vite ! »

En débouchant par la rue de Miromesnil sur la place Beauvau, Frank Marchelet ne put s'empêcher de lancer en direction des grilles du ministère de l'Intérieur un magistral bras d'honneur destiné à tous les flics de France. Ça y était! Il avait conclu un accord avec KK. D'ici à la fin de l'année, la douzaine de tableaux qu'il avait proposée serait réglée par tranches à Genève. Une pluie de dollars et de francs suisses allait tomber dans son escarcelle! C'était le grand coup tant attendu. Et, en plus, il y avait les tractations à mener aux États-Unis pour une autre dizaine de toiles et éventuellement un supplément pour KK. Enfin, il allait pouvoir s'acheter une Ferrari!

Une fois de plus, KK l'avait sidéré par sa classe et son intelligence. Tout en finesse, pas une parole de trop. Quel type! Marchelet se demandait comment un petit bonhomme octogénaire pouvait paraître aussi grand et lancer un tel jus!

Dans la galerie, Frank n'avait pas attendu plus d'une demi-minute après s'être fait annoncer pour voir apparaître KK, allègre, souriant, les mains tendues vers lui, amène malgré sa mise stricte, son costume sombre impeccablement coupé, ses cheveux teints d'un noir de jais et son regard caché derrière des verres fumés.

« Comment vas-tu, mon petit Frank ? Bien, je vois ! Tu me sembles en pleine forme. Il y a longtemps que je ne t'ai vu à Mortefontaine. Je suis sûr, coquin, que tu es allé t'entraîner pour remonter ton handicap. Je me trompe ? C'est bien cela. Je ne me trompe jamais ! »

Puis KK avait pris le rouleau de métal que Marchelet tenait sous son bras et il avait entraîné le jeune homme vers l'ascenseur.

« Viens, allons dans mon bureau. Nous y serons plus tranquilles pour examiner ces merveilles. »

L'examen s'était déroulé dans un silence quasi religieux, juste bercé par le sifflement de la respiration asthmatique du vieux Maltais. Il ne prononça que quelques mots à trois reprises. D'abord, devant les Boudin :

« Voilà qui plairait à mon ami Tateshima ! »

Puis, devant les trois Utrillo :

« Remarquables ! Les Japonais aiment beaucoup. »

KK n'avait pas besoin d'en dire plus pour que Marchelet comprît que ces toiles allaient filer au Japon, un pays qui se refuse à extrader les œuvres d'art volées. Comme par hasard !

Enfin, devant les deux Renoir, il dit, amusé :

« Quelle jolie *Source* ! On croirait une *Baigneuse* ! »

Pour Frank, cela voulait dire que KK avait reconnu les tableaux et décidé de leur donner un autre nom. Dans les fichiers des douanes et des musées, les œuvres sont répertoriées par ordre alphabétique suivant leur dénomination. Si à *Source* figure le vol d'un Renoir, à *Baigneuse* il n'y a rien. Une petite astuce à la portée d'un expert auprès des douanes aussi malin que KK.

Le Rouault, les Dufy, le Modigliani et le Manet n'attirèrent aucun commentaire. Les toiles remises dans le tube, KK avait retiré ses lunettes et fixé Frank de ses petits yeux décolorés par l'âge :

« Reviens me voir dans une semaine, j'aurai fixé les prix. De toute manière on réglera tout à Genève en plusieurs fois. Tu me fais confiance ?

— Bien sûr, Kosta ! Je suis très heureux de notre affaire.

— Affaire, affaire..., disons que nous nous rendons service. »

Service ! Il était impayable ce KK ! Des services comme ceux-là, avec des pourboires pareils, Marchelet était prêt, lui, à en rendre tous les jours !

32

Dans la voiture de maître qui glissait silencieusement sur les pentes de la colline de Fiesole, Taria von Celle et Julien Champac contemplaient, main dans la main, le collier de lumières de Florence scintillant sous leurs yeux. A un moment, Julien se retourna et aperçut les phares de la voiture qui les suivait depuis leur départ de la villa San Michele où ils résidaient.

« Pourquoi t'inquiéter ? remarqua Taria. Tu sais bien que c'est Serge. S'il a décidé d'assurer notre sécurité, rien ne l'en fera démordre, tu le connais. »

La voix douce de son amie et l'évidence de son argument calmèrent un peu Julien que cette protection rapprochée, depuis maintenant une quinzaine de jours, commençait à agacer sérieusement. D'autant que rien d'anormal n'avait été décelé.

« Tu as raison, lui sourit-il, mais je crains autant pour Serge que pour nous. Il devrait laisser travailler ceux qu'il a recrutés. D'eux, je me fous totalement.

— Ce que Serge fait pour toi, tu le ferais pour lui. Alors ?

— Alors, justement, je n'aime pas que mes amis s'exposent.

— Serge ne s'expose pas à grand-chose puisqu'il ne se passe rien. Mais il a raison d'être prudent, nous sommes au pays de la mafia. Et tout peut arriver. »

D'un geste brusque Taria retira sa main de celle de son amant, ouvrit sa pochette brodée d'or et en sortit un pinceau à maquillage qu'elle pointa sur le cœur de Julien.

« Pan ! Pan ! Tu es mort ! La mafia m'a " retournée ", je suis l'exécuteur. Pan ! Pan ! Je t'achève. »

Et Taria éclata de rire, ravie de sa farce. Puis elle se jeta dans les bras de Julien et le couvrit de baisers. Sa robe de taffetas de soie rouge magenta, aux larges épaulettes rondes et aux manches courtes et gonflées comme des pivoines, crissait voluptueusement au rythme des baisers qu'elle déposait, vorace, sur les joues, le front et dans le cou de son amant.

« Je suis bien mort, souffla-t-il, car je suis au paradis ! »

Le repoussant tout à coup et l'agrippant aux épaules, Taria lui dit, l'air grave :

« Reste dans ce paradis-là. N'en cherche pas d'autre, sinon ce sera la mort ! Pour nous deux. Avec l'enfer en prime ! »

La limousine s'était arrêtée à l'entrée du quai Guicciardini, le long de l'Arno. Un cordon de policiers en barrait l'accès et ne laissait pénétrer que les véhicules dont les passagers étaient munis du carton d'invitation pour la soirée Magnifico du signore Benedito Orsi. Julien Champac profita de l'arrêt pour se dégager de Taria et, ouvrant la porte, il sortit. Tendant la main, il l'aida à descendre à son tour.

« Viens, marchons plutôt quelques mètres jusqu'au palais, cela nous fera du bien. Il fait si doux. Viens, ma belle ! »

Taria le suivit, s'accrochant à son bras. Elle admira en contrebas du quai l'Arno qui semblait assoupi. Ses eaux mortes s'étalaient sous les reflets lunaires comme un glacis transparent d'une peinture de Giovanni Bellini. Elle confia cette impression à Julien.

« Tu sais, ce si beau lac dans l'*Allégorie sacrée* ! Cela me trouble autant.

— Tu pourrais très bien y figurer la Vierge.

— Et toi, saint Sébastien !

— Merci, je n'ai aucune vocation de martyr !

— Je l'espère pour toi ! »

Ils étaient maintenant parvenus à la hauteur du palais Orsi, tout illuminé mais défendu par un service d'ordre omniprésent.

« On entre plus facilement à la prison de la Santé ! » lâcha Champac, amusé.

Taria le pinça au bras et, levant la main pour toucher le bois d'une torchère, lui lança sur un ton de reproche :

« Arrête de dire des bêtises, tu vas nous attirer la poisse ! »

Julien haussa les épaules et s'intéressa aux invités pressés dans le jardin. Il distribua de la tête quelques saluts puis leva les yeux vers les balcons et la terrasse où, par grappes, d'autres invités prenaient le frais avant de s'enfermer pour le dîner.

« Tu cherches une Italienne, peut-être ? demanda Taria, acide.

— Oui. Letizia. »

Pour Julien ce n'était qu'un demi-mensonge car, s'il cherchait à repérer Ilaria Bellini, la comtessa da San Friano l'avait averti qu'elle avait des présentations importantes à lui faire. Sans en dire plus. Il aperçut d'ailleurs la comtessa qui, depuis un balcon du premier étage, lui faisait de grands signes.

« Viens, Taria, montons la rejoindre. »

**
**

Arrivée bien avant Julien Champac, Ilaria Bellini avait parcouru les pièces du palais Orsi avec fébrilité. C'était la première fois qu'elle visitait cette demeure patricienne d'une des plus anciennes familles de Florence. Son père lui avait parlé des importants tableaux qui y étaient enfermés. Certaines pièces dataient de la période byzantine, comme une très belle *Vierge* de Pietro di Belizo e Belluomo qu'elle venait d'admirer en haut de l'escalier débouchant sur les vastes salons du premier étage, où étaient dressées les tables pour le dîner. Porcelaines précieuses, cristal et argenterie, tout resplendissait sous les grands chandeliers d'argent ou de bronze dont les flammes des bougies dansaient dans le courant d'air frais de la climatisation.

Dans le salon d'apparat trônait un imposant Goya de plus de trois mètres sur deux, une *Scène de famille* : autour d'une table de jeu, éclairée par un unique photophore, tous les membres d'une famille d'un grand d'Espagne, depuis le vieillard aux mains et au visage vinaigrés par une mort prochaine qu'il fixe dans un regard halluciné jusqu'au petit enfant aux joues roses et aux yeux ronds et perdus dans cet univers des hommes qu'il appréhende. « Superbe ! Absolument superbe ! » se dit Ilaria, fascinée par l'attitude de chacun des personnages, par les coloris tendres et vifs à la fois. Reculant, elle bouscula un groupe de faux admirateurs qui, rassemblés près de ce chef-d'œuvre un verre à la main, discouraient sur leurs vacances passées. « Les imbéciles ! » ne put s'empêcher de murmurer la jeune Italienne.

Se frayant un chemin vers le salon suivant, elle fut abordée par un quinquagénaire bronzé, à l'épaisse chevelure noire et bouclée, tiré à quatre épingles dans un smoking de soie, les mains virevoltantes et couvertes de bagues.

« Mademoiselle Bellini ! Que je suis heureux de vous accueillir chez moi ! J'étais très ami avec votre père qui vous a longtemps cachée à notre admiration. Vous êtes superbe ! Si, si, vraiment ! Au fond, je comprends Silvio. Nous, les véritables amateurs d'art, ce que nous avons de plus précieux, nous le cachons pour en profiter égoïstement. Aussi, je ne lui en veux pas. Que la Sainte Vierge lui assure le repos de son âme parmi les trésors de Dieu. »

Surprise et un peu étourdie par les propos du maître des lieux, Ilaria ne put que bégayer :

« Mais... monsieur Orsi, mon père ne... Euh..., mon père, monsieur Orsi, ne me cachait pas. C'est moi qui...

— Mais oui, je sais ! Plutôt que de courir la bonne société florentine, vous préfériez passer vos journées à vous enfermer dans les musées et vos soirées à étudier. Parce que c'était le souhait secret de votre père que vous aviez, en fille aimante et respectueuse, deviné et que vous teniez à respecter.

— J'y ai toujours pris goût, vous savez.

— Au point de succéder à votre père. Il m'a été rapporté que le ministère vous avait confié sa charge. Une tâche écrasante et... »

Benedito Orsi se pencha à l'oreille d'Ilaria et murmura :

« ... dangereuse ! Faites attention, bellissima, la beauté des œuvres d'art cache souvent les pires turpitudes. Votre père a pris de nombreux risques en son temps. Devant son acharnement, certains désiraient son élimination physique. Aussi, je vous en prie, faites attention ! Vous êtes si jeune et si jolie ! »

Le marchand florentin fit un pas en arrière et, s'emparant de la main de la jeune femme, il la fit tourner sur elle-même deux fois. Le bas de sa robe de dentelle noire smokée s'évasa en corolle accompagnant le mouvement et mettant en valeur le galbe de ses hanches et la finesse de sa taille.

« Superbe ! Divine ! Vénus sous mon toit ! »

Le visage d'Ilaria s'était empourpré ; d'autant qu'un grand nombre d'invités formaient maintenant cercle autour d'eux.

Benedito Orsi lança à leur intention :

« Voici notre reine de la nuit ! Voici la beauté ! Botticelli, Titien devant nous. On ne peut qu'applaudir et se prosterner ! »

Orsi se pencha pour baiser la main d'Ilaria qui reconnut, derrière son hôte, Julien Champac souriant et Taria von Celle la fusillant du regard. Quand les applaudissements cessèrent, Taria glissa à Orsi sur un ton de fausse confidence que tous les proches invités purent entendre :

« J'espère, cher Benedito, que ce joyau fera bientôt partie de vos collections personnelles. Mais pas du côté des Vierges.

— Taria ! Julien ! Je désespérais après vous, s'écria Orsi sans relever la perfidie de l'Allemande. Venez, j'ai à vous parler. Mes amis, occupez-vous bien de notre reine », ajouta-t-il en s'éloignant.

Aussi vite qu'il avait fondu sur Ilaria, le marchand disparut dans un buisson d'invités, poussant devant lui Taria et Julien. Quelques pas plus loin, ils tombèrent sur la comtessa da San Friano, venue à la rencontre de ses amis.

« Comtessa, je vous confie Taria. Il faut que je parle immédiatement à Julien. Molto importante ! Pardonnez-moi !

— Mais, moi aussi ! protesta Letizia da San Friano. Et c'est tout aussi molto, molto importante ! Alors...

— Chère comtessa, il vous faudra patienter car j'enlève notre ami au nom de la première prise — je l'ai vu avant vous — et en ma qualité de maître des lieux. Je regrette !

— Allons nous enivrer, alors ! conclut la comtessa en prenant Taria par le bras. Ne tardez pas trop, Julien. »

Champac fit un signe de tête affirmatif et suivit Benedito Orsi dans son bureau-bibliothèque. A peine entré, découvrant une splendide peinture posée au-dessus de la cheminée de marbre blanc, Julien siffla d'admiration.

« Tu as réussi à acheter le Titien des Talbi de Gênes ! Le vieux a fini par céder ?

— A sa mort, oui. Ce sont ses héritiers qui me l'ont vendu. Mais son passage ici sera bref, j'ai trouvé acquéreur.

— Étranger ?

— Hélas, non ! A cause des musées qui le convoitent, le tableau est interdit d'exportation. Cela diminue sa valeur marchande de plus de la moitié mais tant pis ! Assieds-toi, je te prie. On a un problème sérieux.

— Lequel ?

— La collection Marcos. Enfin les toiles qui nous concernent : le Michel-Ange, les deux Véronèse, le Greco et le Zurbaran. Les flics américains, après avoir enquêté à New York, à Paris et sur la Côte, sont maintenant en Italie.

— Que peuvent-ils te reprocher ? Avant leur destitution, les Marcos, enfin la femme, Imelda, étaient tes

200

clients. Tu leur as vendu de la marchandise. C'est ton travail.

— Bien sûr. Seulement ces toiles, tu sais bien que nous les avons fictivement rachetées et les Américains ont flairé le coup. Voilà.

— Eh bien, qu'ils flairent et s'usent la truffe, ces chiens ! Notre montage est parfait. Tranquillise-toi. A la limite, même si cette emmerdeuse d'Imelda Marcos vendait la mèche, elle ne pourrait rien prouver. Rien ! »

Les fabuleux tableaux de la collection Marcos avaient été acquis juste avant le coup d'État par deux sociétés panaméennes contrôlées par Champac et Orsi. L'argent avait été versé sur un compte d'une autre société, aux Antilles néerlandaises, qui leur appartenait également. Ils n'avaient donc pas déboursé un centime et, en plus, c'est eux qui avaient les toiles en dépôt dans un coffre à Zurich. Quand les Marcos réclameraient leurs tableaux, ils les leur rendraient moyennant la commission fixée, c'est-à-dire le Zurbaran. S'ils les réclamaient un jour...

« Réfléchis à une chose, Julien. Le Michel-Ange et les Véronèse ne devaient pas sortir d'Italie. Pour cela, nous avons simulé des vols. Si les Américains découvrent ça, je suis foutu, ici. »

Visiblement, Orsi était perturbé. Certes, il y avait un risque que l'enquête débouchât sur ce point précis et cela pouvait être ennuyeux pour le marchand florentin. Cependant, ce risque était très faible, quasi nul selon Julien qui s'efforça de rassurer son ami.

« Pour que tu sois inquiété, il faudrait que les flics sachent ce qu'ils cherchent. S'ils t'interrogent, tu les enverras d'abord promener. S'ils insistent, tu reconnaîtras que tu as bien vendu — avec moi — certaines toiles aux Marcos. Lesquelles ? Tu leur refileras des photos de peintures qui sont encore dans nos réserves et de bien moindre valeur. Point final. Cela gèlera pendant un temps notre capital mais brouillera définitivement, je dis bien dé-fi-ni-ti-ve-ment, les pistes. »

Tout à coup rasséréné, Benedito Orsi se leva de derrière le monumental bureau Mazarin où il s'était

201

retranché pendant toute la discussion. Tapant du plat des mains, il s'exclama, détendu :

« Julien, tu es un ami en or ! Et un sacré diable ! Allons boire et faire la fête !

— D'accord, mais seulement quand j'aurai confessé Letizia. »

L'image fit éclater de rire Benedito.

« La comtessa à confesse ! Dis, tu vois Letizia dans un confessionnal ? Même à travers la grille, elle serait capable de faire une pipe au curé. Ha, ha, ha ! »

En sortant de la pièce, Benedito Orsi, congestionné par sa crise de fou rire, eut tout de même le réflexe de fermer à double tour la lourde porte de bronze sculpté.

« Personne, dit-il à Julien avec un clin d'œil appuyé, ne sait que j'ai là le Titien des Talbi. Chut ! »

Abasourdie par le trait vipérin que lui avait lancé publiquement Taria von Celle, Ilaria Bellini n'avait pas remarqué tout de suite qu'une main lui tapait sur l'épaule avec insistance. Enfin elle se retourna et ne put retenir une exclamation de surprise. C'était Daniel Turana avec son air de timide coincé qui regrettait déjà ce qu'il venait d'oser et souhaitait disparaître à mille pieds sous terre. Plutôt ravie de voir devant elle le jeune marchand dans la circonstance présente, Ilaria lui avait souri.

« Mademoiselle Bellini, puis-je vous faire une demande ? »

Ilaria avait acquiescé d'un signe de tête.

« Voilà. Comme le hasard me sera contraire et que nous ne dînerons certainement pas à la même table, acceptez-vous de bavarder quelques instants avec moi ? »

Tout en parlant, Daniel Turana avait entraîné la jeune femme vers le cabinet des dessins. La pièce étant plongée en permanence dans une semi-obscurité favorable à la conservation des œuvres exposées, les invités y étaient moins nombreux. Voyant qu'Ilaria se détendait en contemplant les nus de Benvenuto Cellini et du Bronzino, il lui confia :

« Savez-vous, mademoiselle Bellini, ce que disait Pirandello ? Non ? Eh bien : " L'art venge la vie. " Je trouve cela très juste. Et vous ?

— Peut-être. Nous avons le temps de voir, ne croyez-vous pas ? Que pourrait bien avoir l'art à venger dans nos courtes vies ?

— Euh... disons, par exemple... euh... quand vous m'abandonnez au restaurant. »

Ilaria se tourna si brusquement vers Daniel que celui-ci fit un pas en arrière. Ce geste incontrôlé fit retomber la colère qui venait de sourdre en elle. Au lieu d'attaquer, elle dit doucement mais avec fermeté :

« Que ce soit clair, Daniel, je n'éprouve rien d'autre pour vous que de la tendresse. Une tendresse fraternelle puisque nos cœurs battent pour les mêmes choses, les œuvres d'art. Est-ce bien clair ? »

Comme beaucoup de timides qui sont dépassés par des accès de hardiesse, Daniel affirma d'une voix qu'il n'aurait jamais voulue si forte :

« C'est donc bien Champac que vous aimez ! »

La colère d'Ilaria revint aussi vite qu'elle s'était dissipée. Elle agrippa Turana par le revers du col de son smoking et, tout en le secouant, le conduisit devant une grande sanguine de Macchietti.

« Voilà, lui dit-elle à haute voix, regardez bien ce tableau. Il va vous venger de moi ! Et, une fois pour toutes, foutez-moi la paix ! Ma vie privée ne vous regarde pas !

— Je vous le promets. »

Se radoucissant devant le désarroi du jeune homme, Ilaria ajouta avec plus de calme :

« Ne promettez pas et restons-en là. D'accord ? »

La comtessa da San Friano avait bien choisi l'endroit pour une conversation privée. Le balcon dominant le jardin pouvait tout juste contenir quatre personnes et ils étaient cinq, Taria, Julien, la comtessa et deux hommes qu'elle présenta :

« Voici monsieur Salieri, de Palerme et... Miami, et monsieur Miranda, de Bogotá. Ils ont beaucoup insisté auprès de moi pour t'être présentés.

— Quels bons sentiments, enfin, c'est une expression, animent donc la mafia ?

— Julien ! soupira la comtessa, le regard soudain affolé, Julien !

— Soyons clairs, insista Julien en dévisageant les deux mafiosi, quand on vient de Sicile et de Colombie et que l'on porte le smoking comme des gardiens de chèvres, à quel monde peut-on appartenir ? Je le demande ! Pas au tien, comtessa. Pas au mien. »

Les deux hommes, qui avaient verdi sous l'insulte, se tinrent cois.

« Comme vous ne semblez pas bavards, je vais faire la conversation. Vos employeurs, parce que vous n'êtes que des secondes mains, cela se voit, vos employeurs, donc, ne sachant plus quoi faire de l'argent qu'ils amassent avec la drogue, s'intéressent au commerce de l'art, persuadés qu'il y a de gros profits à réaliser. Or l'art c'est l'éducation et ils n'en ont pas. Alors, ils voudraient bien que moi je leur donne un coup de main, que je les éduque, quoi. On ferait échange : un peu d'art contre un peu de drogue. Eh bien, non ! Jamais je n'ai touché à la drogue et je n'y toucherai jamais ! Allez dire cela à vos maîtres. S'ils veulent faire dans le marché de l'art, qu'ils changent de méthodes. Je serai dans quelques jours à Miami. Nous avons là-bas une relation commune. Elle servira d'intermédiaire. Bonne soirée, messieurs ! Je vous en prie, ne sautez pas par le balcon, passez par les salons. »

D'un coup d'épaule, Julien rouvrit la porte-fenêtre que la comtessa avait fermée au début de leur conversation.

« Regardez bien ce qui vous entoure, ajouta-t-il. Pas les gens, nous ne sommes pas meilleurs les uns que les autres, mais ces murs couverts de fresques, de tapisseries, de toiles des plus grands maîtres de l'Europe. Eh bien, sachez qu'à tout cela, même si vous pouvez l'acquérir avec le sale argent de la drogue, à tout cet art jamais vous ne pourrez donner une âme. Parce que vous êtes incapables de l'aimer ! »

Sans ménagement, il poussa les deux mafiosi devant lui. Quand ils se furent éloignés, il se retourna vers Taria et Letizia, très pâles malgré leur maquillage.

« Allons, c'est la fête ! Il est temps de passer à table, je meurs de faim ! »

33

Jean Armand frappa à trois reprises sur la porte coulissante de l'estafette commerciale sur les flancs de laquelle on lisait, en grosses lettres blanches : Plomberie Travier. La porte s'entrebâilla puis, le commissaire ayant été reconnu, glissa franchement pour le laisser monter. Il flottait une forte odeur de tabac blond qui lui fit froncer les narines. C'était si désagréable qu'il faillit le dire mais Muriel Ustaritz le devança :

« Je sais, c'est un petit habitacle et j'aurais pu me dispenser de fumer. Mais j'y suis toute seule et cela n'empoisonne que moi ! Vu ? »

Le commissaire n'insista pas. D'autant que la Basque avait plutôt l'air de mauvais poil. Trois heures de planque sans résultat, cela met les nerfs en pelote. Il écouta la jeune femme lancer des appels de contrôle aux différents membres de l'équipe postés dans le secteur, tout autour des boxes à remise où devait venir ce soir-là Gérard Toussaint, dit Toussaint l'Ouverture, chef probable de tous les réseaux de pilleurs de châteaux du nord de la France.

Personne n'avait rien à signaler. Le quartier était calme. Malgré la chaleur estivale, les rues et les fenêtres étaient désertes. Tout le monde regardait le match de foot à la télé.

« Ça tombe bien, ce match, remarqua Armand. On est peinards. »

N'ayant obtenu aucune réaction, il changea de sujet.

« Cette estafette, c'est un maquillage maison ? Plomberie, ça ne manque pas d'humour !

— Non, ce n'est pas de l'humour, c'est de l'intelligence ! répliqua Muriel. Elle appartient à un vrai plombier qui habite la rue et stationne souvent à cette place. Elle ne choque donc pas dans le paysage.

— Bien vu ! Et le plombier, il vous la loue ?

— Non. On squatte.

— Équipe 2 appelle central ! Équipe 2 appelle central !

— Central. J'écoute !

— Notre homme est en vue. A pince. En compagnie : deux hommes. A trois cents mètres du point chaud. Terminé.

— Ça y est, dit calmement Muriel en posant son talkie-walkie.

— J'avais compris. »

De longues secondes s'écoulèrent en silence. Muriel avait éteint sa cigarette et attendait. Jean l'imita sans plus rien dire. L'appareil grésilla enfin.

« Sont dans la cour. Toussaint ouvre un des boxes. Ils entrent tous les trois. Terminé.

— Central à toutes les équipes. On referme le dispositif. Viens, dit Muriel en faisant glisser la porte, cette fois on y va. »

Le commissaire suivit son inspecteur et ils se dirigèrent en courant vers la cour des boxes, à quelques enjambées de là, de l'autre côté de la rue. Au moment où ils arrivaient devant le portail marquant l'entrée, un coup de feu éclata. Puis un second.

« Tu as donné l'ordre de tirer ? questionna Jean Armand.

— Jamais ! »

Un troisième coup de feu tonna, suivi d'une cavalcade.

Au pas de course, ils se précipitèrent vers l'entrée de la seule remise ouverte et éclairée. Ils y parvinrent en même temps que l'inspecteur Aulenti, l'équipe 2, pour voir déboucher de l'intérieur deux types, les bras en l'air, poussés par l'inspecteur Lebœuf.

« C'est toi, Lebœuf, qui as tiré ? grogna Jean Armand.

— Non, chef !

— Et Toussaint ? questionna Muriel.

— S'est échappé par le fond du box ! Il y a une trappe qui donne dans une autre cour. J'ai seulement pu coincer ces deux-là. Des Néerlandais.

— Mais qui a tiré ? Bordel de merde ! Où est Dubois ? » hurla Armand.

Ils étaient maintenant rassemblés à l'extérieur de la remise quand une voix venant des toits des boxes retentit :

« Vous, en bas, les mains sur la tête ! On ne bouge plus !

— On ne bouge plus ! » martela une seconde voix.

Tourné vers Muriel, Jean Armand maugréa, tout en s'exécutant :

« Mais qu'est-ce que c'est que cette merde, Muriel ? Ces types avaient une protection et vous ne l'avez pas remarquée ? Chapeau ! »

Sans se démonter, Muriel Ustaritz répondit doucement :

« Vu leur méthode, ce serait plutôt des gens de chez nous.

— Quoi ! De l'antigang ? Des cow-boys à ce fumier de Retz ? Ah, bravo ! »

Ils n'eurent pas le temps d'en dire plus car la voix tonitruante du commissaire adjoint Claude Dubois éclata au-dessus de leurs têtes, sèche comme un coup de feu.

« Vous, les deux albatros au bord du toit, vous lâchez vos flingues et vous reculez de deux pas pour vous mettre à genoux. On ne se presse pas, mais on ne traîne pas non plus. Je ne répéterai pas !

— Merci, Claude ! cria Jean Armand en baissant les bras. Bien joué !

— Qu'Aulenti grimpe récupérer les armes, ordonna Dubois qui précisa : Ce sont ces messieurs qui ont tiré sur Toussaint. L'ont manqué les deux premiers coups, mais je crois bien qu'il a morflé au troisième. Pas vrai, les petits chasseurs ? »

L'inspecteur Aulenti, qui, en bon sportif, venait par un prompt rétablissement de se hisser sur les toits, s'écria :

« Commissaire, je les connais ces oiseaux ! Ce sont des antigangs !

— On s'en fout ! lui répondit Armand en jubilant. Tu ramasses les pétards. Si on retrouve Toussaint refroidi, ils serviront de pièces à conviction. Je vais leur montrer à ces connards si la chasse est ouverte sur mon territoire ! »

Puis, en aparté à Muriel et se frottant les mains de satisfaction :

« Je vais lui faire bouffer les bords de son chapeau à Retz ! Bouffer... »

34

Les deux hommes observaient Ilaria Bellini toujours inanimée. Allongée sur la banquette arrière, la tête appuyée sur les genoux de Julien Champac, elle semblait dormir. Elle remua enfin faiblement, tourna la tête et entrouvrit les yeux pour les refermer aussitôt. Puis elle les rouvrit entièrement et reconnut Julien penché au-dessus d'elle. Au même instant, elle entendit une voix sourde constater :

« La voilà qui refait surface. Dis, tu parles d'une pêche qu'elle lui a mise, Taria ! »

Ilaria enregistra le propos. Elle se revit dans une des salles à manger du palais d'Orsi, soudain tirée de sa chaise par une furie rouge qui la giflait en la traitant de « putane » et de voleuse avant de la frapper encore violemment. Et ce fut le grand trou noir.

Heureux de la voir reprendre ses esprits, Julien caressa doucement les cheveux d'Ilaria. La scène chez Benedito Orsi avait été à la fois brutale et très rapide. En s'asseyant à la table du maître de maison, Julien avait eu la joie d'y voir Ilaria installée pratiquement en face de lui mais, hélas, pas très loin non plus de Taria qui les avait tous les deux sous son regard. Très discrètement — du moins l'avait-il cru —, Julien avait adressé à la belle Italienne plusieurs sourires et de légers signes de la main, payés de retour. Gestes qui se voulaient innocents ! Mais peut-être pas assez au goût de Taria qui avait soudain bondi de sa place pour se précipiter sur Ilaria en la traitant de putain et de voleuse.

Elle l'avait giflée par deux fois puis expédiée à terre d'un coup de poing au menton. Sans même un regard pour Julien, elle avait quitté la pièce droite comme un hallebardier. Champac avait alors énergiquement repoussé tous ceux qui s'étaient précipités auprès de la jeune femme allongée sur le sol, inconsciente, et l'avait prise dans ses bras. Avec l'aide de Serge Lombard, il l'avait transportée hors du palais et installée à l'arrière de la limousine.

Et maintenant voici qu'il la tenait dans ses bras, ce qu'il n'aurait jamais rêvé pour cette soirée...

Encore groggy, Ilaria reprenait lentement conscience. Elle demanda qu'on la conduise à Uzzano, dans le sud de Florence, où les Bellini possédaient une magnifique villa toscane du XIIIe siècle. C'est là qu'elle avait passé son enfance.

A peine arrivés à la villa, Ilaria, qui était maintenant tout à fait réveillée, demanda à Julien de la mener à sa chambre. Et c'est elle qui le pria de rester.

De longues minutes ils demeurèrent immobiles dans la pénombre. Le rythme de plus en plus lent et bientôt coordonné de leurs respirations ne parvenait pas à masquer ce trouble, cette peur même, du premier contact. De longues minutes d'intense bien-être. Comme si l'éternité était concentrée dans ce moment-là. Unique. Elle lui saurait toujours gré de cette attente. Toujours.

Puis elle se rapprocha de lui à le toucher. Pieds joints contre pieds joints, genoux contre genoux, ventre contre ventre, poitrine contre poitrine et puis lèvres contre lèvres. Son bras droit entourant ses reins, il serra contre lui ce jeune corps qu'il sentait glacé. Jambes et bras mêlés, cuisses croisées, il finit par s'immobiliser sur elle. Ou elle sous lui, pour sentir son poids de chair et de muscles l'écraser, l'étouffer. Mais, en appui sur ses genoux et ses coudes, il se fit léger. Léger pour caresser la rondeur de ses épaules, embrasser son cou, sa gorge et mordiller ses seins. Ses lèvres charnues revinrent écraser les siennes, les mangeant comme un fruit mûr. Puis sa langue dure et vive pénétra sa bouche, glissant sur ses gencives et son palais. Et le roulis reprit avec des frémissements par tout leurs corps. Jusqu'à ce qu'ils soient hors d'haleine et s'immobilisent l'un sur l'autre.

Longtemps après, alors qu'ils reposaient inertes, comme si une sauvage tempête les avait rejetés, naufragés de l'amour, sur la plage chaotique du lit défait, elle se tourna vers lui, admirant ce corps brun d'homme fait, complément de son corps pâle et maladroit de jeune femme, et elle l'attira contre elle alors qu'un premier rayon de soleil entrait dans la chambre.

35

Après avoir tracé une boucle vers le large, pour mieux prendre le vent, le canot automobile piqua en accélérant vers l'enfilade de sable et de béton de Miami Beach. Les bretelles du harnais se tendirent et arrachèrent une grimace à Ilaria Bellini quand son parachute prit de la hauteur.

Depuis une semaine, c'est-à-dire dès leur arrivée en Floride, Julien Champac l'entraînait chaque matin pour une promenade en parachute ascensionnel, la nouvelle folie du Tout-Miami. « Toujours plus de liberté, c'est ma devise, lui avait-il dit, en ajoutant au creux de son oreille : Et toujours plus de bonheur ! »

Au bout de deux jours fous d'amour à Uzzano, il avait décrété :

« Je t'emmène maintenant sur " mon " territoire. »

Il avait insisté sur le « mon » pour signifier qu'il voulait qu'elle le connaisse mieux et vite. Il avait ajouté :

« Tu ne seras pas dépaysée. »

Et c'était vrai. Construite avant la Seconde Guerre mondiale par un antiquaire juif new-yorkais, admirateur inconditionnel de l'Italie, la propriété de Julien sur Key Biscayne était la copie conforme d'une villa toscane du XVIIe siècle, avec ses jardins en terrasses plantés de pins parasols et de conifères taillés, ses allées bordées de buis, ses bassins agrémentés de gros nénuphars. La seule différence était la vue qui donnait sur l'océan au lieu des collines de la campagne florentine.

Bien entendu, Julien y avait rajouté sa « patte ». Les reproductions en pierre ou ciment moulé de sculptures romaines et de la Renaissance avaient été remplacées par des œuvres modernes et monumentales de Moore, de Serra, de César, d'Arman, de Germaine Richier ou de Niki de Saint-Phalle et de Tinguely. Enfin, hors quelques meubles anciens, l'intérieur de la villa était entièrement consacré à la peinture contemporaine. Un univers très différent de celui de la jeune Italienne, et auquel Julien désirait l'initier.

« Vois-tu Ilaria, la peinture ancienne, c'est d'abord une approche du savoir. L'art contemporain, au contraire, c'est une approche des sens. C'est la vie ! »

Lui-même était un concentré de vie. Il ne tenait pas en place, explosait à tout moment. D'Uzzano à Rome, il avait conduit le cabriolet Alfa Romeo d'Ilaria comme un Italien, c'est-à-dire comme un fou. Avec des arrêts impulsifs pour acheter des fruits au bord de la route, pour visiter une cave et goûter un chianti, pour découvrir une chapelle abandonnée, ou encore pour grimper au sommet d'une colline et admirer le paysage. Il enlevait Ilaria à bout de bras et lui criait en tournant sur lui-même :

« C'est bon de vivre ! De te vivre toi, entouré de tout cela ! Je t'aime ! »

Il ne s'arrêtait de faire le derviche que couché près d'elle. Là, le temps semblait suspendu à l'attente du plaisir. Il concentrait toute sa volonté, tous ses sens, tout l'amour qu'il lui portait pour faire sourdre du plus profond d'elle-même la jouissance. Il aimait donner à l'autre le plaisir plus que le subir.

« Tu es un magicien de l'amour ! lui avait-elle dit une nuit.

— Non, un créateur ! J'écoute, je façonne, j'enfante la jouissance. Ta jouissance. »

Dans ses affaires, Julien manifestait la même fébrilité, la même boulimie insatiable. A Rome, à Nice, à Paris et à Londres — car il lui était impossible de gagner l'Amérique directement —, Julien n'avait cessé, soit par téléphone, soit en visitant des galeries et des ateliers, d'acheter et de vendre. A Rome, il avait en quelques heures acheté plusieurs collages de Mimo Rotella et vendu deux huiles sur papier, des cavaliers, de Marino Marini, dont Ilaria se demanda d'où il avait bien pu les sortir. Et elle n'avait même pas pu passer à son appartement pour prendre des affaires.

« Tu t'habilleras à Paris ! »

A Nice, en un après-midi, Julien avait vérifié la bonne réception d'un monumental panneau de Rauschenberg qu'il avait fait venir de New York pour la future fondation Champ'ac de Monte-Carlo, puis ils avaient rendu visite au sculpteur Arman, à Vence, dans sa maison audacieusement recouverte de tambours de machine à laver. Pendant qu'elle se laissait surprendre par le charme déraisonnable du lieu, en se demandant si un sculpteur italien de la Renaissance aurait eu la folie de coiffer sa villa de jarres et de vasques, Julien avait parlé business. Même chose le lendemain matin à Paris, dans l'atelier de César, en compagnie d'un couple remarquable de marchands, Ariane et Paul Hanon. Là, il s'était limité à un amusant plaidoyer :

« Regarde nos yeux à tous les quatre, Ilaria. Les bleus d'Ariane, les noirs de Paul, les grosses billes de César, les miens bleu-gris. Que reflètent-ils ? La même malice, la même passion, la même force de vie : la jeunesse ! Vois les dernières œuvres de César, ses poules patineuses : géniales de vitalité ! Elles sont mutines, volontaires, conquérantes même. Elles sont un défi à la basse-cour misérable qui piaule, caquette, glousse autour de nous. Levez-vous les poulets de la terre !

— Il est le plus fou d'entre nous, avait affirmé Ariane avec gentillesse.

— Et le plus filou..., avait ajouté Paul, mi-figue, mi-raisin.

— Moi excepté ! » avait conclu César, impérial.

Le parachute prit une nouvelle fois de l'altitude et l'aspiration tira Ilaria de sa rêverie. D'un geste devenu réflexe, elle porta la main à son cou pour vérifier la présence du *Pendentif à l'agneau*, joyau en or du xve siècle, acheté à Londres par Julien pour plus de deux millions de dollars. En lui accrochant, il avait affirmé :

« Comme toi, il est unique, mais tu es beaucoup plus précieuse ! »

Pincée, elle lui répondit :

« Je suis ravie d'apprendre que je vaux plus de deux millions de dollars ! »

Il avait ri.

« Les enchères ne font que commencer, ma belle ! »

Le canot automobile filait vers Bal Harbour et le golf au bout de Miami Beach. Sur sa droite, vers le large et un peu en arrière, Ilaria aperçut Julien dont le bateau tireur remontait le sien. Elle lui fit un signe de la main droite, la gauche protégeant toujours le précieux pendentif. « Si je vaux plus de deux millions de dollars, je ne sais toujours pas ce que lui vaut : mes bras ou la corde pour le pendre ? » Elle fit la moue. Depuis une semaine, elle se laissait porter par les événements et elle n'avait aucune envie que cela cesse. Vraiment, aucune ! On ne refuse pas le bonheur. Mais ce bonheur qui était le leur, combien de temps durerait-il ?

Julien, de son côté, malgré son optimisme naturel, était lui aussi intimement convaincu de la fragilité de ce qu'ils vivaient ensemble. Ilaria n'allait-elle pas précipiter sa chute, être ce soleil où lui, Julien-Icare, se brûlerait les ailes ? C'est du moins ce que Taria essayait de lui suggérer.

Son mot reçu le matin même était bref : « Méfie-toi, Julien ! Cette petite oie est une vipère ! Amuse-toi, mais pas plus. Je te laisse un mois de vacances. » Attention, menaces, faux détachement et ton comminatoire, c'était bien Taria avec son sens du raccourci propre à masquer ses sentiments. Un sens de l'efficacité aussi puisque la lettre était accompagnée d'un rapport d'enquête réalisée par un cabinet italien de détectives privés. Il en ressortait qu'Ilaria Bellini n'était pas seulement l'agent de Sumer à Rome, mais, en fait, une sorte de super-flic officieux dépendant à la fois des services italiens de la Culture et de ceux de l'Intérieur, chargée des dossiers brûlants des vols d'objets d'art, comme l'avait été son père, Silvio Bellini. Était jointe une fiche sur les activités passées de feu papa et les activités récentes de la fille, comme sa toute dernière participation, à Bruxelles, à une réunion internationale de policiers européens. Jalouse, Taria ? Sûrement, mais aussi fine mouche !

Comme Champac l'avait ordonné aux pilotes, les deux canots automobiles filaient maintenant côte à côte. S'il n'avait fallu éviter à tout prix que les deux parachutes ne se touchent, Julien et Ilaria auraient pu se tenir la main. Ils se sourirent et s'envoyèrent des baisers.

« Nous sommes comme dans une bulle de savon, pensa Julien. Une bulle de bonheur, douce et légère. Elle finira hélas par éclater d'elle-même, ou bien par la volonté de l'un d'entre nous. A moins que ce ne soit par le fait de quelqu'un de l'extérieur. » Julien soupira.

Ces dernières années, sa vie aventureuse ne le comblait plus vraiment. Il se lassait d'un jeu devenu à la fois trop facile et trop contraignant et ses partenaires lui pesaient. L'entrée d'Ilaria dans sa vie lui était apparue comme un signe de changement. Il s'était pris à souhaiter un renouveau, il aurait aimé déposer son gros sac de baroudeur et filer, allégé, en compagnie d'Ilaria vers qui il se sentait de plus en plus attiré. Il avait besoin d'elle, de son souffle tiède sur ses lèvres, de son regard plongé des minutes entières dans le sien, de son rire. Il lui cria :

« Je voudrais être l'air qui te porte, pour me coller à toi ! »

La jeune femme se tourna vers lui, faisant signe qu'elle n'avait pas entendu. Il répéta. Elle rit d'incompréhension. Il hurla alors :

« J'ai besoin de toi ! Toi ! Toi ! »

Il n'eut en écho que son rire gai.

Un trou d'air l'aspira brutalement et il dut manœuvrer pour revenir à la hauteur d'Ilaria et manœuvrer encore pour éviter que leurs parachutes ne s'emmêlent. « Rien n'est simple. Il y a toujours des surprises, se dit Julien.

Au fond, que veut-elle ? » Comme il ne pouvait mettre en doute la sincérité des caresses de son amante, comme il croyait à leur amour, le double jeu d'Ilaria dénoncé par Taria ne le troublait pas outre mesure. D'ailleurs, durant toutes ces journées de vie commune, Ilaria ne lui avait posé aucune question indiscrète ou de caractère professionnel. Elle s'était contentée de l'interroger sur son enfance et les débuts de sa carrière.

C'était, de sa part, une curiosité légitime, mais Julien, un peu par coquetterie, avait cherché à biaiser.

« Mon passé, je l'ai oublié puisque tu n'y étais pas. Sache-le, ma belle, tout ce qui est d'hier ne m'intéresse plus. Avec toi, je veux marcher sans me retourner. »

Ilaria, futée, lui avait répondu que pour le vivre lui, au présent, elle devait au moins avoir quelques points d'appui. « Je ne peux pas me reposer sur un type bâti sur du vide. Raconte-moi au moins ton enfance et ton entrée dans la vie. »

Julien se raconta donc.

Pupille de la nation, sa mère ayant disparu, il avait été élevé par des parents adoptifs dans un village des Charentes, près de Cognac. De braves gens, ni pauvres, ni riches, juste à l'aise quand les vendanges étaient bonnes et que les négociants et courtiers des grandes maisons de cognac ne les estampaient pas trop. C'était sûrement parce qu'il avait assisté à des discussions âpres entre son père adoptif et ces « messieurs » et souvent vu pleurer sa mère, derrière son gros tablier de drap bleu relevé pour cacher sa honte, quand ils étaient contraints de brader leur récolte, qu'il était d'une extrême dureté en affaires. « Maman ! Il y a des légumes dans le jardin, des œufs, des poules, des fruits partout ! On n'a pas besoin de beaucoup pour vivre. Il ne faut pas se laisser faire ! disait Julien pour la consoler, puis il ajoutait : Moi, je ferai de l'argent pour toi ! »

Il en fit en cherchant des clous. A la forge du bourg, où il passait beaucoup de temps à contempler le feu et à regarder travailler le patron, un vieux compagnon du Tour de France qui confectionnait des armures entre deux travaux de ferrage et de charron, il rencontra son premier collectionneur. C'était un vieux fou très riche — il avait investi dans le cognac, bien sûr, mais surtout dans le papier à cigarettes — qui recherchait toutes les variétés de clous. Julien proposa ses services et écuma la contrée à bicyclette, fouillant ruines, greniers, granges, ateliers, chantiers pour dénicher des clous à plafonner, à latter, à parquet, à penture, à crochet, à pannes, à ardoises, à doublage, les clous semences, les caboches, les broquettes, les rivets, les cavaliers, les crampillons de toutes les époques et de tous les métaux, fer, cuivre, laiton, zinc, fonte, acier, etc.

Cette nomenclature savante amusa beaucoup Ilaria qui lui dit, émerveillée :

« Et tu te souviens de toutes ces sortes ? Je ne te savais pas bricoleur !

— Bricoleur, non. Je suis incapable d'enfoncer un clou ! Mais spécialiste, oui. A douze ans, s'il te plaît !

— Et tu as gagné beaucoup d'argent ?

— Pas mal et des clous aux fesses aussi !

— Des clous aux fesses ? Je ne comprends pas.

— Des furoncles. La selle de mon vieux " clou " était trop dure.

— Ton vieux " clou " ?

— Oui, ma bicyclette ! »

Après les clous, Julien avait chiné pour le compte de brocanteurs de la région des vieux outils de ferme et d'artisanat. Une fois son certificat d'études en poche, il avait été embauché, grâce à l'intervention du collectionneur, comme commis par l'un des plus importants antiquaires de la région, propriétaire de magasins à Angoulême et à La Rochelle. Son flair, son sens de l'objet, ses bonnes manières et aussi sa beauté — c'était un adolescent ténébreux aux yeux gris souris à faire craquer toutes les femmes, douairières ou pucelles — lui avaient ouvert les châteaux, les gentilhommières et les maisons de maître de la région. Il attirait les confidences des veuves comme celles des femmes volages, en quête les unes et les autres d'un peu d'argent pour continuer à vivre ou pour doubler la mise. Au pays des descendants de François Ier et de Marguerite d'Angoulême, pas un buffet deux-corps, un cabinet Renaissance, un étain poinçonné, une argenterie blasonnée, un portrait d'ancêtre ne lui était étranger.

A dix-sept ans, il largua les amarres de sa famille adoptive et de son patron antiquaire pour vivre avec une jeune veuve qui jouait les rabatteuses pour des marchands parisiens. Entre les Charentes, le Bordelais et Paris Julien fut emporté par l'amour, les gains faciles à la limite de l'honnêteté et la soif de découvertes. Marianne fut supplantée par Alexandra, Alexandra par Isa, Isa par Louise. Son commerce lui permettait de vivre seul, mais il avait compris que, pour monter dans notre société aux dehors machistes, le chemin passait par les femmes.

Héléna, une peintre portugaise dont la notoriété dans ces années soixante dominait largement le courant pictural de l'abstraction, s'enticha de lui. Julien, qui en était resté aux croûtes opaques alignées dans les couloirs et les halls des demeures provinciales, s'ouvrit à l'art moderne, au déluge de couleurs de Cézanne, Matisse, Bonnard, Picasso. Il plongea dans le surréalisme, le constructivisme, l'école de Paris, l'abstraction et comprit que la vie était là, généreuse, offerte sur la toile libre.

Malheureusement pour Julien, cette période de découverte et d'absolu dura peu : la guerre d'Algérie suçait la moelle osseuse de la Nation. Julien devait partir. Héléna soudoya médecins et officiers sans se rendre compte qu'en voulant le protéger elle en faisait un paria. Pourquoi ses amis de la Grande-Chaumière, étudiants aux Beaux-Arts, partaient-ils, eux ? Pourquoi certains mouraient ? Et lui ? Il finit par s'engager pour cinq ans dans la Légion étrangère, comme s'il avait voulu expier.

Et il expia dans les Aurès, dans le reg, dans le sable brûlant et glacial du Sahara. Mais il y découvrit ce que ses parents adoptifs, malgré leur bonne volonté et leur affection, n'avaient pu lui apporter, ce dont, de clou de charpente en bahut et scène de chasse, sa quête des objets n'avait su l'enrichir, ce dont, de femme légère en maîtresse, d'amante en amie, son donjuanisme l'avait écarté : l'amitié désintéressée et le sens du sacrifice. Il avait offert sa vie, d'autres avaient donné la leur pour la

220

sienne. Il était vivant. Ils étaient morts. En fait, il n'y avait aucune différence. Ils vivaient tous encore à l'unisson. Ces hommes, ces compagnons qu'il avait soutenus, protégés, aimés, étaient son unique et véritable famille. Sans fausse honte, sans compromis. Avec leur peur, leur innocence et ce désespoir qu'on appelle le courage.

Julien, autant par discrétion que par instinctive prudence, n'avait pas parlé à Ilaria de Gérard Toussaint ni de Serge Lombard. Il avait juste évoqué sa grande rencontre avec Gaspard Maisonneuve, l'héritier du plus célèbre marchand de tableaux impressionnistes du début du siècle, et ce qu'il en était advenu d'extraordinaire pour les deux hommes.

36

En se penchant pour rattraper les feuillets qui avaient glissé de ses genoux pendant un moment de somnolence, Gérard Toussaint ne put retenir un cri de douleur. C'était comme si, en pleine poitrine, à la hauteur des poumons, on venait de lui enfoncer un pieu. Sa plaie, à peine cicatrisée, lui sembla se rouvrir et il eut un accès de toux déchirant. Les larmes lui vinrent aux yeux et, lorsqu'il se rejeta en arrière sur les oreillers qui le maintenaient en position assise, un filet de salive teinté de sang s'échappa de ses lèvres.

La porte de la chambre où il reposait s'ouvrit brutalement et Serge Lombard se précipita vers le lit.

« Toussaint ! Oh ! mon grand, qu'y a-t-il ? »

D'une main tremblante, Gérard Toussaint désigna les feuillets épars. Avant de les ramasser, Serge Lombard essuya la bouche de son ami et le borda confortablement.

« Moins tu bougeras, moins tu auras mal, dit-il, attentionné. Ce n'est qu'une affaire de quelques jours. La balle a traversé le poumon, c'est tout. Pas d'autre bobo. Mais il ne faut pas bouger, mon grand ! Tu le sais. »

Serge Lombard posa les feuillets sur la table de nuit, tira une chaise basse et, tenant les mains de Toussaint dans les siennes, il attendit que s'effaçât la douleur.

Cela faisait près de quinze jours que Toussaint gisait là dans cette chambre en sous-sol de la maison brugeoise de

Puppy Russelmayer, veillé, soigné, conforté par Serge Lombard. Touché lors de la fusillade de la porte de Clignancourt, il s'était réfugié dans un bistrot voisin tenu par des amis arabes, lesquels, sur ses consignes, avaient averti Lombard de venir le récupérer. Il avait réussi à lui faire passer aussitôt la frontière et, au petit matin, un chirurgien complaisant lui avait ôté la balle logée dans son poumon gauche. Des jours durant, il avait déliré pour enfin reprendre conscience et laisser espérer une guérison.

« Je sais, je sais, murmura-t-il, c'est une question de jours. Mais Julien a besoin de moi. »

Il tourna son regard vers la table de nuit et ajouta :

« Le coup est faisable. Dis-le-lui. Seulement, il devra attendre que je sois sur pied. Ce n'est pas encore pour demain. »

Il soupira et ferma les yeux. Oui, c'était un casse fantastique que Champac lui proposait et, grâce à la documentation rassemblée, d'une grande simplicité. Du moins pour un surdoué comme Toussaint l'Ouverture. Il avait déjà tout calculé et s'était fait le pari qu'en moins d'une heure le bunker de Wundorf, à New York, serait neutralisé, éventré et dévalisé. Un record, dans le genre. Son chef-d'œuvre ! Oui, c'est cela, il allait réaliser son chef-d'œuvre comme un véritable compagnon.

Marcel Wundorf avait, selon Toussaint, commis l'erreur de rajouter aux systèmes de protection antérieurs de son immeuble new-yorkais de la Soixante-Cinquième Rue Est, entre Madison Avenue et la Cinquième, des moyens de détection ultra-sophistiqués. L'accumulation des détecteurs de vibrations aux fenêtres, d'interrupteurs microscopiques aux portes, d'appareils à infrarouges et de sonars pour repérer les mouvements, de palpeurs de température — le tout relié à un ordinateur central qui n'en pouvait mais — fragilisait ce que le marchand de tableaux croyait être une citadelle inexpugnable.

L'immeuble comportait six étages avec au rez-de-chaussée une vaste salle d'exposition pour le public, aux deux premiers étages des galeries pour les ventes qui ressemblaient à des confessionnaux pontificaux par leur luxe et leur ambiance feutrée, aux deux autres étages suivants des bureaux et l'immense bibliothèque, à l'avant-dernier étage les ateliers de restauration et d'examen, tout en haut, enfin, les salons et le cabinet d'étude de Wundorf. Tout cela protégé et étroitement contrôlé par des caméras reliées, en circuit fermé, à des écrans de télévision dans le blockhaus de surveillance au premier sous-sol, lequel commandait l'accès à la chambre forte du second sous-sol, blindée du sol au plafond avec une porte à multiples combinaisons, elle-même défendue par des grilles.

Là, dormaient plus de deux mille tableaux : des Boucher, des Chardin, des Manet, des Monet, des Gauguin, des Pissarro, des Renoir, des Luce et certainement une grande partie des six cents toiles de l'héritage Bonnard sur lesquelles Wundorf avait mis la main d'une façon pas très orthodoxe.

En trois générations les Wundorf s'étaient taillé un véritable empire entre Paris, Londres, Genève, New York et Buenos Aires. Mais qui dit empire dit conquêtes et razzias. Tout n'était certes pas blanc-bleu dans les affaires de Mosche, le grand-père, de Maurice, le père, et aussi de Marcel. Les ennuis n'avaient pas manqué, notamment avec le fisc français qui avait infligé à Marcel, dans les années soixante-dix, plus de trente millions de redressement d'impôts, le poursuivant aussi pour exportations frauduleuses vers les États-Unis.

Dévoiler cela en perçant la chambre forte de la Soixante-Cinquième Rue avait de quoi exciter Toussaint. Il gigota dans son lit et la douleur se réveilla aussitôt, provoquant une quinte violente et prolongée. Quand Serge Lombard retira le mouchoir qu'il avait tenu devant la bouche du malade, celui-ci était rouge de sang.

Le corps d'Ilaria se détendait sous l'action du massage savonneux pratiqué par Julien à l'aide d'une grosse éponge, douce comme une soie. Assise, le corps à demi immergé, sur une des marches intérieures du vaste bassin circulaire en dalles de marbre brut qui faisait office de baignoire dans cette pièce, plus proche des thermes romains que d'une salle de bains, la jeune femme se laissait aller à la contemplation des fresques peintes sur les murs patinés à l'ancienne. Dans un camaïeu de bleus allant de l'azuré au marine, de l'outremer au bleu pastel, du barbeau à l'indigo, étaient représentés de jeunes pêcheurs des Cyclades et de souples lutteurs aux corps d'hermaphrodites entourés de jeunes filles aux formes généreuses et au port de déesses. Féerie mythique, apaisante par la force généreuse et la sensualité qui s'en dégageaient.

Comme sous l'effet d'une décharge électrique, Ilaria se cambra vivement : les mains de Julien enveloppaient sa poitrine, faisant saillir le bout des seins. De la base des mamelons jusqu'à la pointe, des doigts glissaient, vigou-reux dans le flux, caressants dans le reflux. Sentant, vague après vague, le plaisir envahir Ilaria, Julien, la bouche collée contre son oreille, lui demanda :

« Tu aimes, ma toute belle ? »

A plusieurs reprises, la jeune femme soupira avant de répondre, taquine :

« Beaucoup... la peinture de Fassionos. Et toi ? »

Roulant les tétons entre pouce et index, Julien insista :
« Non. Ça !

— Oui ! Oui ! Continue, qu'il ne reste plus une seule
trace de miel ! »

L'allusion à leur folie du petit déjeuner, où il avait
enduit les seins d'Ilaria de miel pour les lécher ensuite, fit
éclater de rire Julien. Il accentua ses caresses, déclen-
chant frémissements, secousses et râles.

Prise dans ce déferlement, Ilaria, dans la montée de son
plaisir, entrevit les pêcheurs enlacer les déesses et les
scènes chastes peintes sur le mur s'animer en bacchanales
débridées. Elle se laissa glisser dans le bassin pour
reprendre souffle et se rafraîchir.

Quand elle ouvrit les yeux, elle surprit Julien en train
de se rhabiller. Furieuse de se voir ainsi délaissée, elle
décida de ne rien manifester du plaisir qu'elle avait eu et
demanda de la voix la plus neutre qu'elle put :

« Julien, tu ne m'as pas dit pourquoi tu aimais la
peinture de ce Grec. Cela ne correspond à rien de ce qu'il
y a dans ta maison, de ce que tu collectionnes ou de ce que
tu vends. Je me trompe ?

— Non. Le monde d'Aleco, c'est celui des rêves
d'enfance. C'est le jardin secret que l'on porte en soi.
C'est un univers de chaleur et de lumière, de tendresse et
de pudeur. J'aime passionnément la mer, le soleil cuisant
de la Méditerranée et les ombres fraîches des maisons
basses. Fassianos, c'est tout cela avec volupté, tranquil-
lité. C'est le ventre maternel. L'abri. »

Ilaria, qui était sortie de son bain, s'approcha de son
amant et toute ruisselante se colla contre sa poitrine. Elle
lui dit avec tendresse :

« J'aime quand tu me parles ainsi de toi. »

Surpris par son propre abandon et par l'eau qui
imbibait ses vêtements, Julien la repoussa gentiment.

« Je ne vais pas être présentable pour mon rendez-vous
avec Vargas.

— Je m'en moque bien, répondit Ilaria en écartant les
bras de Julien pour reprendre sa place. C'est si bon d'être
ensemble... et si proches. »

La sonnerie du téléphone interrompit cette effusion. Julien quitta Ilaria pour aller décrocher.

« Oui... Bien. J'arrive immédiatement. Installez-le près de la piscine. »

Il reposa le combiné, déposa un baiser sur le front d'Ilaria, murmura : « C'est Vargas » et sortit.

Ce n'est pas parce qu'il était depuis longtemps en affaires avec Luis Vargas que Julien Champac l'estimait. Dans un pays où il faut se battre sans cesse pour réussir, que ce soit dans le business, le cinéma ou la politique, le Cubain méritait cependant une marque d'intérêt.

Depuis son enfance, passée à lire les exploits de Kid Carson ou de Pecos Bill, Julien restait fasciné par la vie des aventuriers, ces marginaux qui trouvent asile dans la société et terrorisent les bienheureux moutons. L'ordinaire ne peut se passer d'extraordinaire. Pour Julien, toute vie — la sienne avant tout — se devait d'appartenir à l'extraordinaire, à l'aventure. Seulement, entre Vargas et lui, existait une différence fondamentale : comme dans les bandes dessinées, il y avait les bons et les méchants et le Cubain appartenait à la deuxième catégorie. Surtout depuis qu'il cachait derrière la fausse respectabilité de ses fonctions de maire adjoint de Miami son allégeance totale à la mafia et, pis encore, à sa branche la plus détestable, celle de la drogue. Voler les riches qui tondent les pauvres, pour Champac il n'y avait là rien de mal. En revanche, le trafiquant de drogue incarnait à ses yeux le mal dans ce qu'il a de plus pervers. Vargas pouvait donner à Champac des « mon cher ami » longs comme une péninsule, celui-ci l'avait exclu de son monde. Définitivement. Restaient un certain nombre d'affaires et un contentieux à régler.

Tout en mâchouillant son premier monte-cristo de la journée, Luis Vargas pianotait de la main droite sur la grosse enveloppe de plastique qui renfermait les deux millions de dollars versés par Champac pour compenser la perte du Monet récupéré par la police française. Le

Cubain, malgré le tic nerveux qui toutes les trente secondes lui tirait le menton vers le haut, arborait la satisfaction de celui qui se croit vainqueur et tient son adversaire ou son partenaire à sa merci. Cette arrogance exaspérait Julien.

« Mon cher ami, entre nous les bons comptes ont toujours fait les bons amis ! s'exclama Vargas en tapant cette fois du plat de la main sur l'enveloppe. Cet incident m'a mis dans une colère noire, savez-vous ? De rage, j'en ai fiché ma machette dans le mur à la place du tableau ! Ah ! il va beaucoup me manquer, ce tableau !... »

Julien Champac laissa l'autre soupirer. « Comédien, va ! » pensa-t-il, sachant bien que Vargas était plus sensible à l'argent qu'à l'art. Toutefois, comme il lui fallait entrer dans le jeu du Cubain, il dit, jovial :

« Mon cher Luis, j'ai une surprise pour vous. Si, si ! »

Sans se lever, il dégagea de derrière son fauteuil un paquet plat enveloppé dans un sac de jute qu'il ouvrit pour en tirer un tableau.

« Regardez ceci, Vargas. C'est aussi un Monet, un *Paysage de Giverny*.

— Splendide ! s'exclama le Cubain en se levant pour venir admirer le tableau. Et tout aussi frais que l'autre. »

Sur un ciel bleu lavande se détachaient des arbres sans feuilles reflétés par une eau calme du même bleu sourd.

« Il a été volé où, celui-ci, mon cher Julien ?

— A Drouot-Montaigne, il y a quelques mois, lors d'une des plus grandes ventes parisiennes. Les certificats sont là, ainsi que la facture et l'autorisation de sortie du territoire français. Tout est en règle.

— Il vaut combien ?

— Plus du million de dollars, sept millions de francs exactement. »

Luis Vargas siffla, toujours plus impressionné par les chiffres que par la peinture.

« Vous voulez me le vendre ?

— Non, je vous l'offre !

— Et pourquoi, puisque vous m'avez largement dédommagé ? interrogea Vargas en montrant du doigt la grosse enveloppe abandonnée sur la table.

228

« — Un, parce que vous étiez très attaché à l'autre tableau et que celui-ci est très proche ; deux, parce que je souhaite que nous maintenions notre collaboration car j'ai encore beaucoup d'objets et d'œuvres à faire transiter par Miami ; trois, il faut que vous me rendiez un service. »

Vargas ne retint que le troisièmement.

« Quel service ?

— Si les flics français sont remontés jusqu'ici, c'est qu'il y a une dénonciation quelque part. Je sais maintenant de qui et pourquoi. C'est moi qui étais visé. En s'en prenant à vous on a essayé de m'atteindre par la bande, comme au billard. Je veux me venger.

— Vous avez besoin d'hommes de main ? »

Champac éclata de rire.

« Non, non ! Seulement d'un coup de fil de votre part. D'ici un jour ou deux, un Français du nom de Marchelet, Frank Marchelet, essaiera de vous joindre pour vous proposer des tableaux. Refusez. Balancez-le aux flics, de préférence aux stups pour noyer le poisson. Comme ils ne trouveront pas de drogue mais des toiles, ils avertiront discrètement les spécialistes du marché de l'art. Veillez à ce qu'il soit expulsé de toute façon. Le jeu policier entrera alors dans le mien. C'est tout. »

Le Cubain ne mit pas plus d'un quart de seconde pour réfléchir. Au moment où il dit oui, sa main s'empara du tableau qu'il alla déposer sur la table près de l'enveloppe de plastique. Plus de trois millions de dollars en quelques minutes, la journée commençait bien. En même temps, il était ennuyé par le message qu'il devait transmettre à Julien Champac de la part de ses commanditaires de la mafia. Là, il ressentait certaines craintes. Il leur avait d'ailleurs dit : « Champac ne marchera pas. Il a toujours voulu travailler seul, être son propre patron. Jamais d'associé véritable. » Les autres s'en étaient moqués : « A vous d'être persuasif. Menacez, s'il le faut, mais faites-le céder ! »

« Mon cher ami, je ne sais comment vous remercier !

— Un simple coup de fil, répéta Julien. Pas plus.

— Je peux faire beaucoup plus. Beaucoup plus ! affirma Luis Vargas en reprenant la pose dans le fauteuil d'osier, ses boots en croco posés sur un bronze de Marino Marini, comme s'il s'était agi d'un vulgaire décrottoir. Julien ne put se contenir :

« Luis, si vous voulez faire beaucoup plus pour moi, retirez vos boots de cette sculpture !

— Oh ! pardon, cher ami ! Si j'éprouve de grandes émotions face à un tableau, la ferraille ne restera toujours pour moi que de la ferraille. Mais quand je dis que je peux beaucoup, c'est vrai. Mes amis et moi...

— Quels amis ? interrogea vivement Julien.

— Des amis, de bons et puissants amis, glissa Vargas. Des amis qui...

— La mafia ? Les duettistes Salieri et Miranda ? »

Évasif, le Cubain tenta de poursuivre.

« Des gens très riches, tout simplement.

— Je connais tous les gens riches de par le monde, répliqua sèchement Julien. Les vôtres, non. J'en suis persuadé.

— Certes, ils ne font pas partie des grandes fortunes officielles, mais ils ont tout de même la puissance de l'argent et plus encore puisque leur argent est, disons, libre.

— Je dirais sale.

— Eh bien, justement, mon cher ami, cet argent que vous dites sale, il ne tient qu'à vous de le rendre propre. Mes amis sont prêts pour cela à vous confier des fortunes. Placez-les en œuvres d'art. Achetez, stockez, collectionnez. Grâce à leur argent, vous serez le maître du marché de l'art. Le maître ! »

Champac s'énerva. Il avait horreur qu'on le sous-estime.

« Je suis déjà le maître, Vargas ! Du moins dans la partie qui m'intéresse : l'art contemporain. Je n'ai pas besoin du concours de vos amis. Ni de leurs narco-dollars !

— Eux ont besoin de vous. Vous ne pouvez pas leur refuser !

— Si, Vargas ! Je refuse de laver l'argent de la drogue. Je refuse que l'art s'abaisse à cela. Je refuse tout net. Continuons ensemble ce que nous avons toujours fait jusqu'ici et ne mêlons pas vos amis à nos affaires. Nous nous en porterons mieux l'un et l'autre.

— C'est impossible ! Ils vous ont choisi !

— Pas moi ! Si j'entrais dans leur jeu, je serais foutu. Foutu ! »

Julien Champac s'était levé. De toute sa taille il dominait Vargas, réfugié dans le creux du fauteuil. Il pointa son index vers le Cubain.

« Foutu, vous, vous l'êtes ! Foutu comme votre compatriote Roberto Lopo qui s'est cru malin d'entrer dans ce jeu du placement de fortunes dans le marché de l'art sans trier ses clients. Le voilà avec plusieurs mandats d'arrêt internationaux aux fesses, dont certains lancés par vos petits amis, les as du blanchiment. A la limite, on peut jouer avec l'argent des riches. On ne se baise jamais qu'entre nous. Ça finit toujours par s'arranger dans le marigot. Avec vos amis, non ! Un pas de travers et ils se croient trahis. Une perte passagère et ils pensent aussitôt être doublés. Ce sont des malades. Surtout, ils me dégoûtent ! Jamais je ne travaillerai avec eux. A fortiori, pour eux. Jamais, Vargas, jamais ! Allez leur dire. »

Luis Vargas, le cigare rivé entre les dents, était agité d'un tremblement irrépressible du menton qui lui donnait un air grotesque et apeuré. Le refus de Champac pouvait être pour lui catastrophique. Aussi se ressaisit-il. Retirant son monte-cristo de sa bouche, il le pointa vers Julien.

« Mes amis ont les moyens de vous faire changer d'avis.

— Non ! Sauf si vous leur fournissez ces moyens en prenant le risque de plonger avec moi. Pour ce qui concerne nos petits trafics présents ou anciens, qui peut aujourd'hui s'intéresser aux ventes des fausses lithographies de Dali qu'on a réalisées dans les années soixante et soixante-dix ? Je n'ai pas eu la bêtise de poursuivre ce lucratif business après que Dali eut cessé de signer toute œuvre et même tout papier vierge en 1980. Et vous avez eu l'intelligence de m'écouter. Pour les entrées en fraude d'objets d'art, de peintures, de meubles, etc., vous êtes aussi coincé que moi, non ? Alors... »

Luis Vargas téta son cigare plusieurs fois sans tirer la

moindre volute. Il le ralluma lentement, observant Champac qui tournait autour de lui, visiblement furieux. Il porta, sans trop y croire, la dernière estocade.

« Restent les toiles des Marcos. Le FBI et même la CIA seraient sans doute très contents de bénéficier de renseignements précis...

— Précis ? Précis ? Vous me faites rire ! éclata Julien. Les flics, comme vos amis, ont des soupçons mais pas de certitudes. L'écheveau est si bien emmêlé qu'un renseignement précis n'a pas plus de valeur qu'un bruit de chiottes ! Et il n'en aura jamais plus. Si vos amis pensent cela, c'est qu'ils me sous-estiment. Alors, pourquoi s'acharner à vouloir travailler avec moi ? »

L'argument était imparable et Luis Vargas leva le siège.

« Très bien, mon cher ami. Je transmettrai mot à mot notre discussion. Qu'ils se débrouillent avec. »

Comme il emportait l'enveloppe et le tableau de Monet, Julien Champac lui dit, à nouveau très calme :

« Je vois qu'en ce qui nous concerne les affaires continuent. N'oubliez pas le coup de fil aux flics ! »

Luis Vargas agita la toile en guise d'acquiescement. Julien le regarda s'éloigner puis il s'approcha du *Cavalier* de Marino Marini et l'essuya de sa manche de chemise pour effacer l'empreinte des chaussures du Cubain.

En se redressant, il aperçut, de l'autre côté de la piscine, Ilaria adossée à une grosse *Nana* de Niki de Saint-Phalle. Avec sa robe-tablier en lin rouge, gris et blanc relevée sur ses cuisses, elle était très excitante. Mais depuis combien de temps était-elle là ?

38

L'atmosphère à la table de la salle à manger-boudoir de la grande suite du Copley Plaza de Boston s'était peu à peu détendue, autant grâce aux vins californiens qu'au charme de la comtessa da San Friano. Norton Foller avait fini par abandonner cette arrogance distinguée qu'arbore tout Anglo-Saxon de la haute société et qui le protège du contact des autres comme de sa propre timidité ou de son incapacité à communiquer.

Irwing Bull, que Foller ignorait superbement, ne perdait pas une miette de la conversation entre le collectionneur américain et l'Italienne. « Saoule-le, Letizia ! Embobine-le ! Fais-lui même une pipe ! Mais qu'il achète, nom de Dieu ! » pensa Irwing, que les effets de la bonne chère rendaient gaillard. Il se caressa l'abdomen, heureux. Le chef du Copley s'était surpassé. Salade tiède d'artichauts et de homard, canard à l'orange et soufflé au chocolat, tout avait été sublime. Particulièrement les vins sur lesquels Irwing, exclu de la conversation, s'était vengé. Grand amateur de bourgognes, il avait été surpris et séduit par le chappellet 1980, un cabernet-sauvignon de la Napa Valley au nez composite de fruits rouges, et la calera seleck 1982, un pinot noir du sud de San Francisco tout en nuances de sous-bois et qui n'avait rien à envier aux classiques de la côte de Nuits.

Reposant sa tasse de café d'une façon un peu brusque

233

qui fit tinter la porcelaine, Norton Foller se tourna soudain vers lui comme s'il avait voulu sonner la fin de la récréation.

« A vous de parler. J'espère que le vin américain vous rendra convaincant. »

Irwing Bull se leva pour rejoindre le chevalet où trônait, majestueuse, l'*Annonciation* de Dirk Bouts, objet de cette rencontre. Il toussota, massa ses mains potelées à plusieurs reprises, toussota encore puis se lança :

« Comme vous avez pu vous en rendre compte depuis que vous êtes en sa présence, il s'agit bien là d'un chef-d'œuvre de la plus haute qualité, en bon état et parfaitement authentique dans toutes ses parties. Pour une peinture de cet âge, je me permets de vous rappeler que l'on situe cette œuvre vers 1450, exécutée qui plus est à la détrempe sur toile, son état est exceptionnel. Ce qui en fait toute la valeur. Et la rareté. La *Mise au tombeau* comme la *Résurrection* ne sont pas en aussi bon état. A ce propos, vous le savez, cette toile fait partie d'un ensemble de quatre peintures de Bouts destinées à encadrer la célèbre *Crucifixion* de Bruxelles. Historiquement...

— Irwing, s'il vous plaît, épargnez-moi l'historique ! interrompit Norton Foller, agacé. Vous en avez assez dit et écrit sur la *Résurrection*. Comme je ne pense pas que l'actuelle propriétaire, la comtessa, me fasse des révélations sur la provenance dernière...

— Mais, mon cher Foller, intervint Letizia da San Friano, j'ai tout bonnement racheté cette peinture au dernier représentant des Urbi, la célèbre famille d'antiquaires milanais. Apparemment, elle n'avait pas quitté leur palais depuis un siècle.

— Pas plus que la *Résurrection* et l'*Adoration*, n'est-ce pas ? »

Pour toute réponse, la comtessa adressa un gracieux sourire à l'Américain qui haussa les épaules. De son menton en galoche, il fit signe à Irwing Bull de continuer.

« On voit aussi que cette peinture a été réentoilée sur chanvre et fixée sur un châssis en pin vers le milieu du XIXe siècle, donc avant son exposition au palais Brera, en 1872, où elle figurait avec...

— J'attends de vous des explications techniques et scientifiques, Irwing ! Pas une chronologie branlante. Pour sept millions de dollars, je n'achète pas qu'un curriculum vitae ! »

Angoissé par l'idée qu'il pouvait faire manquer la vente et voir filer sa commission de trois pour cent, Irwing Bull poursuivit, la voix moins assurée tout à coup :

« La couche picturale, donc, est merveilleusement conservée. Vous pouvez admirer la beauté du rouge vermillon du lit à baldaquin et combien il a été vigoureusement brossé puis uniformisé à l'aide d'une garance. Le jaune utilisé a une caractéristique toute particulière, je dirais... »

Norton Foller s'était levé et s'approchait du tableau de sa démarche gauche et timide que les gens, impressionnés par sa physionomie de rapace, confondaient avec celle d'un grand prédateur. Ce qu'il était en affaires, il est vrai. Désignant du doigt l'ange annonciateur placé à la gauche de la Vierge en prière, il affirma très sec :

« Il y a là des restaurations.

— Oui, oui, acquiesça l'expert. Sur le visage, les mains et la robe de l'ange, vous avez entièrement raison. Et puis sur la partie verte du manteau de la Vierge. Mais il ne s'agit là que de quelques restaurations légères datant de l'époque du réentoilage. Elles n'altèrent en rien ce chef-d'œuvre. En rien, vous pouvez me croire. »

Dans le chuintement des doubles rideaux tirés par la comtessa, la lumière du jour disparut. Seul un spot halogène éclairait la toile. Elle alla l'éteindre.

Irwing Bull s'empara alors de la « lampe de Wood », lampe à vapeur de mercure, qu'il avait placée au pied du chevalet et entreprit de balayer doucement le tableau. Sous l'action des ultraviolets apparurent les repentirs du dessin préliminaire à la pointe de plomb. Plus à l'aise dans cette semi-obscurité, l'expert commenta les découvertes de ces repentirs grâce aux différences de fluorescence.

« Bouts avait dessiné des cheveux à l'ange retombant sur son épaule gauche, qu'il a ensuite cachés sous le rideau rouge du baldaquin. La ceinture était beaucoup plus longue. »

La lampe se déplaça vers le lit, faisant apparaître un tabouret placé devant.

« Le tabouret a disparu. Sans doute pour donner plus de profondeur au tableau. Ce sont des signes évidents d'authenticité. Comme la main cachée de l'ange qui chiffonne le rideau. C'était une habitude de Dirk Bouts, à cette période de son art, de cacher les mains de certains personnages importants de ses compositions. Il en va ainsi dans la *Mise au tombeau* et dans la *Résurrection*. Vous pouvez être certain qu'il s'agit bien d'un Dirk Bouts de la plus belle facture.

— Il y a autre chose d'une importance capitale, ajouta la comtessa de sa voix chaude et sucrée en rallumant le spot. Cette toile se rattache à la symbolique traditionnelle de la peinture flamande religieuse. Bouts a fait figurer ici un élément essentiel. »

Elle désigna du doigt le rideau replié au-dessus de la tête de l'ange.

« Voici le fameux rideau-sac symbolisant l'utérus où va se développer le fœtus. Tout comme la main cachée de l'ange qui chiffonne le rideau figure le coagulum de la conception. Mon cher Foller, il ne s'agit pas là de la petite histoire, mais de la connaissance. Nous approchons, ici, du mystère de la création. »

Un long silence suivit la description un rien pompeuse de la comtessa. Irwing Bull avoua plus tard que ses nerfs avaient failli lâcher tant était important l'enjeu : « J'attendais la parole de Dieu le père. Ou nous étions élus, ou nous étions chassés. C'était intenable ! »

Norton Foller finit par bouger. Il caressa la toile de sa main gauche et fouilla de la droite dans sa poche de veste. Puis, dans le même temps, il ôta le tableau du chevalet et tendit un chèque de sept millions de dollars à la comtessa. Il sortit sans un mot, sans un regard.

39

L'expression de malicieuse jouissance affichée par son chef en raccrochant le combiné du téléphone intrigua Muriel Ustaritz. Pendant les trois bonnes minutes qu'avait duré la conversation entre Jean Armand et son correspondant, elle avait ostensiblement croisé et décroisé ses longues jambes. Cette provocation n'avait d'autre but que de faire flancher son chef afin qu'il la laissât agir à sa guise, c'est-à-dire fumer quand cela lui chante et décider ce que bon lui semble. Inconsciemment, il n'était pas du tout exclu qu'elle souhaitât rendre les armes. Mais jamais elle ne se serait avoué qu'elle l'aimait. Alors, le reconnaître devant lui...

En fait, ce qui provoquait cette satisfaction chez Armand n'avait rien à voir avec son vis-à-vis. Il ne s'était pas du tout aperçu des effets de jambes de Muriel. Uniquement importait ce que lui confiait son correspondant. Cela valait son pesant d'or et ne pouvait souffrir aucune perturbation. Aussi, quand revenu sur terre il remarqua le manège de son adjointe, il ironisa :

« Tu fais des heures sup' à la mondaine, maintenant ?

— Toujours aussi drôle, Jean ! On peut reprendre notre conversation ?

— Oui, oui, bien sûr ! Tu me disais ? »

Muriel Ustaritz explosa.

« Tu fais chier ! Si au moins tu ne m'écoutais pas parce

que tu as le nez sur mes cuisses... Mais non, monsieur gamberge ailleurs. Je n'existe pas ! Jamais ! Je suis une chose ! Une potiche ! Est-ce que si je me fous à poil tu vas m'accorder un moment d'attention ? Pas sûr ! A la façon dont tu traites ma tête, mon cul n'aura pas plus d'importance ! »

Jean Armand jugea bon de laisser passer l'orage. Certes, il avait le don de l'énerver mais qu'est-ce qu'elle était belle et désirable dans ces cas-là ! Il faudrait bien qu'il le lui dise un jour. Ce n'était pas le moment. Il préféra jeter du lest.

« Tu m'expliquais que vous n'aviez aucune nouvelle à propos de la disparition de Toussaint l'Ouverture après la fusillade de la porte de Clignancourt. Pourtant, un type blessé, cela devrait pouvoir se retapisser. A quoi servent les indics, bordel de merde !

— Il est peut-être mort ?

— OK, ma chérie ! Mais un cadavre, c'est encore plus encombrant. Alors ?

— Alors, on cherche et on attend une piste. Mais on a procédé à une première estimation des objets, meubles et œuvres d'art entreposés dans les boxes, il y en a pour dix millions de francs au bas mot. »

Jean Armand réfléchit un moment en silence, avant de décréter :

« Tu vas laisser à Lebœuf le soin de retrouver Toussaint. Toi, tu vas partir au Japon. »

Devant les grands yeux étonnés de Muriel, il répéta en souriant :

« Si, au Japon ! C'est le pays rêvé pour toi. La consommation du tabac y augmente sans cesse, directement proportionnelle à celle du porte-jarretelles.

— Pauvre con ! s'exclama la Basque, furibonde. Tu n'es qu'un pauvre et méchant connard ! Un jour je vais te casser la gueule !

— Tu te risquerais au corps à corps ? »

L'allusion transparente calma Muriel comme une douche glacée. Elle haussa les épaules et demanda d'une voix redevenue normale :

« C'est sérieux pour le Japon ?

— Bien sûr !

— Depuis quand ?

— Depuis tout de suite, précisa Jean en montrant le téléphone.

— Tu as du nouveau ?

— Pas vraiment. Mais je ne peux plus partir à Tokyo. C'était Bob Hogging qui m'appelait de Miami. C'est en rapport avec la collection Lieutadès. Écoute un peu : Hogging vient de m'avertir qu'un photographe de presse français, Frank Marchelet, tu me chercheras sa fiche s'il en a une, a été interpellé par les stups américains à Miami. Sur dénonciation. Ils ont fait chou blanc mais ont été intrigués par le nombre de peintures que le type avait dans ses bagages. Ils ont prévenu Hogging qui a visité sa chambre à l'hôtel Fontainebleau pendant que les stups l'interrogeaient à la brigade. Résultat : Bob m'affirme que certaines toiles proviennent de la collection Lieutadès. Comme ce n'est pas un imbécile, il a tout de suite vu quel service il pouvait nous rendre. Sur son conseil, ses collègues ont déclaré Marchelet indésirable sur le sol américain et l'ont collé dans le premier avion en partance pour Paris. Avec les toiles, évidemment. Dans moins de six heures, on le fait aux pattes à Roissy.

— Et toi, tu m'exiles au Japon. Merci !

— Le vol de la collection Lieutadès, c'est d'abord mes oignons. Ensuite, tête de mule, tu es mon adjointe donc tu dois me remplacer. Mon départ chez les Japs était prévu pour après-demain. A toi le rêve nippon, le yen souverain et les flics japonais qui considèrent qu'une femme est tout juste bonne à servir le saké. Toi qui aimes rouler les mécaniques, tu vas être servie ! »

Prenant un dossier sur une des piles encombrant son bureau, Jean Armand le tendit à Muriel Ustaritz.

« Tu as tout là-dedans. Sincèrement, je te souhaite bonne chance. En négociant bien, tu pourras peut-être revenir avec non seulement des informations mais aussi des toiles volées.

— Ils n'ont jamais rien rendu jusqu'ici. Alors, les tableaux du musée Marmottan...

— Il y a aussi ceux de Semur-en-Auxois, ma vieille ! »

Les prunelles de Muriel Ustaritz brillèrent. Si elle revenait avec les quatre Corot volés et, pourquoi pas, le célèbre Monet *Impression soleil levant*? Elle se détendit tout à fait.

« Tu t'y vois déjà, n'est-ce pas? En attendant, tu vas m'aider ce soir à sauter le sieur Marchelet.

— Des clous! Il faut que je me prépare. J'ai une valise à faire, moi!

— Un baise-en-ville suffira, tu ne pars pas en vacances!

— Que tu crois! »

Se levant d'un bond, elle fila vers la porte en lui adressant de la main des baisers mi-tendres, mi-moqueurs.

« Surtout ne me remercie pas! » lui cria Jean Armand. La porte claqua pour toute réponse.

40

Depuis des kilomètres, la route se perdait dans des méandres au milieu des hautes herbes et des roseaux. Çà et là, on apercevait quelques habitations de bois aux peintures écaillées. Tout était verdâtre, olivâtre : les herbes flasques, les roseaux courbés, les pins pouilleux, les maisons pisseuses et même le capot vert bouteille de la grosse Lincoln de louage qui semblait à Ilaria l'étrave d'une barque fouaillant les eaux vaseuses d'un marécage. Elle fit part à Julien de la désagréable sensation d'asphyxie qui la gagnait.

« Mon cœur, nous sommes en plein marais géorgien, c'est normal.

— Mais on va bien finir par arriver à un port, non ? Regarde la carte. Il y a des bras de mer qui s'avancent dans les terres comme de véritables estuaires avec des bourgs en bordure : Pine Harbor... et là... Shellman Bluff. On devrait depuis longtemps être arrivés à l'un d'eux ! »

Comme pour la satisfaire, la densité des maisons dissimulées dans la verdure augmenta bientôt. Un kilomètre plus loin, ils débouchèrent sur un espace de terre battue plombé de soleil. Julien arrêta la Lincoln en plein milieu et coupa le contact. Ce ne fut plus que silence.

Devant eux, des carcasses rouillées de bateaux s'entassaient le long d'un bâtiment en préfabriqué recouvert de tôles. Sur la droite, une autre construction tout aussi piteuse était flanquée d'une vieille pompe à essence rougeâtre. Au-dessus de la porte d'entrée, une pancarte au nom de Coca-Cola affichait *Snack-Bar*. Sur la gauche, se dressaient des ajoncs vertigineux entre lesquels ils distinguèrent un chenal et quelques pontons pourris. Tout était misérable.

« Allons voir le menu », dit Julien en ouvrant la porte de la limousine.

A la chaleur et à l'humidité s'ajouta une odeur de vase pestilentielle.

« C'est marée basse, commenta Julien. Je ne sais pas si le poisson sera frais... »

Sa plaisanterie ne fit pas rire Ilaria.

« Appelle-moi, si cela en vaut la peine. J'attends ici. »

Elle regarda Julien s'éloigner, doutant fort des possibilités gastronomiques de ce trou perdu. Heureusement, ils avaient pris un confortable petit déjeuner à Sainte-Augustine. L'évocation des œufs brouillés, du pain aux noix, du maïs grillé, des fruits frais la fit saliver. Regardant la misère autour d'elle, elle repensa à la réflexion de Julien à propos du luxe alors qu'elle s'extasiait sur la collection de verres à porto exposés dans la salle à manger de la Casa de Solena, la maison d'hôtes où ils avaient fait étape. Petit à petit les masques de Julien tombaient et elle commençait à mieux cerner cet homme qu'elle aimait de plus en plus.

« Au milieu du xviiie siècle, avait-elle remarqué, une maison aussi raffinée dans un pays de pionniers devait être un véritable luxe.

— A l'époque, cela devait être vécu ainsi. Mais aujourd'hui, tout est plaqué comme un décor. Les gens qui viennent ici croient vivre dans le luxe, ils ne vivent pas le luxe. Le luxe ce n'est pas l'argent en tant que tel, c'est de la matière, du temps et de l'espace. Bien sûr, il faut de l'argent. Mais si je me suis juré de ne plus jamais être pauvre, ce n'est pas pour être riche. Je m'entends. De l'argent je me moque tout comme je me moque des gens qui en ont. Cela ne rend pas plus intelligent. Si tu savais avec combien d'imbéciles multimilliardaires j'ai pu me fâcher !

— Je suis sûre que, de leur côté, ils t'ont pris aussi pour un imbécile !

— C'est évident.

— Et... tu ne l'es pas.

— Non ?

— Pas plus que tu n'es insensible. Je m'en suis rendu compte dès le premier jour à Monte-Carlo quand nous examinions le Bellotto. Tu te souviens ?

— Bien sûr ! Comment pourrais-je oublier notre rencontre ? Par contre, le Bellotto est sorti de ma mémoire.

— Peut-être parce qu'il ne s'agissait pas d'un Bellotto mais d'un Canaletto ?

— Quelle importance, l'oncle ou le neveu ? C'est de l'art mort. Moi, je vends de l'art vivant ! »

Ilaria sentit que Julien cherchait à se défiler par la provocation. Visiblement, il ne tenait pas à engager une conversation sur la qualité des toiles vendues à Monte-Carlo. Par pur instinct de protection ou parce qu'il savait qu'elle se doutait de ses agissements obscurs ? Elle accepta d'entrer dans son jeu. Cela pouvait être amusant et tout aussi instructif. Toute cette soirée passée à Sainte-Augustine, ils livrèrent bataille, ou plutôt elle le laissa ferrailler seul, vitupérer contre tous ces marchands et ces collectionneurs qui se repaissaient d'art « mort » et d'artistes enterrés alors que lui, disait-il, il était le rassembleur des chefs-d'œuvre de l'an 2000.

Afin qu'elle comprenne mieux, Julien était même revenu sur ses débuts professionnels après la période algérienne. A travers ses propos, elle devina combien cette expérience du feu avait pu transformer le jeune Rastignac provincial, mi-gigolo, mi-affairiste.

« Dans la solitude des heures de garde sur les éperons rocheux des Aurès, j'ai compris que j'avais vécu comme un objet. Les autres jouaient de moi alors que je croyais me jouer d'eux. Isolé sur mon piton, je jouais ma vie. Cela m'a fasciné. Même dépendante d'un morceau de plomb qui pouvait à chaque instant la détruire, ma vie était vraiment à moi. J'ai compris que, si je voulais être un grand conquérant, je devais être un découvreur et qu'il me faudrait toujours combattre. »

Julien expliqua ensuite qu'à son retour en France il lui fut facile de se détacher de cette société de petits-bourgeois réactionnaires et médiocres qui se croyaient encore le nombril du monde de l'art. Car, en ce début des années soixante, le marché se faisait en Amérique, plus en Europe. Une Europe que les grands artistes avaient quittée — parfois définitivement — avant et pendant la Seconde Guerre mondiale pour se protéger des dangers du nazisme et autres régimes totalitaires. Ils y firent souche et un art typiquement américain naquit : Pollock et l'Action Painting, Rauschenberg et le pop art, par exemple.

Dans le même temps, le krach boursier de 1962 contraignit les Américains à diminuer leurs achats en Europe (« ils acquéraient jusqu'à 80 % de la production artistique proposée à Paris », précisa Julien) et à se tourner vers les créateurs nationaux. Les premiers collectionneurs-investisseurs concentrèrent leurs moyens financiers et, phénomène nouveau, leurs moyens médiatiques sur un petit nombre d'artistes dont la cote s'emballa.

« Je suis arrivé au bon moment, avoua Julien. Seulement, je manquais de fonds et je devais me faire connaître. »

Pour cela, il se permit toutes les magouilles, petites ou grandes. Incrédule, Ilaria l'écouta lui raconter comment, d'abord par le porte à porte et ensuite par correspondance, il avait durant des années inondé les cinquante États de fausses lithographies de Dali. Et même de faux tableaux puis de faux tirages des sculptures du maître du surréalisme si prisé aux USA. Des millions de dollars ! Plusieurs centaines même ! La stupéfaction d'Ilaria semblait beaucoup l'amuser.

« Berner des imbéciles qui ne demandent que cela, pourquoi m'en serais-je privé ? Ils représentent tout ce que je déteste : l'ignorance et la cupidité. Comme le faussaire que j'avais découvert était vraiment génial, on ne s'est d'ailleurs par arrêtés à Dali. Tous y sont passés : Cézanne Monet, Manet, Braque, Matisse, Derain, Chagall, Modigliani, Utrillo, Vlaminck, Dufy, Miro, van Dongen, Picasso même ! Il peignait, j'écoulais à coups de millions de dollars. Il y a dans ce pays des collections entières de faux dûment certifiés par les plus grands experts. Certains appartiennent même à des fondations et à des musées. Quelle rigolade ! Quel pied de nez à l'orgueil et à la bêtise ! »

Partagée entre l'étonnement, la révolte et l'amusement, Ilaria resta perplexe. Julien était-il sincère, se confiait-il à elle par amour ? Ou bien était-ce de la provocation ? Consciente d'être dans une situation délicate vis-à-vis de son amant, la jeune femme enrageait. A la fois elle aimait Julien, sans retenue, de cela elle était persuadée, mais en même temps elle savait qu'après ce merveilleux voyage à deux la suite de son enquête pouvait lui apporter de désagréables surprises sur la vraie nature des activités de Julien. Que cela était donc cornélien !

A Shellman Bluff, la place était toujours aussi déserte. Un peu de vent soulevait de la poussière jaunâtre et agitait les ajoncs. Il n'y avait décidément pas âme qui vive. Où était passé Julien ?

Ilaria se risqua à sortir de la limousine climatisée et se coiffa de son chapeau de paille. Quand elle posa le pied dehors, la chaleur lui piqua l'épiderme. En quelques secondes, elle se sentit moite, comme épuisée, avant d'avoir fait le moindre pas. Elle se dirigea péniblement vers le snack.

Arrivée à la pompe à essence, elle appela :

« Julien ! Ho ! ho !... Julien ! Où es-tu ? »

Elle appela de nouveau mais, plus elle criait, plus sa bouche la brûlait. Elle se précipita vers la porte du snack et actionna la clenche. Fermée ! Elle se retourna. Où diable avait disparu Julien ?

Adossée à la porte, elle se sentit abandonnée. Soudain, elle aperçut, surgissant des ajoncs, trois hommes qui s'avançaient lentement. La panique s'empara d'elle et elle courut vers la Lincoln en hurlant : « Julien ! Julien !... »

Une fois dans la voiture, elle verrouilla toutes les portières.

Essoufflée, le cœur battant la chamade, elle regarda s'approcher ces hommes dépenaillés, hirsutes, au visage renfrogné, sans âge. Ils s'appuyèrent contre les vitres et la dévisagèrent longuement comme des bovins. Puis ils tapèrent sur les glaces et sur la tôle en essayant d'ouvrir les portières. Ilaria ferma les yeux, certaine qu'ils allaient tout casser pour s'emparer d'elle. « Contrôle-toi, idiote ! se dit-elle. Reprends-toi, cherche à te défendre ! » Elle rouvrit les yeux. Ils n'étaient plus là ! C'était presque pire ! La lumière dense et le silence. Rien d'autre.

Un bruit contre le pare-brise la fit sursauter. Son regard suivit la main qui tapotait la vitre, remonta le long du bras pour reconnaître Julien, tout sourire, l'autre main chargée de bouteilles de bière et de sandwiches. Elle déverrouilla les portes et sortit de la limousine pour se jeter dans ses bras.

« Oh ! Julien chéri ! J'ai eu si peur ! Où étais-tu ? »

Très calme, il répondit en lui caressant les cheveux pour l'apaiser :

« Dans le hangar. J'y ai découvert un distributeur de boissons et de nourriture. Aux States il y a des appareils partout. Même dans les coins pourris. C'est cela l'Amérique ! »

Ilaria tremblait toujours, insensible à son humour. Elle bégaya :

« Mais... mais... les types, là, les types, ils sont passés où ? Je n'ai pas rêvé ! »

Julien la prit par la taille et ils firent le tour de la Lincoln. Étendus sur le sol, les trois hommes gisaient sans bouger.

« Ils sont... ils sont...

— KO ! Pour le compte, précisa Julien en désignant le morceau d'aviron dont il s'était servi pour les frapper. L'Amérique, c'est aussi la violence ! »

41

Dans Park Avenue, entre la Soixante-Dixième et la Soixante-Douzième Rue, un fourmillement de voitures de maître et de taxis jaunes paralysait la circulation à la hauteur de chez Sumer. Une foule très new-yorkaise, chaleureuse et bruyante, se pressait à l'entrée de la célèbre maison de vente aux enchères. Ce soir-là était dispersée une importante collection de tableaux et sculptures des premières années du pop art. Vingt-cinq ans d'antiquités de la peinture américaine !

L'assistance était elle-même une grande manifestation pop où Blancs, Noirs, Jaunes et Rouges se côtoyaient dans des tenues aussi colorées que farfelues, faites pour être remarquées. Qui n'est pas remarqué à New York n'existe pas. Smokings blancs et jeans, nœuds papillons et tee-shirts échancrés, robes longues et minijupes, collants fluorescents et blousons de cuir, peintures de guerre avec plumes et paillettes dans les cheveux, bananes, bérets, bonnets de laine et gibus, rien ne manquait à la parade. Les flics en uniforme, les vigiles de Sumer et les gorilles des personnalités du jet set avaient bien du mal à canaliser tout ce Barnum mondain.

« Ah ! voici Muguet ! s'exclama David Cash en désignant du doigt à Ilaria Bellini une Rolls blanche qui arrivait.

— Muguet ?

— C'est Jessie Coy, la chanteuse de blues. Une grande copine d'Andy Warhol. Enfin, c'était... le pauvre ! Elle a une belle collection de pop. Malheureusement, elle la disperse pour se fournir en coke. Dommage ! Mais, dans un autre sens, c'est tant mieux pour nous. C'est moi qui négocie, alors... »

David Cash, avec son allure de fils de famille bostonienne, revue et corrigée à la new-yorkaise par une longue chevelure blonde tombant sur ses épaules, était chez Sumer un des meilleurs experts de la jeune peinture américaine. Marion Wood, la responsable de Sumer pour l'Amérique du Nord, l'avait collé dans les bras d'Ilaria Bellini afin qu'il lui présentât la faune locale. Elle eût préféré Julien mais elle n'avait pas voulu le distraire de son travail et moins encore perturber sa stratégie pour cette vente.

Jessie Coy avala d'une bouchée le dernier chou à la crème posé sur le plateau à côté d'elle et se lécha les lèvres avec délectation. Il n'y avait pas plus gourmande que Jessie à New York. Ni plus grosse. Un léger tremblement l'avertit qu'il serait plus prudent de se charger maintenant si elle voulait passer la soirée sans encombre. Avec une dextérité insoupçonnable, ses doigts boudinés sortirent de son poudrier en galuchat — un cadeau d'Andy — un petit sachet de plastique qu'elle creva d'un ongle. Sur la glace, elle traça trois lignes de poudre qu'elle sniffa avec une paille prise dans le bar. Presque aussitôt elle se sentit beaucoup mieux et c'est le regard pétillant qu'elle propulsa de la Rolls ses deux cent quatre-vingts livres.

« La voilà ! prévint David Cash. C'est la plus gentille baleine que je connaisse. Une fois elle m'a laissé conduire sa bagnole qui vaut une fortune. Andy Warhol a peint sur le capot un énorme brin de muguet, c'est le surnom de Jessie qui ne se parfume qu'au muguet et pas qu'un nuage, bonjour les voisins ! Et puis Jasper Johns a habillé l'arrière d'un drapeau US à sa façon dans les tons chocolat. Andy a aussi tapissé tout le plafond en billets de cent dollars ! »

En un quart d'heure, ils avaient vu défiler toutes sortes de gens, depuis les curieux en mal d'événements huppés jusqu'aux mandarins du marché de l'art contemporain, comme Théo Rotelli. C'est lui qui avait « fait » Jasper Johns, Warhol, Oldenburg. Septuagénaire distingué, cet Américain d'origine italienne s'était installé à New York après avoir fui Rome sous Mussolini. Intellectuel passionné de peinture, il avait eu la chance de rencontrer une jeune galeriste, Hélène Mund, amie de Rothko et de Rauschenberg. Ils s'étaient associés doublement en ouvrant une galerie et en s'épousant.

Vers la fin des années cinquante, en découvrant le travail du jeune Jasper Johns, Théo eut un éclair de génie. Basé, comme toujours, sur un raisonnement simple. Si l'on paie cher une œuvre d'un artiste, tout ce que produira ensuite ce dernier se vendra au même prix, voire plus cher. Avec une bonne médiatisation et en s'assurant l'exclusivité de l'artiste, on peut soutenir les cours les plus chers en facilitant les achats de musées ou en négociant discrètement à la baisse avec certains grands collectionneurs qui serviront de phares pour éblouir le reste de la clientèle. Reste, pour faire mousser le spectacle, à provoquer des surenchères dans les ventes publiques. Surtout quand l'artiste produit peu, comme Jasper Johns. Théo Rotelli, digne successeur d'un Kahnweiler, avait su, au cours de cette deuxième moitié du xxᵉ siècle, jouer en véritable virtuose de trois éléments nouveaux : la puissance des médias, la frénésie spéculative, la découverte pour les Américains de ce que Proust appelait « le besoin maladif de nouveautés arbitraires ». Ainsi naquirent sous sa baguette le pop art, l'arte povera, l'art minimal, le nouvel expressionnisme...

En regardant Théo Rotelli s'éloigner de sa démarche altière de comte palatin, Ilaria s'était souvenue des propos de Julien l'avant-veille : « Je réserve une foutue surprise à Rotelli. J'espère que son pacemaker tiendra. » Que manigançait Julien ?

Ilaria n'eut pas le temps d'y songer davantage. David Cash la tirait à nouveau par la manche.

« Regardez sur la droite les deux types qui se faufilent en rasant les murs comme des voleurs. Ce sont les « frères gloutons », les Takki.

— Ceux de la pub ?

— Tout juste. On ne fait pas plus discret en public, ni comme collectionneurs. Ils viennent pour le Pollock et les Jasper Johns. Ils sont prêts à mettre le paquet. La lutte risque d'être serrée entre eux, Ludwig Hafen, le biscuitier allemand, le banquier suisse Skoeler ou le comte di Fiuzzo. On dit que ces deux-là ont fondé chacun un club de financiers internationaux pour lancer des sortes d'OPA sur le marché. C'est plus que vraisemblable et pour ma part... »

Ilaria Bellini n'écoutait plus David Cash. Son attention avait été attirée par la conversation derrière elle de deux jeunes gens aux airs de yuppies. Habitués aux arcanes de la spéculation boursière, ils n'étaient pas dupes des artifices du marché de l'art. Tapotant sur son catalogue, l'un d'eux disait :

« Tu te rends compte, le double drapeau US de Jasper Johns est estimé entre un million et demi et deux millions de dollars ! Ce sont des estimations surfaites pour pousser les prix vers le haut. Ça saute aux yeux ! Seulement, comme tout le monde va tomber dans le panneau, même si le tableau est ravalé, le propriétaire le récupérera à une nouvelle valeur plafond. S'il possède d'autres œuvres, tu vois le bond exécuté par son capital ? Salut l'artiste ! »

Le sourire amusé d'Ilaria fut autrement interprété par David Cash.

« Il est marrant ce type, n'est-ce pas ? C'est un gros éleveur texan. Comme il en avait assez de voir autour de lui des derricks, il a décidé de parsemer ses milliers d'hectares de pâturages avec les plus volumineuses sculptures qu'il pourrait trouver. Ce soir, pour deux cent mille ou trois cent mille dollars, il emportera le grand module en poutres de Di Suvero. Peut-être acquerra-t-il aussi un Segal. Depuis la mort de sa femme et de ses enfants dans un accident d'avion, il place des personnages de Segal dans toutes ses maisons. Pour ne pas rester seul. Émouvant, non ? Sa démarche n'a rien d'esthétique mais je la préfère à celle des snobs qui sont prêts à foutre une poubelle au milieu de leur salon juste pour être dans le coup. »

250

Comme elle trouvait que nombre d'œuvres contemporaines ressemblaient précisément à des poubelles, Ilaria Bellini approuva le jeune homme.

« Venez, enjoignit celui-ci. Entrons assister à la messe. Voici d'ailleurs Robert Weiss, le grand prêtre. »

Se penchant à l'oreille d'Ilaria, il lui confia à voix basse :

« Il m'a dit un jour : " Plus je suis en forme, plus je joue bien, et mieux je vends. " C'est vrai, mais merci madame Cocaïne ! Sinon, il est jovial comme un gardien de bagne... »

Le mot bagne agit comme un déclic dans l'esprit d'Ilaria. Il la reporta instantanément à l'incident de Shellman Bluff, l'avant-veille. « Ils t'ont prise pour un bagnard évadé avec ta marinière et ton short rayé », avait expliqué Julien en plaisantant au moment où ils quittaient la place dans un nuage de poussière. Ilaria avait vu une dernière fois les corps des trois hommes toujours étendus sans connaissance. Peut-être étaient-ils morts ? Elle n'avait pas osé interroger Julien et s'était endormie sur son siège, nerveusement épuisée.

Elle s'était réveillée plusieurs heures plus tard dans une jolie chambre aux murs couverts d'une désuète tapisserie à fleurs. Par la fenêtre, filtrée au travers des rideaux de dentelle, pénétrait la lumière douce et rousse d'un coucher de soleil. Julien était là et lui tenait la main. « Il y a ainsi des instants uniques d'infini bonheur... », avait-elle pensé.

« Nous sommes près de Savannah, dans une maison amie. Tous les deux, seuls et au bord de l'Océan, comme tu le souhaitais. »

Sur la terrasse, ils avaient dîné de homards, que Julien avait lui-même préparés, et de fruits. La soirée avait été douce. Julien avait parlé beaucoup de lui et de Théo Rotelli, qu'il voulait supplanter.

« Rotelli est devenu un vieux mondain. Ce n'est plus un combattant, avait-il affirmé. Il y a vingt-cinq ans, il a compris qu'être l'inventeur d'un artiste, cela valait plus en poids et en puissance que le pouvoir créateur de cet artiste, mais il n'a pas pu ou voulu pousser le jeu plus avant. Moi, si. Celui qui peut déterminer l'œuvre d'art dans sa forme, décider si elle est ou non de qualité, donc influer sur son prix, possède la faculté du choix comme celle de tout mouvement du marché. Il peut sublimer l'art ou le détruire. Il devient le maître de la création, donc de toute existence artistique. Après-demain, à New York, je serai celui-là. »

Puis Julien avait éclaté de rire. Un rire de gosse, clair, gai.

Une fois encore Ilaria s'était sentie prise à contre-pied. Elle était certaine que tout ce que Julien lui révélait était sincère, mais elle ne parvenait pas à saisir sa véritable personnalité : voleur magique, mégalo lucide, homme d'affaires génial ?... Insaisissable à coup sûr !

*
* *

La foule était de plus en plus dense à mesure que l'on se rapprochait de l'entrée de la cathédrale de verre où allait se dérouler la vente. Ilaria, entraînée par David Cash, se laissait porter par le flot.

Tout à coup, le jeune expert la saisit par la main.

« Regardez sur votre gauche, l'homme à la chevelure grise ; c'est le grand méchant loup. Ambitieux mais terriblement intelligent, intuitif, déconcertant et fascinant. A côté de lui, la plus belle pièce de sa collection privée. Tous les New-Yorkais du milieu disent qu'aux enchères elle ferait un malheur. Ce que les hommes peuvent être bêtes et grossiers ! Vous ne trouvez pas ? »

Ilaria Bellini ne répondit pas. Trop sous le choc. Le grand méchant loup dont venait de parler David Cash, c'était Julien ! Passe encore pour lui. Mais « la plus belle pièce de sa collection privée », accrochée à son bras, n'était autre que Taria von Celle. Ilaria blêmit de rage. Jamais Julien ne lui avait dit que Taria serait là. « Le salaud », pensa-t-elle, en essayant de jouer des coudes pour rejoindre le couple. Mais les mouvements désordonnés de la foule la firent renoncer. A cet instant elle sentit une main se poser sur son épaule. Si c'était encore ce petit

Cash qui voulait attirer son attention, cela suffisait ! Elle en avait assez vu.

« Ilaria ! Mademoiselle Bellini, s'il vous plaît ! »

Elle n'eut pas besoin de se retourner. Cet appel timide, cette voix anxieuse trahissaient Daniel Turana. Décidément, il avait le don de tomber dans les pires situations et de prêter le flanc aux colères de l'Italienne ! Mais que diable faisait ce marchand de peintures anciennes dans cette kermesse ? Curieuse d'en savoir plus, Ilaria s'efforça de sourire.

« Mon petit Daniel, quel bon vent vous amène ? »

Il aurait pu lui renvoyer la question, mais il savait. A son regard, elle le comprit. Elle faillit rougir.

« J'étais à votre recherche. J'ai besoin de vous. Enfin, de vos connaissances et de votre autorité, de votre... Bon. J'ai besoin de vous, voilà.

— Pourquoi ?

— Ils ont essayé de vendre un nouveau faux Bouts. Ici, aux États-Unis. C'est Norton Foller le pigeon. Cette fois, ils agissent en privé. Il faut intervenir.

— "Ils", c'est qui ?

— Mais Irwing Bull et la comtessa da San Friano et...

— Et ?

— Peut-être que votre ami Champac est dans le coup... »

Daniel Turana baissa la tête, s'attendant à une explosion. Mais rien. L'Italienne ne releva pas. Elle demanda des précisions. Le jeune marchand raconta que Foller avait essayé de le joindre avant d'acheter le Bouts. En vain. Il l'avait donc acquis quelques jours plus tôt à Boston. Sept millions de dollars. Turana lui avait dit que c'était de la pure folie, qu'il devait bloquer le paiement du chèque tant qu'un examen sérieux n'aurait pas été fait. Pour cela, il avait proposé trois personnes : Ilaria, Anne Paget, la plus grande spécialiste en restauration de primitifs flamands, et lui-même. Anne devait débarquer le lendemain et ils la rejoindraient — si Ilaria acceptait — pour se rendre chez Foller, à Black Point, dans l'après-midi.

Ils étaient maintenant parvenus dans la salle de vente

dite « la grande verrière ». Les vitres du plafond renvoyaient si fort les sons que l'on se serait cru dans la volière d'un zoo. Ilaria et Daniel se glissèrent le long d'un des murs latéraux de façon à disposer du meilleur angle de vue sur la salle où se trouvaient assis les principaux acheteurs. Elle repéra vite Julien installé vers le milieu, en bordure de l'allée centrale. Taria n'était pas à côté de lui. Ilaria en éprouva un profond soulagement.

« En bout de rang à droite, au tiers avant, il y a la comtessa da San Friano, murmura Daniel à l'oreille d'Ilaria. Elle vient peut-être dépenser les sept millions de dollars de Foller ? Ma proposition vous intéresse-t-elle ? Est-ce que vous pensez venir ? »

Les coups de marteau répétés du commissaire-priseur pour obtenir le silence dans la salle la dispensèrent de répondre. En moins d'une minute, l'assistance se tut comme une classe bien disciplinée. Puis résonna la voix de Robert Weiss, précisant les conditions de la vente. Avant qu'il eût achevé sa litanie, Ilaria avait repéré dans les tout premiers rangs, à gauche, le lourd chignon de Taria von Celle.

La vente démarra très fort avec un Dubuffet de 1947 adjugé plus d'un million de dollars, puis un Rothko à quatre cent mille et un Rauschenberg à six cent mille. Un De Kooning aux grands traits jaunes frisa les cinq cent mille. Entre les grosses pièces, Ludwig Hafen rafla tous les Claes Oldenburg à petits prix. Les frères Takki bataillèrent jusqu'à deux cent mille dollars pour un Rosenquist estimé à quatre-vingt-dix mille. Mais, dans l'ensemble, les prix ne dépassaient pas les estimations maximales.

L'adjudication du premier Jasper Johns créa l'événement. Parti à deux cent mille dollars, il grimpa jusqu'à huit cent mille, les Takki et le comte di Fiuzzo lâchant la route devant l'intrépidité d'un jeune homme frisé, apparemment inconnu. Julien n'avait pas bougé le petit doigt.

Après l'acquisition par le gros Texan du Di Suvero, le second Jasper Johns fut mis en vente. On assista à une sorte de round d'observation entre les enchérisseurs du premier. Ce fut le même jeune homme qui l'emporta mais dans la fourchette des estimations. Visiblement, les Takki et l'Italien se réservaient pour la suite : un Johns encore, mais cette fois une œuvre superbe, en trois panneaux, datant de 1960, ou bien la grande fresque de Rosenquist.

A peine cette dernière fut-elle présentée que la salle s'enflamma : de cinq cent mille dollars on dépassa vite le million. Ludwig Hafen renonça à un million et demi, puis di Fiuzzo à un million sept et les Takki durent s'incliner devant Julien Champac qui les coiffa impromptu à deux millions de dollars. Un record absolu. Tous les possesseurs de Rosenquist, même les vaincus de l'enchère, avaient de quoi se réjouir. En deux tableaux, la cote du peintre avait doublé !

Lorsque les trois panneaux de Jasper Johns arrivèrent, l'assistance, d'instinct, retint son souffle. Pourtant, les enchères démarrèrent lentement comme pour le second tableau. Une fois dépassée l'estimation de huit cent mille dollars, Ilaria remarqua l'entrée en jeu de la comtessa da San Friano, relayée par le jeune homme frisé qui avait acquis les deux premiers Johns. Les Takki suivaient et Hafen aussi. A un million sept, il y eut un flottement mais Taria von Celle relança les enchères. Hafen abandonna à deux millions. A deux millions cinq, les « frères gloutons » baissèrent les bras et Julien entra en action contre le petit jeune homme.

A voir les regards inquiets que Théo Rotelli lançait à Champac, Ilaria comprit que Julien était en train de déborder l'autre dans sa propre stratégie : la hausse à tout prix. Visiblement, Rotelli, assis lui aussi en bordure de la travée centrale, ne maîtrisait plus la situation. C'est qu'il ignorait que, depuis des mois, Julien Champac avait fait acheter tous les Jasper Johns disponibles sur le marché, certains même à la barbe de Rotelli dans sa propre galerie. Ce soir, avec la complicité du petit jeune homme frisé, il venait d'en ajouter deux autres et, à trois millions deux cent mille dollars, il emportait le troisième en triplant la cote. Sous les applaudissements de la salle debout !

« Le grand méchant loup a mordu avec l'aide du petit mouton frisé, commenta David Cash qui s'était glissé aux côtés d'Ilaria. Du grand art ! »

Pendant que les gens se rasseyaient, Ilaria chercha à attirer l'attention de Julien. Elle était heureuse pour lui. Son bras retomba en voyant Taria embrasser ce dernier à pleine bouche. A l'abattement succéda presque aussitôt une colère sourde. Ilaria tapa du pied en marmonnant :

« Puisque tu as voulu gagner avec elle à New York, moi je vais te faire perdre à Boston.

— Vous me parlez, Ilaria ? demanda Daniel Turana en se penchant vers elle.

— Oui, mon petit Daniel. J'étais en train de vous dire qu'il fallait se dépêcher si on voulait être à Boston demain matin ! »

42

Au moment de quitter le Boeing 747, Frank Marchelet tressaillit. Deux flics en uniforme attendaient sur le palier de la passerelle télescopique. « Je suis cuit ! » pensa-t-il.

Poussé par les autres passagers, il avança les yeux rivés sur les menottes qui pendaient au ceinturon des policiers. Il les dépassa sans que ces derniers esquissent le moindre mouvement. Les battements de son cœur résonnaient dans sa poitrine avec la même force que les pas des voyageurs sur le plancher de la passerelle. Il déboucha, toujours aussi contracté, dans la salle d'arrivée.

Personne.

Avant de s'engager sur le tapis roulant reliant le satellite au cœur de l'aéroport Charles-de-Gaulle, Frank Marchelet s'approcha des cabines téléphoniques. Devait-il appeler Igor Onnolovski pour lui faire part immédiatement de son échec ?

Depuis que les flics de Miami avaient investi sa chambre de l'hôtel Fontainebleau, l'ex-paparazzi ne vivait plus. Certes, ils n'avaient pas trouvé la drogue qu'ils disaient chercher, et pour cause. Mais, quand ils avaient sorti du tube les toiles enroulées, Frank s'était inquiété. Et si c'était cela qu'ils attendaient ? Mais ces cons de flics avaient examiné le tout sans commentaire. Toujours sans un mot, l'un des deux l'avait gardé à vue pendant que l'autre s'éclipsait. Plus de quatre heures assis dans un fauteuil ! Qu'est-ce qu'ils lui voulaient ?

Au retour de l'autre, ils lui avaient commandé d'aller boucler ses valises. Trente minutes après, ils le faisaient monter dans le premier avion en partance pour Paris. Sans une phrase d'explication. Seule consolation pour Frank, il n'avait pas eu à régler sa note d'hôtel...

Finalement, il décida de téléphoner de Paris et s'engagea sur le tapis roulant. Parvenu au poste de contrôle de police, il fit la queue en transpirant à grosses gouttes. Son passeport fut photographié comme ceux des autres. Rien de plus. Il ne lui restait plus que l'épreuve des douanes, une fois récupérée sa valise contenant le précieux tube. Elle arriva dans les dernières mais franchit le passage sans encombre.

Soulagé, Frank Marchelet poussa son chariot vers la station de taxis en sifflotant. Beaucoup de peur pour rien. Un sacré contretemps, cependant, de ne pas avoir pu prendre les contacts prévus à Miami pour vendre les toiles de Renoir et de van Dongen, ni de poser des jalons pour d'autres. Adieu sa commission de plusieurs milliers de dollars !

Il buta soudain sur un couple venant en sens inverse.

« Excusez-moi, dit-il en essayant de les contourner car ils ne bougeaient pas.

— Je vous en prie, monsieur Marchelet, dit l'homme en souriant.

— Vous ne m'avez pas heurtée », ajouta la jeune femme en agitant sous son nez un long cylindre métallique.

Il fallut plusieurs secondes à Marchelet pour comprendre.

« Mon tube..., mon tube... », balbutia-t-il, effondré.

43

Ce soir, Julien était le roi de New York pour les happy few de l'art contemporain. L'alcool coulait à flots — champagne, whisky et véritable chablis. La coke circulait quasi ouvertement et, plus le temps passait, plus l'assemblée se débraillait.

Mais le roi était triste. L'absence d'Ilaria rendait sa victoire bien amère.

Une fois de plus, il tira de sa poche, pour le lire, le mot que David Cash lui avait discrètement glissé à la fin de la vente : « Pourquoi toujours elle ? Adieu ! »

Eh oui, toujours Taria ! Elle était arrivée sans se faire annoncer. Il redoutait bien un peu sa venue mais refusait d'y croire. Il l'avait sous-estimée. En quelques minutes elle avait dominé la situation et vaincu. Impossible pour lui d'intervenir. Et Ilaria s'était sauvée. Comment allait-il pouvoir la reprendre ? Et où était-elle allée ?

Dans le même temps, il ne pouvait s'empêcher d'éprouver un sentiment d'admiration pour Taria, qui n'abandonnait jamais. Et qui, ce soir, l'avait épaulé magnifiquement : Taria von Celle, énergique, obstinée, un rien despotique !

Absorbé dans ses pensées, il ne se rendit pas compte qu'on avait frappé à la porte. Il ne vit Ariane Hanon que lorsqu'elle fut à côté de lui. Il aimait beaucoup Ariane et

Paul, son mari. Leur réussite lui procurait un plaisir sincère.

« Vous partez ? demanda Julien Champac.

— Oui. Taria m'a dit que tu t'étais réfugié au premier. Votre fête est magnifique. Et félicitations pour la vente.

— Bravo aussi pour César, répliqua Julien. Il a triplé les estimations ! »

Ariane l'observa un moment tandis qu'il caressait un masque africain à trois visages. Une pièce étonnante de force. Le visage tourné vers elle était celui d'un homme aux yeux fendus en grains de café, au nez fin, à la courbe élégante des sourcils, à la lèvre supérieure pulpeuse. S'il n'y avait eu ces scarifications sur les joues et ces marques tribales en pastilles sur le front et les tempes, il aurait assez ressemblé à Champac.

Julien sourit à Ariane. Les yeux clairs, le visage doux et franc, la tendresse amicale, fraternelle qui se dégageait de cette jolie femme blonde incitaient à la confidence.

Surtout quand elle assena comme une vérité :

« Toi, tu es malheureux.

— Oui. »

Julien fit tourner le masque. Apparut un autre visage d'un pur ovale. Celui d'une femme à la bouche sensuelle, aux joues rondes.

« La petite Italienne, Ilaria ?

— Oui. »

Et il exhala un profond soupir.

La main appuyée sur le sommet de la sculpture, il lui imprima une nouvelle rotation. Le troisième masque était aussi celui d'une femme au front bombé, à l'arête du nez et au menton saillants. Les pupilles cloutées de cuivre donnaient à l'expression des yeux une volonté farouche. La ressemblance frappa Ariane.

« Taria ! »

Julien hocha la tête lourdement comme si cette évidence pesait sur lui. Il laissa passer quelques secondes et dit enfin :

« Quand j'ai acheté ce masque Ekoï, au Nigeria, je ne pouvais pas soupçonner qu'il illustrerait de façon aussi marquante un moment important de ma vie. Tu ne trouves pas ces ressemblances étranges ?

— Si, souffla Ariane, impressionnée. Tu l'as depuis longtemps ?

— Vingt ans. Il ne m'a jamais quitté. Prémonitoire, non ?

— C'est bien le mot.

— Ce soir, Ilaria s'est effacée devant Taria. Ariane, je ressens cela comme une désertion. J'ai mal ! Et pourtant, je n'arrive pas à lui en vouloir. Je constate simplement que je ne peux pas me passer d'elle. Tout à coup, j'en veux à Taria. Et cela aussi me fait mal !

— Taria t'aime, Julien ! affirma Ariane avec force. C'est cela que tu lui reproches, non ?

— Un peu. Beaucoup même, soupira Julien. Taria et moi, c'est désormais une aventure sans mystère. Du champagne sans bulles, sans griserie. Il n'y a plus de rêve, nous vivons un bonheur plaqué, usé.

— Parce que tu n'y crois plus et que tu as l'esprit ailleurs. Ça passera.

— Non, c'est très profond. Il n'y a plus qu'Ilaria.

— Ilaria ! Voyons, Julien, l'amour véritable, fort, durable, c'est Taria. Voilà une réalité bien solide sur laquelle, avoue-le, tu t'es constamment appuyé. Je me trompe ?

— Oui, dans le sens où j'ai toujours conçu la vie autour du rêve, du fantastique. »

Ariane Hanon répliqua, agacée :

« Une vie de cinéma, quoi ! »

— Non, tu ne comprends pas. Du rêve comme dans l'enfance. Je suis et je veux rester une sorte d'enfant.

— Tu as pourtant vieilli. »

Julien Champac éclata de rire.

« Bien sûr ! Physiquement. Mais je refuse de vieillir dans mon cœur et dans ma tête. Je ne veux pas me regarder comme un être du passé. Ça, jamais !

— Alors, Ilaria t'apporte sa jeunesse...

— Pas sa jeunesse, la jeunesse ! Et puis aussi l'aventure. L'aventure recommencée.

— Attention au remake, mon grand !

— Non pas. L'aventure recommencée, cela veut dire pour moi un départ vers un nouvel espace où agir, m'exprimer, me battre... »

Julien fit tourner le masque Ekoï dans un sens puis dans l'autre. Il ne pouvait avouer à Ariane, qui ne connaissait rien de ses affaires troubles, qu'il se préparait peut-être un combat très excitant : Ilaria, le bon petit policier, jouant les amoureuses éperdues pour mieux le prendre au piège, lui, le caïd secret de cette french collection du marché de l'art international. Quel beau scandale en perspective ! Et la tête de ses amis ! Mais il préférait encore la brûlure au soleil de l'amour que la chute d'un Icare perpétrée par la vengeance de faux dieux envieux. Refermant cette parenthèse intérieure, il poursuivit son idée, pour Ariane.

« Oui, c'est exactement cela. Me battre ! Je l'ai fait toute ma vie. Or, ma belle, aujourd'hui je n'ai plus rien à risquer. Regarde ! »

D'un geste las de la main, Julien désigna à travers la baie vitrée la foule bruyante des invités qui se pressait en bas, dans la cour.

« Regarde, Ariane, je suis arrivé où mes rêves d'autrefois m'entraînaient : riche, adulé ou haï et follement aimé par une femme fantastique qui a partagé tout cela. Mais, pour moi, autant dire que je suis un mort-vivant, que j'appartiens au passé. Ilaria, c'est ma résurrection. Avec elle, je peux gagner ou perdre. J'ai un avenir, un amour.

— Mais cet avenir, Julien, c'est le néant pour Taria. Comment peux-tu... »

Quelqu'un toussota près de la porte d'entrée pour manifester sa présence. Derrière Ariane, qui s'était retournée, Julien reconnut la masse puissante de Serge Lombard.

« Serge ! Que fais-tu ici ? Viens ! »

Déçue de ne pouvoir prolonger la discussion, Ariane se pencha vers Julien et lui dit avec toute la conviction qui l'habitait en cet instant :

« Tu vas tuer Taria, Julien. Attention ! »

Elle se redressa, esquissa le geste d'un baiser lancé du bout des doigts et s'éclipsa.

Mais déjà Julien était ailleurs. La visite de Serge l'intriguait.

« Que fais-tu à New York ? Tu as laissé Toussaint seul ? Que se passe-t-il ? Et puis ferme cette baie, j'en ai marre du boucan de tous ces cons shootés à mort. »

Après s'être exécuté, Serge Lombard résuma la situation comme un rapport de sous-officier à officier. Lapidaire.

« Toussaint est mort. La blessure aux poumons était trop profonde. A Bruges la surveillance de la maison de Puppy a repris. Sans l'alarmer, je l'ai incitée à partir pour Monaco. J'ai organisé aussitôt une contre-filature avec nos petits copains. Ce sont bien les mêmes commanditaires que ceux d'Amsterdam. Plus méfiants et plus teigneux cette fois. Ils ont repéré la fille. Écrasée par une voiture folle en plein Anvers. J'ai retiré son mec de la circulation et j'ai pris l'avion. Barcelone, Madrid, Miami et me voilà.

— Tu as remarqué quelque chose à ton arrivée à Kennedy Airport ?

— Rien. J'ai pris un max de précautions. Rien à signaler.

— Affirmatif ?

— Affirmatif ! »

Les deux copains rirent de leur plaisanterie militaire. Champac resta silencieux un long moment. Lombard regardait les invités s'agiter dans la cour. Certains étaient assis à califourchon sur les sculptures. Il eut envie de tirer dans le tas. Pour se soulager.

« Toussaint ? interrogea Julien.

— Tu veux savoir s'il a souffert ?

— Oui.

— Il crachait beaucoup de sang. Il a essayé de nous le cacher pendant plusieurs jours. Le cœur a fini par lâcher. Heureusement.

— Et le corps ? »

Lombard hésita.

« Largué en pleine mer. Pas d'autre choix.

— Pour quelqu'un qui détestait l'eau...

— Fallait que je pare au plus pressé ! »

« — Je ne te reproche rien.

— Le dernier jour, il a gribouillé un mot pour toi. Tiens. »

Julien s'empara du papier et lut : « Wundorf, quel coup ! J'aurais réussi. Pardon. Gérard. »

« On ne peut pas gagner à chaque fois », murmura Julien comme pour lui-même.

Il se leva pour donner l'accolade à son ami. Ils s'embrassèrent, émus.

« Je vais avoir besoin de toi, Serge.

— Mais je ne te quitte plus !

— Si, justement. Il faut que tu remettes la main sur Ilaria. Elle m'a plaqué ce soir. Je ne sais pas où elle est allée. Démerde-toi, le dernier à l'avoir vue est David Cash, je descendrai te le présenter tout à l'heure. Il sait peut-être quelque chose. Je veux que tu la protèges. Dès que tu l'auras retrouvée, ne la lâche plus.

— T'es jaloux ?

— Non, imbécile ! s'esclaffa Julien. C'est plus sérieux. Ils peuvent vouloir s'en prendre à elle pour espérer m'atteindre. D'ailleurs ils ont déjà essayé. »

Et il conta à Lombard l'incident de Shellman Bluff et comment il avait allongé les trois types pour le compte.

« Cervicales brisées. Sans bavure, commenta-t-il.

— Tu les avais repérés quand ?

— Après la sortie de l'autoroute. J'ai joué au chauffeur perdu. Dans ce secteur ce n'est pas compliqué. Ils ne m'ont pas lâché. Quand ils ont attaqué Ilaria, j'ai riposté immédiatement. C'était pas des vrais pros. Un moment, j'ai craint de m'être trompé mais des copains flics de Miami m'ont ôté tout doute, aucun corps n'a été retrouvé à Shellman Bluff. Tu saisis ? »

Serge Lombard fit mine qu'il saisissait.

« Compte sur moi pour la petite. Et toi ?

— Moi ? Je ne me débrouille pas trop mal tout seul, pour un vieux !

— Tu restes à New York ?

— Non. Je retourne à Miami mettre les points sur les i. J'espère que ce sera la dernière fois. »

La voix de Taria, un peu haut perchée, signe qu'elle

avait pas mal bu, coupa net leur conversation. Les deux hommes la regardèrent s'avancer d'une démarche mal assurée.

« Julien, si tu vas à Miami, je te suis.

— Si tu le souhaites...

— Bien sûr ! Je te rappelle que ton mois de vacances est fini. »

Elle tourna aussi sec les talons.

Julien revint vers le masque africain et le fit tourner, laissant rebondir son doigt sur les contours de chaque visage. Avait-il encore besoin d'un compagnon de combat ou ne souhaitait-il plus qu'une jeune reine à adorer ?

44

Une brise légère venue de l'Océan faisait voleter, sous la véranda, la nappe de dentelle du service à thé. La vieille dame frissonna. D'une main elle tira sur son châle de cachemire pour s'envelopper plus douillettement, de l'autre elle piocha encore une dragée.

Les sucreries étaient le péché mignon de Mme Foller mère. Comme un écureuil, elle grignotait indéfiniment bonbons, dragées et chocolats. De l'écureuil elle avait aussi la vivacité. A quatre-vingt-quinze ans, elle ne grimpait plus aux arbres comme dans son enfance, mais elle arpentait chaque jour de son pas trottinant la petite route qui faisait le tour de la presqu'île de Black Point, au bout de laquelle se dressait Scarborough Cottage.

Construit à la fin du XIXᵉ siècle dans la plus pure tradition des maisons du Maine — murs et toits en lattes de bois peint dans les blancs et gris souris —, Scarborough Cottage dominait avec superbe la côte atlantique. Il n'y avait pas moins de trente-quatre pièces que Laura Foller inspectait quotidiennement : « Ma bonne santé est la meilleure promotion pour les produits qui portent mon nom », assurait-elle. Et d'ajouter, catégorique : « Je n'ai pas le droit de faillir. »

En trois quarts de siècle, sa beauté, son sens des affaires et un mari banquier lui avaient permis de bâtir un empire dans les cosmétiques féminins. Refusant le joug maternel trop pesant, son fils unique, Norton, avait bâti sa fortune personnelle en abreuvant l'Amérique de jus d'orange et de tomate. Heureusement qu'elle avait trouvé chez sa belle-fille, Héléna, la personne capable de lui succéder. Depuis, Laura Foller se contentait d'entretenir son teint de pêche en l'offrant aux embruns de l'Océan.

Gourmande, mais plus encore bavarde, Mme Foller saoulait tout son monde. Ilaria Bellini, Anne Paget et Daniel Turana en faisaient les frais, invités à prendre le thé dès leur arrivée chez les Foller. Le milliardaire leur ayant donné rendez-vous en fin d'après-midi, ils avaient pris, pour venir de Boston, le chemin des écoliers le long de la côte jusqu'à cet endroit magnifique, à une trentaine de kilomètres de Portland. En une heure de monologue quasi ininterrompu, ils savaient tout sur l'enfance de Norton Foller et son affection pour ce domaine plus grande que pour sa résidence californienne où étaient pourtant abritées ses précieuses collections.

« Vous comprenez, dit la vieille dame, c'est pire que Fort Knox ! Cela n'a pas plus d'âme qu'un musée et ça ressemble à un cimetière. Ici, c'est la vie ! A n'importe quelle heure de la journée, il suffit de regarder dehors pour contempler des centaines de Gainsborough différents, des Turner, des Corot, des Cézanne..., tous plus beaux les uns que les autres ! Alors... »

Laura Foller soupira et croqua deux dragées avant de s'adresser à Daniel Turana.

« Ne vous impatientez pas, jeune homme, vous verrez bientôt l'objet. Ces vieilles peintures n'ont ni âme, ni cœur. Mon fils est fou de dépenser tant d'argent pour elles. »

Estimant qu'elle avait assez fait de politesses à ses invités, elle se proposa enfin de les conduire à « l'objet » qui les ferait patienter jusqu'à l'arrivée de son fils. Ils traversèrent plusieurs salons douillets. Sur les murs, beaucoup de photos et de gravures mais aucune peinture. Le bureau de Norton Foller, où elle les fit pénétrer, appartenait à un autre univers, surréaliste. Des centaines de livres d'art et des cadres jonchaient le sol ou s'empilaient sur plusieurs tables de travail. Des milliers de diapositives étaient dispersées comme des confettis après une fête. De ce fatras émergeait un chevalet immense touchant presque le plafond et sur lequel était fixée l'*Annonciation* de Bouts, baignée par la lumière froide venue des grandes baies ouvertes au nord de la pièce.

« Je vous laisse. J'espère bien qu'il est faux ! Cela lui fera les pieds... »

Anne Paget et Daniel Turana étaient déjà trop captivés par le tableau pour répondre à madame mère. En revanche, Ilaria resta avec elle. Elle souhaitait marcher un peu et revenir examiner seule la toile.

« Très bien, dit Laura Foller. Je vais vous montrer Black Point. En fin d'après-midi, après une chaude journée, il n'y a rien de plus beau ! Venez ! »

Les deux femmes, bras dessus, bras dessous, gagnèrent le bord de mer. C'était tout ce dont avait besoin Ilaria : chaleur humaine et sérénité. La vieille dame sembla le deviner car elle ne prononça pas un mot jusqu'à ce qu'elles eussent atteint un promontoire rocheux où avait été placé un banc de granit. Elles s'assirent en silence, exposant leur visage aux embruns montés de l'Océan.

« Vous, vous avez des peines de cœur », affirma soudain la vieille dame.

Ilaria tourna son regard vers elle. Dans ses prunelles on pouvait lire une tristesse infinie, qu'elle tenta de dissimuler par un sourire. Mais elle ne parla pas.

Laura Foller lui tapota la main comme on rassure un enfant, comme si rien ne pouvait être grave.

« Venez, rentrons. »

Norton Foller arriva tard dans la soirée. Les trois experts avaient eu largement le temps de procéder à l'examen du Bouts et patientaient dans un salon en buvant du champagne. A son habitude, Foller tendit à chacun une main gauche mollassonne, fourrageant toujours de la droite dans sa poche de pantalon. Il était nerveux et tendu. Il les emmena aussitôt dans son bureau, régla maladroitement l'éclairage des spots et demanda d'un ton comminatoire :

« Verdict ? »

Daniel Turana n'hésita pas une seconde.

« Faux ! »

Le nez en bec d'aigle du milliardaire pointa alors vers les deux femmes.

« Douteux. Double travail de restaurations grossières, déclara Anne Paget.

— La plus grande réserve s'impose », conclut Ilaria Bellini.

Norton Foller fit la grimace, surpris par la convergence des trois avis signifiant une condamnation ferme du tableau. C'était aussi la condamnation de son propre choix. Il avait peut-être été trompé mais il s'était trompé ou, en tout cas, il n'avait pas été assez prudent en achetant seul le Bouts pour sept millions de dollars. Il ressentit cela comme une gifle. Sa voix se fit encore plus cassante.

« J'écoute. »

Comme Daniel Turana allait prendre la parole, Foller l'interrompit d'un geste agacé de la main.

« Vous d'abord, mademoiselle Bellini. »

Ilaria énuméra de sa voix claire les doutes que lui avait inspirés l'examen du tableau. D'abord le parfait état de conservation de cette tempera alors qu'elle n'en avait jamais vu de la même époque autrement qu'en ruine ou presque. Mais surtout, elle avait relevé une longue liste de « bizarreries » iconographiques. Dans les Annonciations flamandes de cette période, l'archange Gabriel était toujours représenté un sceptre à la main ou accompagné d'un phylactère. La Vierge avait à ses côtés une colombe, des lys, une jarre d'eau, symboles de pureté. C'était la règle. Pourquoi Bouts l'aurait-il transgressée ?

D'autres éléments étaient historiquement choquants : le livre sur lequel méditait la Vierge Marie aurait dû être posé à plat sur le prie-Dieu, or il tenait en équilibre contre le mur ; quant au plafond, il était à caissons de style Renaissance.

« Parfaitement exact », enchaîna Daniel Turana en s'emparant d'une règle qui traînait sur un coin de table.

Il s'approcha du tableau et, tel un maître d'école, commenta d'un ton péremptoire les anomalies qu'il avait relevées de son côté. Le baldaquin par exemple ressemblait à une tente de harem et, curieusement, était privé de rideau sur le côté droit. De plus, il surmontait un banc étroit et non un lit ! Le corps de l'angle était disproportionné : cuisses trop longues ! Et que faisait son bras droit enfoui dans le rideau ? La partie gauche de sa chevelure disparaissait bizarrement sous la draperie, cela se voyait à l'œil nu.

Tous s'approchèrent pour constater.

« Ceci indiquerait que l'artiste a modifié sa composition pendant qu'il peignait, estima Anne Paget. C'est en contradiction totale avec les méthodes de travail des peintres flamands de cette époque. Ils effectuaient d'abord un dessin très précis et disposaient ensuite les couleurs en commençant par les grandes surfaces pour finir par les détails. Impossible, donc, de peindre les cheveux puis ensuite le rideau. Et puisque nous sommes dans les couleurs, je voudrais attirer votre attention sur les touches de jaune qui rehaussent la chevelure. Il s'agit, pour moi, d'un jaune fabriqué à partir de bioxyde de plomb-étain. Or, on ne sait le fabriquer que depuis une dizaine d'années. »

L'argument était capital car il signifiait, pour le moins, que cette tempera, « authentique chef-d'œuvre » du xve siècle, avait subi récemment des repeints. Anne Paget fit également remarquer les dissemblances entre la robe de l'ange et celle de la Vierge. L'une était d'un blanc propre, l'autre d'un blanc sale. Cette différence de teinte ne pouvait s'expliquer que par des exécutions à des époques différentes puisque composées de blanc de plomb. Les surfaces ayant été peintes sur tempera, elles ne pouvaient en aucun cas avoir subi un nettoyage.

« Vos conclusions, mademoiselle Paget, commanda Foller.

— Je pense à deux phases de restauration ou de reconstitution de la toile, exécutées à des époques différentes et par des gens d'habileté différente. Le premier, disons le mot, faussaire, a travaillé vers la fin du XIXᵉ siècle, le second, beaucoup moins habile, après la dernière guerre. Il faudrait se livrer à des examens plus détaillés pour voir ce qui peut rester, sous toutes ces adjonctions, d'une tempera primitive. Le Centre royal de recherche pour les primitifs flamands, à Bruxelles, serait l'autorité suprême sous laquelle ces examens devraient être conduits. Pour ma part, je doute fort qu'il en ressorte une attribution à Dirk Bouts.

— Monsieur Foller, intervint Turana. En passant à New York, je suis allé montrer l'ektachrome que vous m'aviez envoyé à Jessie Plane, du Queen's College. Cette spécialiste de la peinture flamande du XVᵉ siècle est formelle : c'est un faux ! J'ai enregistré tout ce qu'elle m'a dit. J'ai aussi... »

Norton Foller n'écoutait plus. Un instant, il avait pensé opposer à ces experts les arguments d'Irwing Bull et de la comtessa mais il avait compris qu'ils étaient, en rapport, de peu d'importance. Ce tableau tant convoité lui était tout à coup devenu étranger. Hostile presque. La Vierge lui parut hypocrite et l'archange pervers. Il avait perdu toute envie de se battre pour le garder. Restait à récupérer les sept millions de dollars.

45

Le risque était énorme. Mais le gain, à la clé, l'était bien plus encore.

Luis Vargas tourna et retourna plusieurs fois entre ses mains baguées la grande enveloppe de papier kraft qu'il finit par lancer à l'autre bout de la banquette.

« Hijo de puta ! » jura-t-il.

Il abaissa la vitre. Pour une fois, la soirée était douce à Miami. Du coup, Collins Avenue était bouchée. La Mercedes 600 se traînait comme une limace, coincée dans le flot des véhicules.

« José, muerda, fais quelque chose ! hurla Vargas à l'adresse du chauffeur. Je ne vais pas passer la nuit au milieu de tous ces cons ! »

Il ouvrit le bar et choisit un monte-cristo n° 1 dans la boîte réfrigérée. Le cigare le calma un peu. Il repensa à sa rencontre avec Julien Champac, une heure auparavant, au Cuban Museum of Arts. Le Français avait prétexté le vernissage d'une exposition de sculptures de l'un de ses compatriotes pour le retrouver. Tu parles ! L'évocation des bronzes callipyges de ce Pollès lui fit penser à Eva, sa nouvelle conquête, une Colombienne bien en chair. Il eut brusquement envie de baiser.

« Hijo de puta ! » jura-t-il une nouvelle fois à l'adresse de Champac qui lui avait collé toutes ces envies en tête : une montagne de dollars et de gros culs.

272

Après un tour protocolaire de l'exposition, Champac lui avait demandé de le raccompagner jusqu'au Civic Center. Une fois dans la voiture, il lui avait remis l'enveloppe.

« C'est pour calmer vos amis. »

Instinctivement, Luis Vargas avait tâté l'épaisseur du pli.

« Ne vous y trompez pas, cela vaut des centaines de millions de dollars. C'est une opération que je devais très prochainement monter. Je leur en fais cadeau pour qu'ils me foutent définitivement la paix. J'ai dit non, c'est non !

— Vous croyez qu'un cadeau va les amadouer ?

— C'est plus qu'un cadeau. C'est une arme de rechange. Je leur offre beaucoup mieux que moi : un homme plus fort, plus crédible, moins obtus qui saura où est son intérêt. Vos amis et lui devraient s'entendre. Surtout s'ils suivent mon plan. »

Sentant que Vargas était ferré, Julien lui avait dévoilé l'affaire. Il s'agissait de dévaliser la chambre forte new-yorkaise du célèbre marchand de tableaux Wundorf. Tous les plans, toutes les indications à suivre étaient dans l'enveloppe. Rien n'avait été laissé au hasard. Un travail de grand professionnel de la cambriole.

« Pour des gens de métier, les références jointes sont une garantie de succès. »

Pas très convaincu, Vargas avait observé :

« Mais que voulez-vous qu'ils fassent de tous ces tableaux qui sont sans doute connus comme le loup blanc !

— Quelques dizaines de millions de dollars par un petit chantage à l'assurance et Wundorf réempochera la partie visible de son trésor. Mais c'est la partie invisible qui fait tout l'intérêt de l'opération : des tableaux volés et d'autres soi-disant disparus sans laisser de traces. Leur valeur peut approcher les sept cents à huit cents millions de dollars. Surtout, leur récupération permettra à vos amis de tenir Wundorf à leur merci. Alors, il leur montera, j'en suis certain, la plus formidable machine à blanchir leurs narco-dollars qu'ils puissent imaginer. C'est un homme intelligent et qui n'a aucun scrupule.

Vous voyez qu'ils ont tout intérêt à accepter mon offre et à me foutre la paix. »

En fait, Vargas se moquait éperdument des problèmes entre Champac et la mafia du moment que cela ne troublait en rien ses propres affaires. En revanche, le cambriolage du bunker Wundorf l'intéressait. Et pas qu'un peu.

« Pourquoi avez-vous abandonné ce projet de casse s'il est réalisable ? s'était-il renseigné.

— Parce que l'homme qui a conçu l'opération et qui devait la mener à bien est mort il y a quelques jours.

— Alors, vous offrez une affaire foutue ! Mes amis ne vont pas apprécier.

— Mais si ! Dans l'enveloppe il y a le nom d'un autre homme qui peut réaliser un tel coup en suivant les indications. Tout est OK, vos amis ne seront pas déçus. Faites-leur parvenir cette enveloppe au plus tôt. »

Depuis que Champac l'avait quitté, Luis Vargas ne pensait plus qu'à une chose : jouer le coup seul. Tout ce fric à ramasser ! Mais il y avait, en contrepartie, le terrible risque de doubler ses amis de la mafia... Et Champac devait avoir tout prévu car il jouait partiquement sa peau dans cette affaire.

Coincé, Luis ! Réduit au rôle de télégraphiste pour une misère de commission.

« Hijo de puta ! »

Puis, exhalant la fumée de son cigare, Vargas se prit tout à coup à sourire : Champac n'avait rien d'un immortel. Il suffisait de bien s'y prendre...

46

La robe de chambre de soie noire entrebâillée sur son pyjama bleu nuit, le cheveu hirsute, l'œil torve, Kosta Koronis, effondré dans un canapé de son salon, paraissait sonné comme un boxeur cueilli à froid.

C'était le cas.

A six heures du matin, une demi-douzaine de policiers du CERVO avec, à leur tête, le commissaire Jean Armand avaient tambouriné à la porte de son appartement. Devant le mandat de perquisition que lui tendait le commissaire, le maître d'hôtel n'avait pu faire autrement que de laisser entrer la horde. Voulant filer réveiller son maître, il en avait été empêché par Armand qui tenait à l'effet de surprise. Ils se rendirent donc ensemble au chevet de l'octogénaire qui n'eut même pas une minute pour s'apprêter. Aussitôt levé, KK dut ouvrir son bureau, qu'il verrouillait toujours la nuit, ainsi que la galerie et la chambre forte dont il coupa les systèmes d'alarme. Les hommes du CERVO fouillèrent le tout sous la direction de Muriel Ustaritz.

La jeune femme était d'une humeur de chien. A cinq heures du matin elle avait été réveillée par son chef qui semblait vouloir jouer avec ses nerfs.

« Tu n'es pas encore debout ? s'était-il faussement étonné. J'espère que tes valises sont prêtes ! Je t'emmène à l'aéroport.

— Mais le vol pour Tokyo ne part qu'à neuf heures !

— Te fâche pas ! Je t'offre le petit déjeuner chez KK. »

Interdite, Muriel avait bafouillé :

« Chez KK ? KK, c'est quoi ?

— C'est qui, tu veux dire.

— Qui, alors ?

— KK, c'est Kosta Koronis. Lève-toi, bordel ! Et dépêche-toi ! J'ai un mandat pour six heures, je ne veux pas être en retard. »

*
**

Hébété, Kosta Koronis paraissait ne plus jamais pouvoir quitter son canapé.

« Je voudrais téléphoner, souffla-t-il entre deux respirations rendues difficiles par une soudaine crise d'asthme.

— A qui ? demanda Jean Armand, assis en face de lui.

— A mon avocat.

— Pas question !

— Mais...

— A cette heure les bureaux sont fermés. Foutez-nous la paix ! »

Ébranlé, KK mit plusieurs dizaines de secondes avant de revenir à la charge. Il se redressa un peu, croisa les pans de sa robe de chambre et se passa la main dans les cheveux pour rectifier sa coiffure.

« Vous n'avez pas le droit... D'abord, que cherchez-vous ? Cette intrusion est intolérable !

— C'est la loi !

— La loi me permet de...

— Elle ne vous permet pas de faire du recel et de vendre des objets volés, la loi ! »

D'un bond que son grand âge ne pouvait laisser supposer, le marchand se remit debout.

« Monsieur, je ne vous permets pas ! C'est une honte ! Une atteinte à mon intégrité et à mon honneur ! Vous aurez à en répondre, ça je vous le garantis !

— Rasseyez-vous, Koronis ! ordonna Armand. Et fermez-la ! Vous n'êtes pas en position de force.

— Monsieur ! Je ne supporterai pas une minute de plus...

— Mais si ! Mais si ! Marchelet, Frank Marchelet, cela vous dit quelque chose ?

— Euh..., euh..., je ne vois pas, bégaya Koronis en se rasseyant.

— Ça suffit, Koronis ! Vous êtes assez intime avec ce garçon pour le tutoyer quand vous jouez au golf, alors... »

KK n'insista pas. Il avait compris. Voulant en savoir plus, il demanda sur un ton moins vif quel rapport il pouvait y avoir entre ses relations de golf et une perquisition à l'aube chez lui.

« Les toiles volées chez Lieutadès, ça ne vous dit sans doute rien non plus ?

— Non.

— Vous avez tort, Koronis. Marchelet a été arrêté avec des peintures provenant du vol. Il essayait de les vendre aux États-Unis. Il a avoué vous en avoir confié une douzaine. Des Utrillo, trois pour être précis, également trois Boudin, deux Renoir, deux Dufy, un Manet, un Rouault et un Modigliani. En prime !

— Pur mensonge ! Je n'ai jamais eu en main ce genre de marchandise. Ce Marchelet affabule et veut me discréditer, c'est évident. Mensonge, mensonge !

— Bien sûr ! On verra tout cela en détail. »

Jean Armand s'interrompit car Muriel Ustaritz l'appelait depuis l'entrée du salon en agitant un dossier. Le sourire lui était revenu, signe qu'elle avait déniché quelque chose d'intéressant. Il la rejoignit.

« Alors ?

— Je n'aurai pas loupé mon avion pour rien. Car je l'ai raté, ajouta-t-elle en regardant sa montre. Mon séjour à Tokyo risque d'être un peu plus long que prévu... »

Elle sourit, moqueuse, en se servant du dossier comme d'un éventail.

« Qu'y a-t-il là-dedans ?

— Une petite bombe : Tateshima !

— L'ex-ministre japonais ? Celui qui a eu des démêlés fiscaux et des histoires de fric pas très nettes ?

— En personne ! Les deux Boudin de Lieutadès sont désormais à lui. C'est là-dedans. Photos à l'appui. »

Jean Armand souriait aux anges.

« Attends, ce n'est pas tout ! Regarde : les trois Utrillo, partis pour le Japon ! Des particuliers et une galerie. Preuve que la filière japonaise a plus de ramifications qu'on ne pensait. »

Le patron du CERVO n'eut pas le temps de répondre car l'inspecteur Lebœuf venait de les rejoindre, tout excité.

« J'ai découvert dans la galerie la photographie de l'un des deux Renoir, *La Source*. Au dos, il est indiqué qu'il s'agit d'une huile intitulée *La Baigneuse* et y figure également l'indication d'une société de commerce d'objets d'art à Genève. A mon avis, les Renoir et les autres tableaux doivent être là-bas. Passés par le port-franc, comme d'habitude. »

Jean Armand s'empara de l'ensemble des documents et alla les déposer sur les genoux de KK.

« Ce n'est qu'un début mais, pour vous, c'est le commencement de la fin. Adieu, le grand marchand Koronis ! Vous n'êtes qu'un escroc et un receleur ! Vous avilissez l'art pour de l'argent. Vous me dégoûtez ! Allez passer un costume, je vous embarque ! »

Le vieux Koronis pâlit et ses épaules s'affaissèrent. D'une main mal assurée, il sonna le maître d'hôtel.

Quand il fut sorti, Muriel Ustaritz s'approcha du commissaire jusqu'à le toucher et murmura, d'une voix de chatte :

« Moi aussi, tu m'embarques ? »

Interloqué, Jean bafouilla :

« Je..., je... Tu as raté ton avion, non ? »

— Ça je sais ! Seulement mes valises sont dans ta voiture. Et une amie de province arrive ce midi pour occuper mon appartement. C'est un service que je lui rends. Alors moi, je vais où, chef, si tu ne m'embarques pas ? »

Le visage de Jean s'illumina. Il enlaça Muriel, la serra

de toutes ses forces et embrassa ses cheveux, à la naissance du front.

« Je ne vois qu'une solution : chez moi !

— Vous êtes trop bon, chef... »

47

La « cigarette » ne prit vraiment de la vitesse que
lorsqu'elle dépassa sur sa droite le Seaquarium de Virgi-
nia Key. Alors, pleins gaz, Vong plongea dans Biscayne
Bay comme s'il voulait que l'embarcation aille exploser de
ses 700 chevaux dans le feu d'artifice des lumières de
Miami.

A l'arrière, Taria von Celle se blottit contre Julien
Champac, s'abritant du vent entre les bras de son amant
retrouvé.

Le bateau fonçait vers Coconut Grove et Julien crut
que Taria l'y emmenait dîner dans ce restaurant français
qu'ils affectionnaient. Mais, à moins d'un demi-mille,
Vong vira à tribord et l'engin remonta la côte. Où donc
Taria avait-elle décidé de le conduire ? Comme s'il avait
deviné la pensée de Julien, Vong se retourna et rit de
toutes ses dents cariées.

Vong était un autre vieux copain de Légion qui avait
suivi Julien dans le civil. A Key Biscayne, il servait de
maître d'hôtel, de cuisinier, de gardien et de chauffeur. Il
était sauvage et n'appréciait que la présence de Taria.
Pendant tout le séjour d'Ilaria, il avait effectué son service
pratiquement comme un fantôme. Présent mais invisible.
Depuis le retour de Taria, Vong était toujours fourré dans
leurs pieds et riait sans arrêt.

« Je vais finir par lui casser ses dernières dents, maugréa Julien.

— Tu parles de Vong ? s'enquit Taria.

— Oui. Son rire m'énerve !

— Mais il est tellement heureux de nous retrouver. »

Si Taria aussi s'y mettait... Il jugea bon d'esquiver.

« Tu nous emmènes où ?

— Là », dit-elle en pointant son doigt vers leur gauche au moment où la « cigarette » décélérait.

« Vizcaya ?

— Oui, mon cher ! La plus belle résidence de Miami ! La folie de James Deering rien que pour nous deux, ce soir !

— Une folie von Celle, tu veux dire ? Tu as soudoyé le conservateur du musée ?

— Oui. Un gros chèque à l'association des Vizcayans pour l'entretien des jardins et nous voici dans la place.

— Et un petit peu de charme en plus du chèque, je suppose ?

— Évidemment ! Même avec un chèque gros comme elle, cette baleine de Betty Feddow, par exemple, se serait fait rembarrer.

— Elle n'aurait surtout pas eu une idée aussi farfelue ! »

Lorsque l'embarcation passa devant l'appontement, autrefois réservé au yacht du propriétaire, pour se glisser le long du grand chaland de pierre, construction baroque servant de brise-lames, toute la villa et les jardins s'illuminèrent. C'était véritablement féerique ! Vong accosta en bas des marches descendant de la grande terrasse. Le moteur coupé, on n'entendit plus dans le silence de la nuit que le pétillement des jets d'eau, le clapotis des fontaines et le roulement des cascades.

Julien sauta à terre et tendit la main à Taria pour l'aider à débarquer. Il eut un choc.

Bien qu'ils fussent partis ensemble de leur villa, il ne l'avait pas vraiment regardée. Elle portait une longue robe bustier en tulle noir qui dégageait ses belles épaules blanches. De très longs gants de soie noire à volants bouillonnés cachaient ses bras jusqu'à hauteur des aisselles. Elle n'avait aucun bijou, ni autour du cou ni aux oreilles. Seules étincelaient ses dents dans l'écrin vermillon de ses lèvres peintes. Ses cheveux, coiffés à la diable, virevoltaient dans son cou, domptés sur son front par un serre-tête de velours noir. Elle était aussi désirable que si elle avait été nue. Il eut envie d'elle et le lui dit.

« Moi aussi. Viens, allons dans les jardins pendant que Vong prépare le dîner.

— Je peux savoir ce qu'il y a au menu ?

— Moi ! Moi encore et toujours moi ! »

Elle lui prit la main et ils remontèrent le long du quai vers le kiosque à thé et le bois de palétuviers.

Taria provoqua Julien en un jeu de cache-cache autour des colonnes de marbre et des statues classiques et pastorales jalonnant le grand chemin central. Sautillant de muret en muret, dans des envolées de tulle découvrant ses longues jambes, elle gravit, poursuivie par son amant, la butte où se dressait le casino, maison miniature de style XVIIIe ouverte en loggias dominant le parc et la villa Vizcaya. Essoufflée, elle alla s'appuyer de dos à la balustrade de fer forgé et attendit Julien. Elle le regarda s'approcher de sa démarche souple, tranquille. Il souriait, charmeur, chaleureux.

Il fut bientôt tout près d'elle à la toucher. Elle perçut alors dans ses yeux gris une ombre d'hésitation inquiète. Comme peut en avoir un enfant fugueur qui rentre à la maison. Elle prit ses mains fines et osseuses et les posa sur ses seins puis elle souleva sa robe pour qu'il lui embrasse le ventre. Quand ses lèvres se posèrent sur son pubis, elle le sentit se détendre. Au plafond du casino, des Cupidons rieurs bardés de flèches leur souriaient.

L'explosion du bouchon de champagne sabré par Vong surprit les deux tourtereaux abîmés, par-delà la balustrade de la salle à manger, dans la contemplation du petit casino.

« Ce fut délicieux…, murmura Taria.

— Et très fort…, avoua Julien.

— Comme toujours !

— Cristal Rœderer 1975 », annonça Vong en servant le champagne.

282

Il souleva le couvercle de la soupière de cristal et d'argent et commenta doctement :

« Caviar d'Iran gros grains ! Une filière d'exilés de la cour du shah. Bon appétit ! »

Taria et Julien se retrouvèrent face à face. Duo d'amour ou duel ? Elle espérait le duo et redoutait le duel. Julien craignait les deux. Ils en prirent conscience en se dévisageant : leurs sourires affectés cachaient une même appréhension.

« Tu es époustouflante ! risqua Julien. Je bois à ta beauté ! »

Taria leva, elle aussi, son verre.

« Tu es admirable ! Je bois à ta réussite, Julien !

— Notre réussite ! rectifia Julien. Sumer, c'est nous deux. »

Ils avalèrent ainsi plusieurs coupes de champagne en se portant des toasts. Taria riait. Julien était heureux, soulagé de la voir gaie. Et en même temps, il devinait ce que cachait cette fuite dans l'euphorie : Taria avait peur qu'il ne l'abandonne un jour. Elle devait craindre ce moment proche car les verres s'envolaient et disparaissaient au bout de ses bras gantés comme les fleurs dans les mains d'un illusionniste.

Puis elle cessa tout à coup ses moulinets et jeta la coupe de cristal vide par-dessus sa tête. Elle posa ses mains à plat sur la table et inspira fortement. A l'expiration, elle demanda :

« La petite pute italienne, c'est fini ? »

Julien ne répondit pas.

« Tu es bien comme tous les petits garçons, se rengorgea-t-elle. Lâche ! Affreusement lâche ! Je t'écoute, Julien. Je ne suis pas conne, tu sais. J'ai bien vu que ce n'était pas une simple passade.

— C'est vrai », admit Julien.

Sa voix n'était pas aussi claire qu'il l'aurait souhaité, plus par émotion que par manque de courage.

« Alors, tu l'aimes vraiment ?

— Oui. Tu comprends...

— Non... ! Je ne comprends rien. Toi et moi, il y a si longtemps. Et si fort ! Que peut-elle t'apporter de plus, excepté sa jeunesse ? Et la jeunesse... tu en es loin, toi ! Non ?

— Justement. Ilaria c'est pour moi le dernier appel de la vie. Je veux lui faire un enfant. »

Il savait qu'il touchait Taria au plus douloureux, elle qui ne pouvait enfanter. Cela n'avait d'ailleurs pas eu d'importance entre eux puisqu'il avait toujours affirmé qu'il n'en désirait pas. Mais maintenant...

« Non !... »

Renversant sa chaise, Taria se dressa et, les mains portées à la bouche, cria de nouveau :

« Non !... Non !... Non !... »

Il sembla à Julien que ses tympans explosaient. Il fit un geste vers elle mais elle recula et partit en hurlant, telle une bête blessée.

Bientôt ses cris envahirent toute la villa. Lancé à sa poursuite, Julien parvenait difficilement à repérer son passage dans le dédale des pièces. Quand il franchit le perron de la loggia est, il l'aperçut, forme noire bondissante, dévaler le grand escalier en direction de l'embarcadère. Heureusement, près de la « cigarette », il y avait Vong.

« Vong ! Arrête-la ! »

Dans sa course, il perçut le bruit d'un corps qui tombait à l'eau puis le rugissement des moteurs. Il arriva pour voir l'engin éviter de justesse le ponton de pierre et filer vers le large. Sortant de l'eau, Vong se précipita sur lui, fou de rage, et le secoua comme un dément.

« Qu'est-ce que tu lui as fait, dis ? Qu'est-ce que tu lui as fait ? »

48

En dehors de Pénélope Steen, sa cuisinière, « l'homme le plus riche du monde » terrorisait tous les membres de son personnel qui l'approchaient. Y compris les plus prestigieux de ses directeurs, tel Henry Silver, chargé des achats du musée Lutty. La fantaisie du milliardaire prenait, hélas, souvent le pas sur les jugements et les avis d'un éminent historien d'art comme Henry Silver.

Sommé de se rendre à Milton Place, Silver éprouva ce jour-là une forte déconvenue en pénétrant dans le bureau-bibliothèque de John Lutty. Lui faisant face, installée sur deux chevalets, il vit l'immense toile de van Baburen, *La Mort du brave*, qui lui avait échappé à dix millions de francs au cours d'une vente à Drouot. La galerie anglaise qui avait emporté cette œuvre du début du XVIIᵉ siècle, peinte par l'un des plus célèbres peintres caravagesques des Pays-Bas, travaillait donc pour Lutty. Selon l'humeur, il y avait de quoi être dégoûté ou admiratif de la duplicité du vieux milliardaire. Silver, en l'occurrence, était écœuré par le manque de confiance que son patron lui portait.

John Lutty remarqua tout de suite le dépit de son employé et il s'en réjouit. Il aimait manipuler, piéger. Dans les affaires, cela lui avait réussi.

« Ça vous la coupe, hein ? C'est magnifique de réalisme. Ah, cette lumière ! Ce corps meurtri, sanguinolent,

dont on perçoit les derniers frémissements de vie !
Superbe ! »

Il contourna sa table de travail et vint donner une
grande bourrade dans le dos de Silver.

« Ne soyez pas dépité, Henry ! C'est de la bonne
stratégie commerciale. Il ne faut pas agir à découvert en
permanence. Les marchands sont là pour ça et ils font
très bien leur boulot.

— Mais, monsieur, j'ai surenchéri contre vous ! Vous
auriez pu l'avoir pour moins cher, compte tenu, qui plus
est, de la commission pour la galerie, de l'augmentation
des frais...

— Allons, Henry, je ne vous savais pas aussi économe
de mon argent. Bravo ! L'important, dans l'affaire, c'est
que sur le marché tout le monde ignore que je possède
désormais ce Baburen. Il suffirait que l'on sache que John
Lutty achète sur toutes les places les meilleures œuvres
d'art pour que les prix flambent. Croyez-moi, ce système
n'est pas si mauvais pour mon capital que vous le
pensez. »

Tout en parlant, Lutty s'était approché de la toile. Il se
mit à caresser du bout des doigts le corps du guerrier
terrassé. Il en suivit tous les contours, des épaules aux
cuisses, en murmurant à plusieurs reprises :

« Moi vivant, non. Moi vivant...

— Pardon ? Vous dites, monsieur ? » interrogea Silver,
troublé par le comportement du vieil homme.

Lutty se retourna. Son visage exprimait l'effroi.
Comme s'il avait vu quelque chose de terrifiant qui l'eût
épouvanté. Il resta un long moment le regard fixe.

Henry Silver n'osa bouger. Il vit John Lutty frissonner
puis lui sourire. Il respira, soulagé de le voir reprendre ses
esprits.

« Je ne suis pas encore mort, mon cher Henry. Dieu
soit loué !

— Dieu soit loué, monsieur ! répéta Silver bêtement.

— Vous avez tort !

— Tort ? Monsieur, je...

— Tort, Henry, et je vais vous dire pourquoi. D'ailleurs, c'est pour cela que je vous ai fait venir à Milton

Place. Comme vous le savez, ces dernières années j'ai mis une grande partie de ma puissance financière à monter de splendides collections d'objets et d'œuvres d'art. Je veux que cela serve l'humanité. Un écrivain, allemand je crois, a dit : " L'art ne constitue pas une puissance, il n'est qu'une consolation. "

— Thomas Mann, monsieur.

— Allons pour Thomas Mann. Moi, John Lutty, je souhaite consoler l'humanité en mettant toute ma puissance au service de l'art. Voyez-vous, je viens de prendre mes dernières dispositions testamentaires : à ma mort, le musée Lutty disposera d'un capital d'environ deux milliards et demi de dollars... »

Le directeur des achats du musée ne put cacher sa stupéfaction ni son ravissement. Quelle somme !

« Attention, un ordre testamentaire vous obligera à en dépenser plus de quatre pour cent par an en achats d'œuvres d'art. Soit une bonne centaine de millions de dollars. »

Silver calcula rapidement que ce budget représentait trente fois les capacités d'achat de la National Gallery où il travaillait précédemment. Fabuleux, colossal, vertigineux ! Incapable de prononcer une parole, il écouta la suite bouche bée.

« Avec cela vous pourrez rafler tout ce qui sera encore disponible sur le marché. Plus question, comme aujourd'hui, de le protéger. Pour que le musée Lutty devienne le plus grand, le plus riche, le plus beau musée du monde, vous serez les Attilas, les Napoléons, les derniers pilleurs d'œuvres d'art. Mes millions de dollars seront votre grande armée. C'est pour cela que je vous fais mes héritiers. A la fin de ce siècle, quand on parlera d'art, on dira Lutty. Enterrés les Louvre, National Gallery, Metropolitan et autres musées crottes de mouche ! A ma mort, ce sera le déferlement Lutty. Tous les chefs-d'œuvre devront porter l'estampille Lutty. Et qu'importe si le marché explose ! Je vais vous laisser de quoi dominer le monde. Lutty, le sauveur des arts ! Lutty le... »

La sonnerie du téléphone interrompit l'envolée lyrique du milliardaire. Il décrocha et aboya un « allô ! » excédé.

A l'écoute de son correspondant, son visage se détendit bientôt et, au moment de raccrocher, il lança tout joyeux :

« Entendu et merci ! Je vous dépêche immédiatement Silver. Au revoir. »

John Lutty se frotta les mains de jubilation.

« Formidable ! Formidable, mon cher Henry ! L'*Annonciation* de Bouts est disponible ! Norton Foller a baissé les bras. Entre nous, j'ai toujours pensé que c'était un mou. Irwing Bull nous le propose à sept millions de dollars. Il me le faut ! Si possible à moins, mais il me le faut, Silver ! Bull vous attend à New York, au Méridien.

— Permettez-moi, monsieur, de vous mettre une nouvelle fois en garde. Ces Bouts sont pour le moins douteux. Il faut que nous procédions à des examens approfondis pour obtenir la certitude...

— Non, Silver, vous achetez ! Les examens, les études, tout cela si vous y tenez tant, on les fera après pour réaffirmer que c'est un chef-d'œuvre. Ma loi vous la connaissez : Lutty n'achète que des chefs-d'œuvre. Point final. Fourrez-vous cela dans la tête ! A ma mort, ce sera votre loi, la loi Lutty. Personne ne pourra aller contre ! »

Visiblement peu convaincu, Henry Silver insista :

« Monsieur, nous avons déjà des problèmes avec deux marbres antiques plus que faux. Nous nous sommes fait rouler. Aussi... »

John Lutty explosa.

« Silver ! Un mot de plus et je vous vire ! Prenez conscience de ma puissance, bon Dieu ! Vous connaissez l'histoire du singe qui monte à l'arbre ? Plus il est haut, plus on lui voit le cul. Lequel n'est peut-être pas toujours propre. Mais quand vous êtes là-haut, plus personne n'ose vous le dire. Compris ? »

Henry Silver finit par acquiescer, de lassitude. Lutty ouvrit la porte de son bureau et le poussa dehors.

« Ramenez-moi le Bouts au plus vite ! »

Au moment où il allait refermer le battant, il héla son directeur :

« Henry ! Rappelez-vous, le singe tout là-haut. Sa position lui permet de chier sur les autres. »

John Lutty éclata de rire de bon cœur. Ce soir, il s'accorderait deux pommes cuites au dessert.

49

Pas de doute possible, c'était une catastrophe ! Pour un célibataire endurci comme lui, il pouvait dire qu'il s'était bien fait avoir. Ah, il avait bonne mine ! Elle lui manquait, là, maintenant, dans son bureau, avec ses façons de le provoquer. Chez lui, c'était pis ! En une journée, une nuit et une matinée, elle avait imprégné tout son appartement de son parfum. Et le lit ! Il s'était juré de ne plus le faire jusqu'à son retour afin de respirer son odeur au creux des draps. Pourquoi l'avait-il laissée partir ?

On toqua à la porte. La tête de Lebœuf apparut. « Voilà ! se dit Jean, j'aurais dû envoyer Lebœuf à Tokyo et garder Muriel près de moi. Que je suis con ! »

« Jean ?

— Oui, entre.

— Voilà tout ce qu'on a pu dénicher sur Julien Champac, comme vous l'aviez demandé.

— Il vous en a fallu du temps, merde !

— C'est que, au vu de la fiche, j'ai pris sur moi de procéder à quelques investigations complémentaires.

— A cause ?

— Champac a passé cinq ans en Algérie, dans la Légion, pendant la guerre. Il n'y était pas seul.

— Tu m'étonnes ! Les aventuriers attardés, les amants

éplorés et les criminels, ça fait du monde ! Pas du beau monde, comme en fréquente maintenant Champac.

— Je voulais dire qu'il s'y était fait des amis. Gérard Toussaint, par exemple.

— Vrai ?

— On ne peut plus. Ils y étaient en même temps, dans le même régiment. La sécurité militaire m'a refilé leurs états de service. Champac a été promu et décoré pour faits d'arme. Une mission périlleuse réussie dans les Aurès avec deux compagnons, Toussaint et un certain Lombard. Serge Lombard, un Wallon. Petite incursion en Belgique pour apprendre que ce Lombard habite chez une collectionneuse et marchande d'art, Puggy Russelmayer, vieille et grande amie de Champac.

— Ouais ! Ce Lombard, il a un casier ?

— Rien à Paris, rien à Bruxelles.

— Reste à savoir si Toussaint et Champac ont continué à se fréquenter. Ça ne va pas être de la tarte.

— Patiente ! J'ai demandé à nos amis belges de faire une enquête de voisinage à Bruges où habite cette Puppy Russelmayer : RAS, sauf durant ces trois dernières semaines la présence quotidienne d'une voiture de toubib. Pas un médecin de Bruges, d'après les voisins. Comme la première visite...

— ... remonte à peu près au jour où Toussaint a été blessé, porte de Clignancourt, tu en déduis que notre homme est soigné là-bas.

— Était. Car depuis quelques jours, plus de voiture et la maison est fermée.

— Notre oiseau s'est envolé, conclut Jean Armand.

— Ou peut-être que son état ne nécessitait plus aucun soin parce qu'il est mort ?

— Ben voyons ! Et dans ce cas, tu crois que le cadavre est enterré dans la cave ? Ou qu'il flotte entre deux eaux dans les canaux de Bruges ? »

Lebœuf haussa les épaules d'impuissance.

« On peut toujours lancer un mandat de recherche contre ce Lombard, histoire de le localiser.

— On peut, oui. Ça ne mange pas de pain. Mais je

donnerais cher pour en savoir plus long sur l'éventuel tandem Toussaint-Champac.

Comme s'il venait d'être piqué, Jean Armand bondit de son siège et fila vers le tableau noir fixé sur un des murs du bureau. Il prit une craie et écrivit en commentant pour son inspecteur :

« Imagine, mon petit Lebœuf, que ce soit comme on le subodore Toussaint l'Ouverture qui ait fait les casses de la collection Dumaine et de la collection Lieutadès. Et bien d'autres auparavant. Bon. Du côté de chez Dumaine, on sait que Vargas, qui avait en sa possession un des tableaux volés, a joint Champac après mon passage pour récupérer la toile. Du côté de chez Lieutadès, le petit Marchelet nous a balancé aussi son contact, le restaurateur Onnolovski. Lequel connaît bien Champac. Donc...

— Jean, tu ne crois pas qu'il est normal pour un marchand de tableaux d'avoir des contacts à l'étranger et des liens avec des restaurateurs ?

— Attends ! Il y a marchand et marchand. »

D'un trait vif, Jean Armand sépara à la craie le tableau en deux parties.

« Après le côté français, voyons le côté italien. Nous avons la certitude que le gang des Milanais travaillait en relation étroite avec celui des châteaux dont Toussaint était le grand commanditaire. On sait aussi qu'à la périphérie des Milanais on trouve une comtessa florentine, Letizia da San Friano, qui est en affaires avec Champac. Vu ? »

Traçant un grand cercle reliant les parties française et italienne, il tira ensuite une flèche vers le haut.

« Ici, la Belgique et les Pays-Bas, grandes plaques tournantes pour les objets volés chez nous et en Italie. Et on trouve quoi ? Un ancien légionnaire comme Toussaint et une collectionneuse de tableaux, deux vieilles connaissances de Champac. Attends, mon petit Lebœuf, attends et regarde bien ! »

Pour mieux juger du rendu de son croquis et comme un peintre travaillant à la brosse, le patron du CERVO recula de quelques pas puis revint sur le tableau qu'il martela de coups de craie.

« Là, en France : Champac ! Là, en Italie : Champac !
Là, en Belgique : Champac ! Là, aux États-Unis : Champac ! Tous ces trafics et toujours Champac ! »

S'écartant du tableau noir, il jeta rageusement la craie contre son œuvre.

« Ce Champac, il faut que je me le paie ! »

50

De toute la journée, la pluie n'avait cessé de tomber sur New York, minant les nerfs des habitants avec autant de force qu'elle lessivait les vitres.

Au premier étage de la galerie que possédait Julien Champac dans le Village — baptisée Icart, elle aussi, mais que Julien avait ouverte bien avant sa petite sœur parisienne —, l'ambiance était morose et tendue. La froideur clinique du lieu, avec ses batteries de classeurs alignés comme les stèles d'un columbarium, n'avait rien pour réchauffer l'atmosphère entre les trois personnes présentes. La comtessa da San Friano et Irwing Bull, assis à l'extrémité de la grande table de consultation en bois cérusé, suivaient du coin de l'œil les allées et venues de Julien.

Ces classeurs, sur lesquels il tapotait au fil de ses déambulations, comme s'il jouait du xylophone, renfermaient une multitude d'informations auxquelles il devait une grande part de sa réussite. Cela avait exigé, pendant vingt ans, un travail de fourmi terriblement dispendieux. Mais le résultat était d'importance. En fiches et sur disquettes, s'alignaient les références de centaines de livres, revues, articles de journaux et catalogues de vente publiés dans le monde entier concernant les plus grands chefs-d'œuvre en peinture et sculpture du quattrocento à la période contémporaine. Identification, dimensions, caractéristiques, provenances, le tout accompagné de photographies. Chaque artiste était fiché avec, pour les contemporains, les galeries qui les suivaient, les principaux collectionneurs, l'évolution de leur cote et un renvoi pour les plus grands à un catalogue raisonné. Julien Champac, comme Wundorf avec les impressionnistes, avait entrepris le catalogage de l'œuvre des plus grands peintres et sculpteurs depuis la Seconde Guerre mondiale, avec l'aide parfois des artistes eux-mêmes, soucieux de préserver leur travail et de constituer des archives. Champac comptait beaucoup sur sa future fondation à Monte-Carlo pour étendre son action avec le soutien d'universités. Nul n'était mieux placé que lui pour savoir qu'on peut falsifier n'importe quel tableau. La chose était encore plus simple pour les créations contemporaines, comme celles des Américains Lichtenstein, Rothko, de Kooning, Warhol, Motherwell, par exemple, et même Jasper Johns. Devant les prix atteints par leurs productions — aisément imitables —, il valait mieux se prémunir et savoir qui avait peint quoi.

Dans les tiroirs gris étaient également répertoriés les principaux collectionneurs de la planète ainsi que les marchands internationaux les plus en vue, avec leurs états de fortune, celui de leurs affaires et des détails d'ordre personnel sur leurs habitudes et manies qui pouvaient se révéler très utiles en cas de négociation ou de compétition. Champac avait étendu ce fichier à certains directeurs et conservateurs des musées nationaux ou privés, véritables concurrents qui comptaient de plus en plus sur le marché.

Sachant que la moindre information, bien exploitée, peut faire gagner du temps et souvent de l'argent, Julien Champac exigeait que ses fichiers soient constamment tenus à jour. Il employait à Icart-New York quatre personnes pour ce travail ainsi que deux à Icart-Paris. Et il faisait également appel à toute une valetaille de « rabatteurs » qui fréquentaient le monde de l'art et celui des grandes fortunes. Ces parasites mondains lui révélaient, moyennant rétribution, des petits détails de la vie, comme un revers de fortune qui peut obliger à se séparer d'objets d'art ou un joli coup de Bourse qui peut entraîner la recherche d'un placement en peinture, ou encore un proche divorce, etc. Facile, alors, d'être le premier sur l'affaire…

Seule note de couleur et de gaieté dans cette pièce de travail, une série de *Women* de Willem de Kooning ornait les panneaux encadrant les baies vitrées.

Julien Champac s'arrêta face à l'une d'elles, plus rêveuse que les autres. Plus aguicheuse aussi, puisqu'il s'échappa de ses pensées pour mieux la contempler. Il lui revint alors une réflexion d'Ilaria à propos de Kooning : « Sans la tradition flamande et hollandaise que porte en lui de Kooning, il ne peindrait pas ainsi. C'est évident. » Cette *Woman* avait-elle la consistance charnelle d'un Rubens ? Cette question ne lui était encore jamais venue à l'esprit. Mais ce n'était pas un corps éclaté ou opulent que voyait soudain Julien, c'était celui d'Ilaria, gracieux, souple, ferme ; un corps dont il était mutilé.

Devait-il se résigner à cette mutilation ? Un appel de Serge Lombard lui avait appris qu'Ilaria venait de regagner Rome. Comme convenu, il ne lâcherait plus la jeune femme jusqu'à ce que Julien arrive. Un autre appel téléphonique compliquait les choses. Celui d'Ariane Hanon. A Paris, Taria avait un comportement étrange. Elle agissait comme si elle se préparait à un départ définitif, mettant de l'ordre dans la galerie et vendant tout ce qui lui appartenait en propre. Elle avait contacté Ariane pour lui proposer plusieurs œuvres et notamment un César de leur hôtel particulier du Marais. « Tu comprends, Julien, avait expliqué Ariane de sa voix douce, à New York j'ai bien vu qu'un drame se nouait entre vous. Taria m'inquiète. Tu sais, elle est bizarre. Elle semble nous regarder sans nous voir. Elle si chaleureuse… Que dois-je faire, Julien ? » Excédé, il avait répondu brutalement : « Achète ! » Cependant, il était inquiet et indécis. Devait-il aller à Paris ou à Rome ? Mais auparavant il lui fallait régler cette embêtante histoire du Bouts.

Il se retourna au moment où la comtessa criait :

« Arrêtez, Irwing, de malaxer vos mains ! Vous ressemblez à un curé se préparant à prêcher !

— Désolé, Letizia.

— Et toi aussi tu m'énerves, Julien, à faire les cent pas ! Que décidons-nous ? Enfin, quoi ! Irwing a eu raison de proposer l'*Annonciation* à Lutty, oui ou non ?

— Bien sûr que oui ! approuva Julien. Puisque le vieux crabe nous dépêche un de ses acheteurs. Ce qui me gêne, c'est l'importance qu'il va donner à son acquisition : " Pièce maîtresse du musée Lutty, chef-d'œuvre incomparable... " J'en passe ! J'aurais préféré plus de discrétion. Surtout après le refus de Foller. »

Irwing Bull voulut intervenir mais Julien l'arrêta.

« Avec John Lutty on a au moins cette garantie qu'une fois l'affaire faite il ne se déjugera pas. Dût-il se rendre à l'évidence qu'il a été berné. Il s'accrochera mordicus à la qualité de son chef-d'œuvre, directement proportionnelle au prix d'achat. Il faut que nous soyons très fermes au cours de la négociation. Il a les moyens de payer, donc pas question de descendre au-dessous des sept millions de dollars. »

Julien vint s'asseoir sur le coin de la table, à côté d'Irwing Bull.

« Cette fois, c'est vous seul qui négocierez. Letizia est un peu trop connue des gens du Lutty Museum par les ventes des antiques... Et puis vos anciennes fonctions chez Sumer sont la meilleure garantie pour l'envoyé de Lutty. Vous serez entre collègues, entre gens de la même espèce : des intellos honnêtes. Du moins, l'autre le croira. »

Irwing Bull ne releva pas la méchanceté. Il y avait longtemps qu'en présence de Champac il n'affichait plus aucun amour-propre car Julien savait tout de lui. Il trouverait bien le moyen de se venger. Il continua d'écouter en souriant, les mains bien à plat sur la table.

« Comme pour stopper un incendie, nous allons allumer un contre-feu, ajouta Julien.

— De quelle façon ? demanda la comtessa.

— En exposant l'*Annonciation* au vu et au su de tous :

experts, marchands, collectionneurs, amateurs de tout poil. S'il doit y avoir polémique on le saura tout de suite.

— Risqué ! insinua Bull.

— Pas si on choisit un lieu qui impressionne tout le monde au départ, John Lutty compris. Un endroit où il paraîtra impossible d'exposer un faux grossier.

— Où ? demandèrent en chœur Letizia et Irwing.

— Au Metropolitan.

— Au Met ! reprit le chœur.

— Oui. Quinze jours à un mois d'exposition et je vous fiche mon billet que plus personne n'osera émettre un doute sur son authenticité. Après... il sera trop tard.

— Et tu comptes t'y prendre comment ?

— C'est presque arrangé. Jonathan Small, un des plus influents " trustees ", m'a offert son aide. Le Bouts le fascine. Il l'a examiné hier : " Je ne fais aucune réserve ", m'a-t-il dit.

— Tu as pris un gros risque, Julien ! s'inquiéta Letizia.

— Mais non. J'ai raconté à Jonathan que j'étais désireux d'acheter et que Foller s'était récusé. Je voulais l'associer à ma réflexion. Comme il me confiait sa tristesse de ne pouvoir l'acquérir en ce moment, car les fonds du musée sont épuisés, je lui ai suggéré de l'exposer : " Profites-en quelques semaines au Met ! " Il a trouvé l'idée géniale. Je lui ai promis d'en parler immédiatement au vendeur. A toi de jouer, Irwing.

— Génial, en effet ! » applaudit la comtessa.

Irwing Bull resta de marbre.

« Eh bien, Irwing ? dit-elle. Tu ne trouves pas ça formidable ?

— Si, si. Seulement je m'inquiète de la réaction de Foller et de ses amis.

— Quels amis ?

— Eh bien, voilà. Je sais qui a dissuadé Foller d'acheter le Bouts.

— Vraiment ? s'enquit Letizia.

— Oui. Daniel Turana.

— Ah ! le petit con !

298

— Il n'était pas seul. Il y avait la fameuse spécialiste de la restauration des peintures flamandes, Anne Paget.

— C'est effectivement celle que l'on trouve la plus compétente, remarqua Julien. Tous les musées se l'arrachent. Mais ses avis n'ont pas force de loi.

— Il y avait une troisième personne. Une Italienne Vous la connaissez, elle travaille pour Sumer à Rome. Elle s'appelle Ilaria Bellini. »

Le poing de Julien partit à une vitesse foudroyante. Irwing dégringola sur la moquette, KO.

« Tu l'as tué ! cria Letizia.

— Penses-tu ! »

« En tout cas, se dit-il, je sais maintenant ce qu'il me reste à faire. Demain je suis à Rome. »

51

La courroie de cuir claqua dans le silence de la galerie
vide et sa boucle d'acier alla percuter le miroir en pied qui
se fendit sous l'impact. Une fois, deux fois, trois fois
encore Taria von Celle frappa. Avec toujours plus
d'acharnement. Comme pour faire disparaître sous les
zébrures scintillantes sa propre image. Ultime portrait à
décrocher de ces murs nus qui l'entouraient désormais.

A peine débarquée à Paris, après son départ précipité
de Miami, Taria avait commencé la mise à sac de l'hôtel
particulier du Marais en jetant dans la cour toutes les
affaires de Julien — costumes, chemises, chaussures,
objets personnels, etc. — auxquelles elle avait mis le feu,
y ajoutant un grand portrait de lui peint par Andy
Warhol. Sa rage était telle qu'elle avait failli incendier
tout l'hôtel. Une série d'averses était venue à point
nommé refroidir son ardeur destructrice.

Après cela, elle s'en était prise à la galerie de Julien.
Elle avait tout bradé, y compris les œuvres destinées à la
fondation Champac de Monte-Carlo. Ensuite, elle avait
offert, clés en main, toutes les œuvres cachées dans les
coffres de la banque von Celle de Zurich au pire ennemi
de Julien : Wundorf! Pour couronner le tout, elle avait
dénoncé les activités occultes de Julien Champac aux gens
du CERVO. Fini, terminé, exterminé, Julien! La sale
petite pute d'Italienne n'aurait rien! Rien!

Cette hargne vengeresse masquait un fol désespoir, un chagrin irréparable. Pires furent l'effondrement et les larmes qui suivirent ce déchaînement.

Quand elle eut fait le vide autour d'elle, quand son regard n'accrocha plus que des murs blancs et le parquet noir, alors elle s'abîma au plus profond de son malheur. De son cœur implosé, de son ventre fouaillé, de ses yeux noyés, s'échappèrent des plaintes, des râles, des cris, des sanglots et des larmes. Des heures, des jours durant, elle hurla, bête blessée, le nom de Julien, avec tour à tour invectives et suppliques, haine et amour. Jusqu'à l'ivresse, jusqu'aux transes, jusqu'à la folie véritable et l'envie de se détruire totalement.

Ainsi s'acharnait-elle contre le miroir. Pas assez lourde, la boucle de métal ne parvenait qu'à écorcher la surface de la glace, morcelant l'image de Taria comme si cette lacération n'était autre chose que le reflet de ses plaies intérieures.

« Mensch ! Je finirai bien par t'avoir ! » cria-t-elle.

Essoufflée, elle recula de quelques pas et buta sur une des bouteilles de champagne vides qui jonchaient le sol. Enfermée dans la galerie qui jouxtait Beaubourg depuis presque trois jours, elle n'avait fait que boire, boire et boire encore du champagne, nourrissant sa rage dans la griserie, ou son chagrin dans les lourdeurs de l'étourdissement. Elle se baissa, agrippa une bouteille par le col et la lança contre le miroir qui explosa sous le choc.

Un rire nerveux la fit s'asseoir à même le parquet. Quand elle redressa la tête vers le miroir en pièces, elle eut une étrange vision. Son image de tout à l'heure, armée de la courroie, avait disparu mais, à sa place, comme accrochée aux bouts de glace encore fixés au mur, apparaissait une jeune fille habillée dans des tons rouge et jaune. Et elle était armée d'un fouet !

« Mein Gott ! soupira Taria. Die Peitschenfrau ! »

Ce brutal rappel du célèbre tableau de Georg Baselitz la fit éclater en sanglots. C'était justement face à la *Peitschenfrau* qu'à une soirée chez le grand collectionneur allemand Ludwig Hafen elle avait fait la connaissance de Julien, quinze ans plus tôt. Les paroles qu'il lui avait alors adressées l'avaient stupéfiée.

« Chère mademoiselle, je vous imagine bien distribuant le fouet à toute cette assistance. N'est-ce pas que cela vous ravirait ? »

Oui, c'était exactement ce qu'elle avait pensé à cet instant : frapper tous ces représentants de la bonne société de Cologne, de Bonn et même de toute l'Allemagne, lacérer leurs faces lunaires baignées de sueur, déchiqueter leurs doigts boudinés, faire éclater leurs ventres repus d'Allemands de l'ère nouvelle. Voilà ce qu'avait ressenti la jeune baronne von Celle, descendante de l'aristocratie prussienne intellectuelle, organe essentiel du corps diplomatique et des finances du Reich. Ayant appris sur le tard, comme beaucoup d'autres enfants de la guerre ou de l'après-guerre, les crimes nazis, Taria von Celle culpabilisait en lieu et place de ses pairs et rejetait de toutes ses fibres les effets annihilants de l'axe deutsche Mark/dollar sur la société allemande.

La beauté de Julien, son sourire doux et ironique, ses yeux gris et cette façon de plonger dans les pensées intimes des gens avaient séduit Taria. Elle s'était racontée pendant toute la soirée, heureuse. Elle lui avait expliqué sa volonté de vivre parmi des gens intéressants, créatifs, drôles et bons vivants, les artistes. Refusant l'argent de la banque familiale qui prospérait à Zurich, elle venait d'installer une galerie à Cologne pour défendre ses amis peintres. Et c'était uniquement dans ce but qu'elle avait sacrifié ce soir-là à l' « establishment ».

Comme elle avait eu raison ! Plus de quinze années de bonheur à suivre Julien dans ses aventures, dans ses défis à la société. Pour lui, elle était devenue rabatteuse, informatrice, elle avait traqué les œuvres à racheter comme celles à voler ou encore le gogo à plumer. Des années de fous rires, de passions échangées, magnifiées, sanctifiées dans l'amour partagé.

« Schwein ! Du Schwein ! » vociféra Taria contre Julien, contre la *Peitschenfrau*, contre elle-même.

Elle agrippa une autre bouteille, pleine celle-là, se

releva et entreprit de la déboucher en se rapprochant de la fenêtre ouverte.

Le bouchon explosa et partit en l'air. Taria le regarda monter vers le ciel puis chuter vers la fontaine Stravinski... Elle se pencha pour voir où il allait atterrir. La mousse du champagne coula sur sa main mais elle ne s'en rendit pas compte, attentive seulement à la trajectoire du bouchon qui finit par choir sur le trottoir.

« Merde, jura-t-elle, trop court ! »

Appuyée à mi-corps sur la balustrade du balcon, elle but plusieurs lampées à même le goulot avant d'avoir un haut-le-cœur. Six étages, cela faisait haut ! Elle s'accrocha plus fermement à la rambarde de fer forgé puis se redressa.

« Si je saute, il faut que j'atteigne la fontaine. »

Elle eut un hoquet et rit.

« Oh, la la ! La gueule de Niki quand elle me découvrira là ! Sans avoir été invitée ! Tiens... et si je lançais des invitations pour mon suicide ?... »

L'idée ne l'amusa que quelques secondes. Elle n'était pas vraiment certaine de vouloir se tuer. Mais elle ne pouvait vivre sans Julien et elle était convaincue qu'il ne reviendrait pas. Donc, si elle voulait le ramener à elle et le garder, elle devait le tuer. Et se tuer. Mais pourquoi immoler un être que l'on chérit tant sur l'autel de son propre échec ? Elle aurait dû mieux l'aimer et il serait resté. Elle avait toujours craint qu'il ne parte. Toute son angoisse existentielle venait de là. Et son goût pour le champagne. Elle but une longue rasade et déclara, enflammée :

« Pars ! Pars ! Et je serai angoissée... Voilà ! Il faut que je me désintoxique de toi, Julien ! Je suis une droguée de l'amour par ta faute. Pars et je vais vivre ! »

Elle resta un moment silencieuse puis s'écria :

« Non ! Ne pars pas, Julien ! J'ai besoin de toi... »

Et si elle tuait cette salope d'Italienne ? Oui, mais ne perdrait-elle pas Julien ? Son impuissance la fit soupirer de désespoir.

Taria posa la bouteille fraîche contre son front. Le froid lui fit du bien mais aussitôt elle se reposa la question, toujours la même : Vivre, mais comment ? Comment vivre sans Julien ? Et tout recommença à tourner dans sa tête. Question sans réponse. Voie sans issue. Toujours et toujours ! Pouvoir s'en délivrer ! Devenir légère...

« Voilà, c'est cela, constata-t-elle, légère ! Partir légère. Comme Nicolas de Staël se jetant sur les rochers du haut des remparts d'Antibes. Parce que l'on a tout donné de soi et parce qu'on ne sait plus très bien ce que l'on pourrait offrir d'autre. Et à qui ? Oui, à qui ?

Elle éclata en sanglots et, se laissant glisser le long de la balustrade, elle s'assit sur le seuil du balcon. Son corps fut secoué de pleurs durant de longues minutes jusqu'à l'instant où elle sentit une présence. Elle devina deux formes noires qui se penchaient vers elle. Le cri de frayeur qu'elle voulut pousser resta au fond de sa gorge. Elle se mit à trembler.

52

A la sortie de Gênes, la circulation sur l'autoroute
devint plus fluide et Julien Champac accéléra. Il était déjà
plus de cinq heures et il voulait arriver à Monaco en début
de soirée. Il espérait avoir des nouvelles de Taria par
Vong. Il déplaça le rétroviseur pour s'assurer que l'Alfa
Romeo de Serge Lombard suivait bien. Rassuré, il remit
la glace dans la position qui lui permettait, tout en
conduisant, d'observer Ilaria assoupie sur la banquette
arrière.

Dieu, qu'elle était belle ! Il ne se lassait pas de la
contempler. Jour et nuit. Sa beauté le troublait mais plus
encore cette pureté, cet abandon candide qu'elle offrait
dans leurs rapports amoureux. Il savait qu'elle se livrait
totalement à lui, à leur commun bonheur, à cet emporte-
ment de jouissance qui les submergeait chaque nuit. Il ne
voulait plus la quitter un seul instant.

Il le lui avait dit avant de quitter Rome.

Ils s'étaient retrouvés la veille, au Colisée, où il lui avait
donné rendez-vous pour l'ultime explication qu'elle
demandait. Pourquoi le Colisée ? Folie, comédie, démesure, défi à l'Histoire et à leur histoire ? Elle ne l'avait
jamais trouvé aussi séduisant qu'à ce moment-là. Assis
sur les gradins, il avait plaidé ce qu'il appelait sa « relative
innocence ». Les Koronis, les Wundorf, les Lutty
étaient-ils des exemples de morale ? Les voleurs d'anti-

quités comme Foller ou Malraux — lui, ça ne l'avait pas empêché de devenir ministre de la Culture — avaient-ils plus de vertus que lui ?

Après ce réquisitoire en règle, Julien s'était tu pendant quelques minutes. Puis il avait passé un bras autour des épaules d'Ilaria, déjà presque reconquise. Il lui avait promis de cesser toute activité autre que celle de marchand d'art contemporain, d'exercer honnêtement son métier et de se consacrer à sa fondation. Si elle acceptait de le suivre. Si elle voulait bien lui donner un enfant.

Ilaria avait protesté, un peu pour la forme :

« Je ne veux pas que mon enfant connaisse son père au travers des grilles d'un parloir de prison. »

Julien avait ri.

« Le temps de faire notre enfant et je serai déjà un autre homme. »

Julien ralentit l'allure car ils arrivaient sur ce tronçon de l'autoroute où tous les cinq cents mètres se succèdent de courts tunnels. L'alternance du soleil et de l'obscurité constituait un danger, même pour les conducteurs les plus avertis. Aussi, Serge Lombard, connaissant cette difficulté, lança plusieurs appels de phares à Julien et le doubla pour prendre la tête. Cet excès de prudence fit sourire Champac mais il laissa faire. N'ayant pas à mener le train, il pourrait mieux contempler Ilaria.

Elle finit cependant par sortir de son assoupissement. Elle se redressa et demanda :

« Où sommes-nous, Julien ?

— Une soixantaine de kilomètres après Gênes, ma belle. Tu ne veux plus dormir ?

— Non, j'en ai assez. »

Elle se tourna pour regarder par la lunette arrière.

« Où est Serge ?

— Devant.

— Cela ne te fatigue pas pour conduire, toutes ce sautes de lumière ?

— Pas trop. »

Au même instant, ils pénétrèrent sous la voûte sombre d'un tunnel et pendant quelques secondes l'obscurité fut totale.

« Celui-là n'a même pas de veilleuses ! » râla Julien.

Un bruit terrible retentit devant eux au moment où Julien allumait ses phares. La voiture de Serge venait de percuter un autre véhicule placé en travers des deux voies. D'un coup de volant brusque, Julien déboîta vers la gauche, grimpa sur le petit trottoir le long de la paroi qu'il racla et parvint à franchir l'obstacle. Il freina aussitôt.

« Ça va, ma chérie ? » demanda-t-il avec inquiétude.

Choquée, Ilaria fit signe que oui, sans parler. Julien détacha sa ceinture. Il aperçut alors, dans le faisceau de ses phares, une ombre courant vers une autre voiture stationnée une centaine de mètres plus avant. L'homme s'engouffra dans le véhicule qui démarra en trombe.

« Les salauds ! » jura Champac.

Il eut envie de les poursuivre mais un nouveau bruit de tôles embouties accompagné de crissements de freins le retint. Il compta un, deux…, puis trois chocs d'impact formidables et de nouveau ce fut le silence. Un silence d'à peine quelques secondes mais qui parut vertigineux, comme s'ils étaient plongés dans un grand trou noir sans fond. Puis la voûte du tunnel répercuta des cris de terreur et des gémissements. Il réalisa alors qu'ils avaient échappé à un attentat mais qu'un fantastique carambolage se déroulait derrière eux.

« Serge, nom de Dieu ! » cria-t-il en fonçant hors de la voiture.

Comme Ilaria s'apprêtait à le suivre, il lui intima l'ordre de rester.

« Ne bouge surtout pas ! »

Parvenu à la voiture de Serge, Julien comprit qu'il n'y avait plus rien à faire. Il relâcha avec douceur la tête de son ami qu'il avait prise entre ses mains. Elle roula de côté, sur l'épaule droite. Ainsi il avait l'air endormi.

« Il est mort… », dit-il à Ilaria qui l'avait finalement suivi. Elle était effroyablement pâle et comme tétanisée.

Il ajouta avec douceur, comme s'il parlait à un enfant choqué :

« Allons-nous-en, Ilaria. On ne peut plus rien pour lui et nous ne pouvons pas prendre le risque de rester ici. La police et toutes les complications... Viens ! »

Mais Ilaria, après quelques secondes d'immobilité, montra les autres voitures accidentées et dit d'une voix très assurée :

« Mais c'est un accident, Julien ! Il y a plein de gens à secourir. Il faut les aider ! »

Julien soupira, la prit par les épaules et la força à regarder à nouveau le corps de Serge.

« Regarde : il a pris une balle en pleine tête. Dans la voiture qu'il a percutée il n'y a plus personne ! J'ai vu le conducteur filer et rejoindre un autre véhicule qui l'attendait. Mais avant, il a tiré sur Serge. C'est un attentat ! Pas un accident ! Un attentat contre moi. Il faut partir, ma chérie. Et vite ! »

Deux nouveaux et terribles chocs métalliques se firent entendre. Autour d'eux, les gens couraient en tous sens, silhouettes apeurées et hurlantes dans le halo des phares. Ilaria Bellini tourna sur elle-même en se tenant le visage entre les mains. Épouvantée. Soudain, elle se dégagea des mains de Julien et partit en courant vers la sortie du tunnel.

« Ilaria ! Arrête ! » cria Julien.

La jeune femme continuait de courir, zigzaguant entre les gens affolés. Julien s'élança aussitôt à sa poursuite. Il la rattrapa au moment où Ilaria était stoppée dans sa course par une vieillarde hystérique qui s'était agrippée à son bras. D'un coup de poing il écarta sans ménagement la vieille femme, prit Ilaria par les cheveux et la retourna vers lui. Sa robe drapée de coton blanc était maculée de sang. D'une voix ferme et calme, il ordonna, son visage collé à celui de la jeune femme :

« Stop, Ilaria ! Arrête ! Il faut que nous partions. Ne fais pas l'idiote. Tu ne peux rien pour eux. Ni eux pour toi. »

Pour toute réponse, une violente déflagration retentit. Le réservoir d'une voiture venait d'exploser.

« Tu vois ? Cela va être l'enfer dans quelques minutes !
Filons ! »

Ilaria regarda Julien comme si elle découvrait un autre
homme.

« Tu es un monstre, Julien ! Lâche-moi ! »

Elle essaya de se dégager de la prise de son amant mais
il lui tenait fermement les cheveux et elle ne pouvait pas
bouger la tête.

« Lâche-moi ! répéta-t-elle, agacée. Il faut sortir du
tunnel pour arrêter les autres voitures. Cela va être un
massacre, sinon !

— Nous avons la seule voiture dégagée, nous allons
partir. Suis-moi !

— Non et non ! »

C'était dit avec autorité, d'une voix tranchante. Sans
appel. Avec la même froideur, la même détermination,
Ilaria lança :

« La vie, c'est aussi les autres, Julien. Si ce spectacle
t'émeut moins qu'une compression de César, c'est que
beaucoup de choses sont mortes en toi. »

Désemparé, Julien regarda le spectacle hallucinant des
voitures encastrées d'où surgissaient des êtres chancelants
au regard fixe. Les cris lui rappelèrent d'autres plaintes
montant, là-bas, en Algérie, des carcasses des convois
militaires pilonnés, mitraillés et incendiés.

« Viens, Ilaria ! Partons ! » répéta-t-il une dernière fois.

Mais il était seul. Il ne lui restait plus dans la main
qu'une poignée de cheveux et, se balançant, misérable
amulette, le *Pendentif à l'agneau* qui s'était détaché du
cou d'Ilaria. Il distingua sa silhouette blanche franchissant le seuil du tunnel et disparaissant en pleine lumière.

53

Vong mordit dans la pizza brûlante avec grand appétit sans cesser de surveiller, de l'autre côté de la fontaine Stravinski, l'entrée de l'immeuble de la galerie où il savait Taria enfermée. De temps à autre, il observait les fenêtres du dernier étage pour tenter d'apercevoir la jeune femme. Sans succès, jusque-là.

A la demande de Julien, il avait aussitôt quitté Miami pour Paris. L'état dans lequel il avait trouvé l'hôtel du Marais l'avait inquiété mais pas autant que les cris et les plaintes de Taria entendus au travers de la lourde porte blindée de la galerie. Il avait tambouriné, hurlé son nom dans l'interphone, elle n'avait ni ouvert ni répondu. Alerté par le bruit, le gardien avait fini par le chasser. Vong n'avait pas insisté, craignant une intervention de la police, et il s'était mis en planque parmi les clochards et les beatniks qui squattaient la place en permanence.

Vong se redressa soudain, laissant tomber sur le sol le reste de pizza dans sa barquette de carton maculé. Les deux hommes en costume sombre et aux cheveux noirs qu'il avait repérés, tournant par deux fois autour de la fontaine en s'intéressant davantage aux façades des bâtiments qu'aux sculptures, venaient de pénétrer dans l'immeuble. En deux jours, il avait mémorisé les physionomies des habitants et pouvait déceler tout intrus. Ces deux-là ne lui disant rien de bon, il s'élança de sa démarche souple pour les suivre.

Avec prudence, il poussa le battant de la porte curieusement entrouverte et pénétra dans la galerie. Il se guida au son des voix : celle aiguë de Taria et celles, sourdes, des hommes qu'il avait filés.

Le bruit sourd et caractéristique d'un silencieux suivi de l'éclatement d'une bouteille l'immobilisa au moment où il se débarrassait de ses mocassins. Armé seulement de son couteau de jet, il lui fallait encore se rapprocher pour avoir une chance de mettre ses adversaires hors de combat. Il souhaitait que Taria ne s'affolât pas, qu'elle se rendît compte de sa présence sans donner l'alarme à ses attaquants. Il voulait la rassurer sans ajouter aux risques. Son regard enregistrait tous les mouvements des trois personnes et il calquait les siens sur eux. Il gagna ainsi plusieurs mètres.

Dans l'appartement, Taria von Celle lorgnait le tesson du goulot qui lui restait dans la main, d'abord étonnée puis franchement hilare. Comme si ce n'était qu'un jeu. Celui de la mort ! Et elle était toujours en vie !

« Fumier ! » hurla-t-elle à l'adresse de l'homme en lui balançant le morceau de verre à la figure.

Comme l'autre faisait mine de s'approcher, elle lui lança un coup de pied puis elle prit de l'élan pour s'asseoir à même la balustrade.

Vong l'entendit siffler comme un serpent acculé.

« Vous ne m'aurez pas et Julien non plus ! »

Il remarqua immédiatement qu'elle tenait prise paumes en avant et qu'il lui suffisait d'un basculement des poignets pour partir en arrière. Alors, il n'hésita plus et se rua sur les deux hommes en criant :

« Non, Taria ! Non ! »

La lame atteignit le porteur du pistolet en pleine gorge tandis qu'il catapultait son pied droit dans le plexus de l'autre qui s'effondra, mortellement atteint. Dans son élan, Vong projeta ses deux mains pour saisir les jambes de Taria von Celle. Elles se refermèrent sur le fer forgé.

Taria von Celle avait basculé en arrière comme elle le faisait pour glisser du bord du bateau dans la mer. Elle

311

ressentit cette même ivresse craintive, ce creux au ventre, de se lancer dans l'inconnu marin. Cette même légèreté. Elle attendit le choc de la fraîcheur de l'onde puis se dit qu'elle était idiote : plus lourde que le bouchon de champagne, elle n'atteindrait jamais l'eau de la fontaine.

ÉPILOGUE

En marchant en canard et en suivant l'axe médian, il calcula qu'il pouvait traverser le toit-terrasse de l'hôtel Fontainebleau sans être aperçu des hôtels voisins ni du sol. Ce genre d'exercice ne lui était pas habituel et, avec le grand étui de bois qu'il portait sur son dos, il dut faire trois arrêts avant de parvenir à l'est de la terrasse, face à l'Océan.

Il consulta sa montre. Sept heures trente. Il lui restait approximativement une demi-heure. Il posa l'étui sur le sol et l'ouvrit. En fermant les yeux, comme autrefois à l'exercice, il entreprit à genoux de monter le fusil pièce par pièce. Ce n'est qu'en épaulant pour viser au travers de la lunette qu'il ouvrit un œil et procéda aux derniers réglages. Objectif à trois cents ou quatre cents mètres. Ce serait selon, mais il savait qu'il avait largement le temps d'exécution. Il savait aussi qu'il prenait un formidable risque : celui d'être découvert fusil en main sur cette terrasse. Il aurait pu désigner quelque tueur à sa solde pour ce travail mais une affaire personnelle restait une affaire personnelle.

Le regard fixé sur l'horizon brumeux, il s'assit et attendit, guettant le moindre bruit de moteur en provenance de la mer.

*

313

Ajustant les bretelles de son harnais, Julien Champac regarda sous lui la bande côtière de Miami Beach filer sur sa gauche. A cette heure matinale, la brise marine n'était pas encore chaude ni humide. Suspendu à son parachute, il se laissait aller au gré de la vitesse du canot automobile et des vents ascendants. Merveilleux moments d'abandon, hélas de plus en plus rares, tant la mort de Taria le hantait et l'absence d'Ilaria le minait.

Julien n'avait plus goût aux affaires. D'avoir vendu la veille un Jasper Johns à quatre millions de dollars ne l'avait pas plus réjoui que la confirmation de l'achat du Bouts par le musée Lutty. Un ressort s'était brisé. Même ses désirs de vengeance assouvis, comme l'arrestation du vieux Koronis à Paris, ou le casse chez Wundorf à New York, ne lui apportaient aucun réconfort. Pas plus qu'il n'accordait d'intérêt à la plainte pour vente de faux tableaux par le couple Feddow ou que ne l'inquiétait la convocation du commissaire Armand, le patron du CERVO, même si ce dernier s'avisait de lancer contre lui un mandat d'arrêt international. Quand on a eu les tueurs de la mafia aux fesses... De ceux-là aussi il se moquait bien. Calmés ou pas cela lui importait peu.

Deux choses occupaient véritablement l'esprit de Julien Champac. Parvenir à savoir avec certitude comment était morte Taria et où se trouvait Ilaria.

Chaque matin, depuis leur retour à Miami après les obsèques de Taria von Celle, Julien exigeait de Vong qu'il lui fît le récit détaillé de ce qui s'était passé ce soir-là à Beaubourg. Taria avait-elle été poussée dans le vide ou acculée à sauter par les hommes de la mafia, ou encore avait-elle délibérément basculé par-dessus le balcon ? Dans chaque cas de figure, la mort était non seulement différente mais différentes aussi avaient été les dernières pensées de Taria. C'est ce mystère que Julien voulait percer pour être près d'elle, une dernière fois au moins. Et il n'y parvenait pas.

Malgré ses appels, ses messages, les enquêtes faites à Rome par la comtessa da San Friano, Julien était sans nouvelles d'Ilaria Bellini. Le souvenir de la petite forme blanche disparaissant au bout du tunnel, alors que lui empruntait l'autre extrémité pour se sauver, le déchirait. Chaque nuit, le même cauchemar l'habitait : sous le tunnel, les morts, les blessés le conspuaient, l'éclaboussaient de sang, le frappaient pour finir par lui montrer la silhouette blanche d'Ilaria auréolée de lumière, comme une madone du quattrocento, comme une représentation éblouissante d'une *Assomption*.

Mais il n'avait voulu que la protéger de tout ce sang, de cette sarabande mortelle ! Comment avait-elle pu le rendre responsable de cette scène d'horreur ? Et y projeter leur vie future ? Obtenir de ses nouvelles, c'était renouer le contact avec, au bout, le pardon.

Le canot automobile qui le tirait approchait de l'hôtel Fontainebleau quand Julien Champac remarqua dans son sillage un autre équipage. D'habitude, à cette heure matinale, il était seul. L'autre parachutiste lui faisait de grands signes. Julien fut surpris de découvrir qu'il s'agissait d'une femme brune, cheveux au vent. Il pensa aussitôt à Ilaria. Était-il possible qu'elle lui revienne ? Il se tourna mieux en agitant aussi les bras et se mit à hurler, fou d'espoir :

« Ilaria ! Ilaria ! Ilaria !... »

Sa poitrine explosa soudain comme s'il avait crié trop fort. Il ressentit une terrible brûlure et un flot de sang chaud lui emplit la bouche, étouffant son dernier appel.

Sur le toit-terrasse du Fontainebleau, Luis Vargas commença à démonter son fusil.

La Motte, 1988.